旺家俏娘子 3

文創風 118

農家妞妞 著

目錄

第六十八章　表白……005
第六十九章　盛裝面聖……015
第七十章　茶藝競賽……029
第七十一章　暗算……049
第七十二章　和親危機……057
第七十三章　取解藥……073
第七十四章　果果失蹤……081
第七十五章　夜襲……097
第七十六章　擴充田地……111
第七十七章　風雨前夕……119
第七十八章　暗計難防……127
第七十九章　撒網收魚……145
第八十章　教訓賊人……157
第八十一章　富國之策……171
第八十二章　錢夫人的請託……187
第八十三章　皇上讓步……197
第八十四章　喬夏的賭注……207
第八十五章　互表心意……229
第八十六章　開義診……245
第八十七章　略施小計……249
第八十八章　伏擊……265
第八十九章　尋幫手……273
第九十章　晉國探訪……289
第九十一章　易容見晉皇……297

第六十八章　表白

錢府人工湖旁的涼亭裡，錢財、唐子諾、喬春他們這些從新房出來的人，聚在那裡喝茶聊天。

錢歸跟巧兒的婚宴已告一段落，喬父他們先帶果果跟豆豆回山中村去了。考慮到喬夏和錢財的事，喬春便主動要求留宿，並拉著幾個姊妹，要大家玩得盡興一點。

「二哥、四妹，我們炒製的綠茶被列為貢茶了，昨晚我收到京城傳來的消息，皇上要我們進宮一趟，大哥也來了信，要我們乘機去他那裡走動一下。為了太后的壽誕，聽說雪國、陳國跟晉國都來了不少使者。」

錢財說著，頓了頓，瞄了喬春他們一眼，又道：「其中晉國盛產茶葉，這次看過四妹的茶具和品嚐過炒製綠茶泡的茶湯後，直言要與四妹在茶葉方面進行比試。」

喬夏等人一聽，頓時緊張起來，當今聖上居然要大姊去跟晉國使者比試，贏了還好，要是輸了，可怎麼辦？

唐子諾不動聲色地觀察著喬春，見她仍舊平靜，完全讓人看不出她心裡的想法。

「大哥要我們什麼時候去？後天開始又要摘茶葉了，能不能等這次茶葉摘完再出發？」

喬春沈思了一下，看著緊張的眾人，淡淡淺笑。

比試而已，沒什麼好緊張的。她也想藉機看大齊國的京城長得什麼樣子，還有那些外國使者裡，會不會有藍眼睛、黃頭髮的人？

「恐怕不行，我們最遲後天就要出發。外國的使者們也不能一直在大齊國的京城逗留。」錢財搖了搖頭，對喬春的冷靜絲毫不意外。

她向來穩重、細心且精明，雖然有時也會孩子氣地耍鬧，就像剛剛在錢歸他們新房裡那樣——錢財實在想不透，她怎麼會想到用小鐵鍋這個道具？

「四妹，我實在好奇，妳怎麼會想到用鐵鍋這個道具？妳不覺得大喜的日子讓新郎官背黑鍋很不厚道嗎？」

「哈哈哈！」經錢財這麼一說，大夥兒這才想起「背黑鍋」這個詞。剛才鬧洞房時，喬春硬要錢歸揹上個小鐵鍋，當時只覺得有趣，並沒有想太多，現在才紛紛同情起錢歸，卻又一個個忍俊不禁。

「我也沒想到背黑鍋這事啊，我只是單純想看看錢歸揹上龜殼的樣子而已。」喬春輕笑了聲，嘛了嘛嘴，她才沒有那麼不厚道，純粹為了印證一下錢歸的名字而已。

「什麼？」眾人止住了笑，不太理解喬春的用意。

「誰叫他的名字叫錢歸？聽到他的名字，就想到金錢龜，所以才想看看他揹上龜殼的樣子啊！錯過這次，怕是以後都沒機會了。」

大夥兒聽喬春這麼一說，忍不住再次大笑起來。

天啊！她的想像力也太豐富了吧！可憐的錢歸要是知道方才的一切都起因於自己的名字，不恨死錢萬兩才怪。

錢財笑著笑著突然停了下來，不禁汗涔涔地瞄了喬春一眼。他可真不敢想像，他的名字又會讓她聯想到什麼？

喬春也朝錢財看了過去，不禁搖了搖頭，暗自嘀咕：這錢老爺可真是掉進錢坑裡了。自己的名字叫錢萬兩，一個兒子叫錢財，一個兒子叫錢滿江，僕人們的名字也大多與財源廣進的意思掛勾，她對他可真是佩服得緊，腦子裡竟然裝了這麼多關於「錢」的詞。

此時空中傳來巨響，璀璨的煙花在夜空中綻放，煞是好看。喬春想不到這個朝代也有煙花，忍不住興奮地張望著。

這煙花是提前慶祝太后的壽誕而放的，在太后生辰前，京城便陸陸續續有慶賀的活動，宛如節慶一般。

「四妹，我帶妳去那邊看看。」唐子諾向喬春眨了眨眼。他知道她要求留宿，就是想替喬夏製造表白的機會，如今正好藉此為他們留下空間。

喬春會意過來，看著桃花她們幾個，笑道：「桃花、秋兒、冬兒，我們都去那邊看看吧。」說著，又看著喬夏和錢財道：「三哥，你和夏兒先在這裡休息一下。夏兒貧血有點嚴重，不能太累。待會兒我們看完煙花後，再回來找你們，商量一下去京城的事。」

「你們去吧，我陪五妹在這裡等你們。」錢財沒有多想就應了下來，只是在聽到喬夏貧血時，內心中不由自主地抽痛了一下，悄悄打量起喬夏。想不到平日活潑開朗的夏兒居然嚴重貧血，真是看不出來。

喬秋等人很是詫異喬春為什麼要這樣說喬夏，但是見她暗中向她們眨眼，便忍住了滿腹疑問。倒是喬夏緊張起來，喬春藉機溜走有什麼目的，她可是一清二楚。

隨著喬春他們離開，涼亭瞬間變得寂靜。喬夏端坐在石凳上，小手放在膝蓋上扭絞著，手心裡全是密密的細汗。

錢財扭過頭，見喬夏臉色有些蒼白，心中一緊，輕聲問道：「五妹可是感到不舒服？妳的臉色好蒼白，額頭上都冒汗了。」

「沒……沒事！」喬夏結巴著，抽出手絹，窘迫地擦拭額頭上的冷汗，心中不禁暗斥自己是個膽小鬼。

「平時要注意休息和保養，貧血的影響可小可大，尤其是女子。」錢財不禁出聲叮嚀。

喬夏怔怔看著錢財，見他臉上閃過的憂色是為了自己，不禁心花怒放。她索性將頭一扭，望著人工湖，輕聲對他說：「三哥，我喜歡你。」

錢財手中的茶杯應聲落地，摔了個粉碎。

錢財一臉詫異地看著喬夏。她剛剛說什麼？她喜歡他？

喬夏聽著茶杯落地摔破的聲音，扭過頭定定看著錢財，又道：「我知道你心裡喜歡大姊，可是大姊已經有大姊夫了。難道你這些年來就沒有發現旁邊有個我在暗中喜歡你嗎？

「我知道，也許你會笑我一個姑娘家不知矜持為何物，居然大膽到對男子表白。但是，大姊說了，幸福要靠自己爭取，如果我再不說，將來一定會後悔。更何況，我娘已經在替我物色丈夫了，所以我更不能坐以待斃。」

喬夏望著仍舊一臉震驚的錢財，一鼓作氣續道：「三哥，我喜歡你！儘管你心裡有別的女人，我們也不一定有未來，但我就是想讓你知道，我喜歡你！」

我喜歡你——這四個字像塊巨石投進錢財平靜的心湖裡，激起半天高的水花。

錢財垂著頭，半掩的睫毛擋住他眸底翻起的驚濤駭浪，他的心怦怦怦狂跳，速度愈來愈快，不禁痛了起來。突然間，他彎下腰，伸手撫著胸口，額頭上溢出了豆大的汗珠。

「我剛剛什麼也沒有聽見。」淡淡丟下這一句話，錢財搖晃著身子站了起來，大步往他住的院子走去，不一會兒就消失在夜色之中。

我剛剛什麼也沒有聽見——喬夏滿腦子都在重複錢財這句話，這話如同冰冷的匕首，直直刺進她心裡。

沒想到他還是放不下大姊，這麼快就拒絕她的告白，還逃得這麼快。喬夏整個人失魂落魄，終於忍不住趴在石桌上嚶嚶哭泣。

喬春和唐子諾算了一下時間，慢慢走回涼亭，誰知才剛進院子，就聽到亭子裡傳來喬夏傷心的哭聲。

「夏兒，妳怎麼啦？三哥人呢？」喬春趕到喬夏身邊，伸手撫上她的肩膀，著急地問道。夏兒哭得這麼傷心，三哥人又不在這裡，看來她一定是被拒絕了。

唐子諾看喬夏傷心欲絕的模樣，對錢財感到十分惱火。人家一個嬌滴滴的大姑娘，放下身段對他表白，他到底說了什麼，讓她這麼傷心？

唐子諾想著便朝錢財居住的院子走去。他一定要問問他為什麼不接受夏兒，難道他心裡還是對春兒念念不忘?!

桃花她們看完煙花以後也回來了，看著眼睛哭到腫得像核桃的喬夏，全都緊張地圍著她，關心起來。

沒多久，唐子諾也從錢財那裡回來了，只是臉上不再憤憤不平，而是向喬春丟了個無奈的眼神。之後，他們一群人便連夜駕著馬車趕回山中村。這個時候如果還繼續留在錢府，只怕喬夏會更加難受。

喬春一踏進房間，就忍不住抬眸看著唐子諾問道：「你不是去問三哥嗎？他到底是怎麼說的，難道夏兒配不上他不成?!」

唐子諾看著怒火中燒的喬春，嘆了一口氣。「錢財打出娘胎就有心疾，這妳是知道的。」

喬春微愣了一下，怔怔地看著他，像是明白了什麼似的，問道：「他是因為這點而自卑，不願意接受夏兒的告白？」

唐子諾看喬春還是有些責怪錢財，忍不住替錢財申訴。「他剛剛聽到喬夏的告白時，緊張過度，心疾犯了。心疾一犯，他倒是真的能以這個理由拒絕喬夏。」

服下師父煉製的藥丸以後，錢財現在的狀況已經緩過來，只要休息一個晚上就沒事了。

緊張過度？心疾犯了？意思是……

喬春突然腦門一亮，頓時了解唐子諾話裡的意思。錢財對喬夏有感覺，光是聽見她的告白就緊張，導致心疾復發。她倒是忘了有心臟病的人不能太過激動。

唐子諾見喬春緊皺著眉頭，伸手將她摟入懷裡，輕聲安撫：「有些事情得看他們的緣分，我會找時間和師父再研究一下三弟的心疾。」

「嗯。」喬春輕應了聲，雙手環上他的腰。

「天都快亮了，休息一下吧，明天還要準備進京的事。」唐子諾摟緊嬌妻，輕聲說道。

「嗯。」喬春點了點頭，閉上了眼睛。

可能是心裡惦記著進京的事，睡沒多久，喬春就醒了過來。她像隻貓咪似地依偎在唐子諾的懷抱裡，嘴角逸出一抹幸福的笑容。盯著他如孩童般的睡容，喬春不禁著迷，便湊上嘴，飛快地輕啄了一下他的唇瓣。

忽然間，唐子諾趁她不注意，直接闖入她的檀口中，與她的粉舌嬉戲起來。

這個男人居然假睡，等待她自投羅網！

喬春動情地閉上眼，全心投入，與唐子諾激吻起來。

兩具像被火燃燒的身子已不能滿足於簡單的一個吻，唐子諾低吼一聲，大手沿著喬春的曲線四處遊走，如雨般的吻密密落了下來，點燃她每一寸肌膚。

綢質內衫、兜兒輕輕滑落，唐子諾微微支起身子，深邃的黑眸中燃起簇簇火苗。他著迷地看著她泛著粉紅的肌膚、起伏的山巒、線條優美的身段。

情不自禁地嚥了一口口水，唐子諾輕蹙著眉，像是在努力克制似的，柔情萬千地盯著她問道：「四妹，妳方便嗎？」

喬春聽著這話，雖然覺得好笑，但看著他極力隱忍的模樣，她的心頓時軟如棉絮，芙頰迅速湧上緋色，輕輕地點了點頭。

唐子諾看見她含羞帶怯地應允，整個人激動起來，立刻俯首貼上身子，化身為狼，在這個晨光明媚的清晨，將盼望已久的小綿羊給吞進了肚子裡。

窗外的鳥兒嘰嘰喳喳歡唱著，激情過後的男女深情相擁，唐子諾的大手輕撫著喬春的嫩背，柔聲問道：「四妹，妳覺得如何？」

「什麼東西如何？」喬春懶洋洋地反問。

「為夫剛剛的表現。」

「哦。」喬春淡淡地應了一聲，聽得唐子諾很是緊張，生怕她不滿意，這對他的男性自尊將是莫大的打擊。

「馬馬虎虎。」喬春終於吐出評語。

「什麼？」唐子諾推開她，很是受傷地看著她道：「看來為夫還需要多多練習。」說著，大手迅速溜進危險地帶。

此時門外忽然響起豆豆甜軟的聲音。「親親、爹爹，吃早飯了。」

唐子諾哀嘆了一聲，頓時全身無力。

喬春看著他那副沮喪的表情，不由得輕笑起來，對門外輕快地應聲：「好，娘親和爹爹馬上就來。」

「要快點哦！」豆豆不忘叮嚀。

「嗯。」喬春像隻魚兒般從唐子諾懷裡滑了出來，拿過衣服俐落地穿了起來。

唐子諾見狀，這才不甘不願地爬起身來穿衣梳洗。

第六十九章　盛裝面聖

一輛馬車在官道上徐徐而行。

喬春瞅了臉色有些蒼白的錢財一眼，那些想要責備的話硬生生吞回了肚子裡。她輕嘆了一口氣，乾脆將頭靠在唐子諾肩上閉目養神起來。

本想責怪他讓喬夏哭得那麼傷心，可這會兒見他那副病殃殃的模樣，反倒擔心起他來了。

喬春本來有點氣悶，結果不知是不是沒睡夠，不一會兒便去找周公下棋了。

唐子諾溫柔的將她的頭平放在自己的膝蓋上，伸手替她將臉頰上的頭髮攏好，含情脈脈地看著她的睡顏。

「二哥，我算是明白什麼叫做百鍊鋼化為繞指柔了，瞧你現在這副模樣，真是羨煞人也。」錢財看唐子諾滿臉幸福，不由得羨慕起來。

「你也可以的，夏兒就是一個好姑娘。」唐子諾定定看著錢財，對他輕聲說道。

錢財苦笑了一下，內心微澀道：「我這身子哪有什麼資格談情說愛？」

他自己都不知還有多少個明天，又怎麼擔保別人的幸福？

「錢財，你的心疾已經穩定了，好好保養就不會惡化，活到一百歲都有可能。」目光一直緊盯著手中那盆蘭花的柳如風，突然抬起頭看著他們，緩緩道。

「有些東西錯過了，就再也回不去了。」柳如風又低頭端詳那盆生機勃勃的蘭花，意有所指。

錢財臉上浮現一絲迷茫，一絲了然，他輕輕合上眼簾，任由思緒翻飛。

過去的一幕幕閃入腦海中，有喬夏沖泡茶湯時，專注的神情；有她偷偷打量自己時一閃而過的著迷和窘迫；有她向他告白時，那堅定而真摯的眼神……

自己昨晚會不會太過分了一點？如果他真的能像正常人一樣活很久，是不是該牢牢握住自己的幸福？

隨著馬伕一聲吆喝，馬車停在逍遙王府外。

喬春被唐子諾抱了下來，柳如風和錢財對他們親暱的行為早已見怪不怪，可迎面而來的卓越倒是微怔了一下，眼裡閃過一絲驚訝，但隨即恢復正常，走到他們面前。「四位一路辛苦了，請隨小的來。」

幾個人相視一眼，便抬步隨卓越來到已經備好的客房。

卓越將他們領進竹院，對候在那裡的侍女吩咐道：「妳們幾個一定要伺候好客人們的起居。」

「是。」侍女們整齊有力地應了下來。

「卓越，你家主子呢？」柳如風對卓越問道。

「柳先生，我家主子早上就進宮，陪皇上與各國使者遊覽御花園。主子吩咐過，請四位稍作休息，晚點屬下會送你們進宮。今晚有宮宴，皇上邀請四位一同參加。」卓越對柳如風拱手行禮，緩緩轉達皇甫傑的話。

「嗯，那你先去忙吧。」柳如風點了點頭，轉身熟門熟路地朝院子裡走，推開一間房便走了進去。

唐子諾轉身對錢財微笑道：「三弟，你也進去休息一下，我陪四妹。」錢財點了點頭，別具深意地瞥了喬春一眼，想看看她對進宮面聖的事情有何反應，見她一臉平淡，便鬆了口氣，轉身往柳如風旁邊的房間走去。

「走吧。」唐子諾牽起喬春的手，也很是熟悉地往院子裡面走去，無視那些侍女們眼中一閃而過的驚訝。

喬春則是嘴角微彎，任由他牽著自己往裡走。

「麻煩妳們準備浴湯進來。」走到房門口時，唐子諾轉身對身後的侍女吩咐，接著便推開房門，牽著喬春走進對他來說不算陌生的房間裡。

「是。」侍女恭敬地應了聲。

喬春朝房裡掃視了一圈，看到桌上放了一套她設計的茶具時，有幾分意外，真沒想到王府也用這個泡茶喝。

「四妹累了吧，快坐下來喝茶。」唐子諾熟練地沖泡起茶湯。看來大哥早已安排好了，這房裡像是每天都有人居住，並未荒廢生塵，連銅壺裡的水也很熱燙。

「二哥，這個房間是你以前住過的嗎？我看你跟這裡的人都很熟，你們以前來大哥這裡時就住在竹院吧？」喬春接過茶杯淺笑道。

這房裡的擺設倒是滿適合他的氣質，家裡那間親子房，倒是花稍了些。想到他一個大男人睡在夢幻甜美風的房裡，忽然覺得有點搞笑。

「是啊。」唐子諾看著喬春嘴角甜美的笑容，忍不住出聲問道：「四妹想到什麼開心的事了？」

「沒什麼，我只是在想，或許二哥不太適合住我現在那個房間。」喬春眨著眼笑道。

「啊？」唐子諾愣了一下，飛快地搖頭。「我們現在那個房間挺好的。」想讓他滾出去一個人睡，門兒都沒有！

「好吧！」喬春輕聲說道。

唐子諾心中大喜，看來自己以後都可以抱著媳婦睡覺了。

「柳公子，浴湯已備好。」門外響起侍女的聲音。

唐子諾站起來打開房門，微笑道：「麻煩妳們抬進來。」

侍女微愣了一下，像是被他剛剛那抹柔笑攝去了魂魄，但隨即恢復過來，指揮後面的人抬進大浴桶和熱水。

「都下去吧，有什麼需要我會叫妳們。」唐子諾接過侍女手中裝著沐浴用品的竹籃，輕聲道。

「可是，我們得伺候夫人沐浴。」為首的侍女急急地說道。

「我來就好。」唐子諾回頭看著喬春笑了笑，深邃的黑眸裡閃爍著精光。

喬春撇了撇嘴，嬌嗔了他一眼，心想：我還不知道你會伺候人家沐浴呢，乘機揩油還差不多！

「是。」那侍女神情複雜地看了他們一眼，頹然退了下去。

想不到柳公子已有家室，他的夫人可真是幸福啊！想著想著，侍女們的心全都碎了一地。

唐子諾把門閂好，走到大浴桶前，將鮮花花瓣撒了進去，又從袖口拿出一個小瓷瓶，往裡面倒進幾滴液體，頓時，沒多久整個房間都被香氣縈繞。

喬春走了過去，看著香氣氤氳的浴桶，又瞄了唐子諾那雙發亮的眼眸一眼，一時之間有些難為情。

「四妹，就讓為夫伺候妳沐浴，可好？」

「可是，你不覺得有點怪嗎？」喬春羞紅著臉，那種水到渠成的情感昇華是一回事，現在要她當著他的面沐浴，又是另一回事。

唐子諾眼裡閃過絲絲戲謔，柔聲道：「妳身上有哪個地方是我沒看過的？」

「不一樣，那起碼有前戲，感覺沒那麼怪。」喬春賞了他一個白眼，噘起嘴。

唐子諾看著她噘起的櫻唇，不由得嚥了一口口水，隨即低頭吻了上去。她要前戲？好吧，他樂意給予。只是這天雷勾動地火的事情，一旦發生就很難停下來。

當喬春回過神時，自己已經全身赤裸被他抱進大浴桶裡，而他不知何時也已脫個精光，正從後面環抱著她，兩個人曖昧地坐在一起。

喬春繃緊身子一動也不動，這麼開放的事情，對她來說還真是頭一遭。

唐子諾感受到了她的緊繃，眼底閃過惡作劇的光芒。他的大手在水中四處遊走，頭抵在她肩上，輕輕往她耳邊吹了一口熱氣，幽深如潭的眸子裡含著戲謔的笑意，壓低聲音道：「四妹，為夫幫妳搓背。」

「不用，我自己來。啊……」唐子諾突然伸手輕輕一捏，讓喬春不由得尖叫起來。

她的身子被扳了過來，雙唇隨即被他覆上，水溫漸涼，體溫卻漸升，水面上的花瓣像是一波波浪花似地撲騰著……

「公子，奴婢過來幫夫人梳妝打扮。」

門外響起一道清脆的聲音，躺在雕花大床上的喬春悠悠醒轉，拉開絲滑的錦被一看，臉蛋不禁紅似火燒。

她只記得他們在水中大戰，卻不記得自己怎麼睡著的。喬春有些惱怒，伸手掐了圈在自己腰肢上的大手一下。

唐子諾隨即倒吸了一口氣，他抽離自己的手，悶聲道：「妳這是在謀殺親夫。」

「只是掐一下而已，還是你就這般脆弱不堪？」喬春沒好氣地白了他一眼。扮豬吃老虎的傢伙！

脆弱不堪？唐子諾扳過她的身子，不服氣地說道：「妳說我脆弱不堪？要不要再來一次，就怕妳再暈過去。」

她暈了？在那個時候暈了過去？

喬春羞窘地轉移話題：「外面有人來了，你去幫我把衣服拿過來，我這樣怎麼見人？」

說著她伸手掐了一下他的腰肌，笑道：「還不賴，肌肉滿結實的。」

「真的嗎？」唐子諾一聽，立刻笑容滿面。

「嗯。」喬春點了點頭。

「公子？」外面的侍女久久等不到回音，不確定地喚了聲。

「來了，稍等一下。」喬春飛快應了下來，向唐子諾努了努嘴道：「你倒是幫我把屏風上的衣服拿過來啊。」

真是的，拖了這麼久，門外的人不想歪才怪。

「呵呵！想不到我家娘子臉皮這麼薄。」唐子諾輕笑了聲，慢條斯理地起身走向屏風處，貌似自言自語地丟下一句話。「可那方面看來也不像臉皮薄啊？」

喬春看唐子諾狀似苦惱的模樣，不由得氣呼呼地瞪著他，卻又被他那完美的倒三角身材給閃了眼，愣愣地看著他，只差沒流口水。

「娘子，需要為夫幫妳穿嗎？」唐子諾拿著喬春的衣物，眼神帶著戲弄。

「不需要。」喬春回過神來，一把奪過衣物，沒多久便穿戴整齊。

唐子諾見她已經穿好，便走過去打開房門。

「給公子、夫人請安！奴婢奉命替夫人梳妝。」侍女們手上托著華麗的衣物和飾品，臉上沒有一絲不耐，而是恭敬地朝他們行禮。

喬春從內房走了出來，略微詫異地看著她們手裡的東西，瞬間明白了皇甫傑的用意。他們要進宮面聖，衣服、妝扮都不可失禮，加上宮宴上還有不少外國使者，更是馬虎不得。

「進來吧！」唐子諾側開身子，看著侍女們端著物品魚貫而入，濃眉輕蹙。喬春向來不喜繁雜的衣飾，真希望他們可以早日回到山中村，回歸日常生活。

「夫人請坐！」侍女輕聲說道。

「嗯。」喬春微微頷首。

她一端坐在梳妝檯前，一個長相清秀的侍女就走了上來，輕柔地放下她的頭髮，慢慢梳理起來。

「四妹，我去師父那裡看看，待會兒再回來。」想到晚上的宮宴，唐子諾覺得還是該去找師父和錢財預備一些計策。那些外國來使既然大費周章地將他們請進宮比試，估計一定想好了刁難的法子。

喬春對著鏡子裡的唐子諾笑了一下，輕聲道：「嗯，你去吧！」

隨著時間流逝，喬春的頭也愈來愈重了，她半瞇著眼，很擔心等一下站起來時會不會重心不穩，倒頭栽在地上？

喬春輕嘆了口氣，抬眸往銅鏡裡看去，頓時被裡面的人兒給吸引住，鏡子裡的人真的是自己嗎？

桃形劉海下一雙翦水雙瞳鑲在白皙的瓜子臉上，細眉如柳，鼻梁高挺，小嘴水潤粉嫩，高高的如意髻上插著蝶形步搖，另一邊還有淡雅的茶花形玉簪。

「夫人真美！」侍女們愣愣地看著如同仙子般的喬春，眼裡滿是驚嘆和笑意，不由得齊聲讚美。

「哪裡？我看分明就是妳們的手巧，謝謝！」喬春一掃方才的鬱悶，眉歡眼笑地看著鏡子裡的自己。誰不喜歡自己打扮得美美的，重點是還是頭一次見到自己這樣妝扮，免不了覺得新鮮。

「這是奴婢應該做的，夫人，請更衣。」侍女們回以笑容，對這個貌美又沒架子的貴客頓時心生好感。

喬春看了侍女手中的衣服一眼，實在沒把握自己能把這些繁雜的衣物穿好，便朝她們笑了下，道：「麻煩妳們了。」

當一切全都完成後，侍女們便退到一旁。喬春走到鏡子前，看著陌生的自己——綠色華衣裹身，外披白色紗衣，露出線條優美的頸項和清晰可見的鎖骨，裙幅上繡著栩栩如生的白茶花，裙襬長長袘在地上。

「四妹，妳換好衣服沒有？卓越已經備好馬車，我們馬上就要進宮了。」門外傳來唐子諾醇厚爽朗的聲音。

喬春朝門外應了聲：「進來吧！」

房門應聲而開，唐子諾朝裡面一看，笑意盎然的臉驟然石化，嘴巴微張，目不轉睛地盯著喬春瞧。真美！在白色紗衣的襯托下，現在她就像月光下一朵開在茶樹梢上的茶花。

「四妹，妳真像個茶仙子，大哥替妳準備的這身衣物，可真是下足了心思。」唐子諾看著她，眸光閃爍，突然間語氣一轉，酸酸道：「如果可以，我真不願意讓別人看到這樣的妳。」

「你現在可是愈來愈會說甜言蜜語了，該不會經常在外面鍛鍊吧？」喬春抿唇輕笑，看著唐子諾眼底的著迷，不禁微微得意，順便虧了他一下。

「我只對妳說這些話，別人想聽，門兒都沒有。」唐子諾保證似地說道。

「呵呵！」喬春輕笑出聲，晶瑩深邃的眸子閃爍著光芒。「那你以後每天都說一句，不可以重複。」

不能重複，這也太嚴格了吧！唐子諾忍不住苦惱起來。

「走吧！再不走，時間就來不及了。」喬春看他一臉為難，淺笑著把手交到唐子諾手裡，抬步往門外而去。

侍女們見他們夫妻濃情密意，個個都忍不住豔羨，要是將來自己也能擁有這般美好的姻緣就好了！

院門下，柳如風和錢財看著盛裝打扮的喬春，眼裡閃過讚賞。四個人坐著卓越駕的馬車穿越重重宮門，直達通向皇宮的最後一道門。

卓越跳下馬車，站在一側，輕聲對馬車裡面的人說道：「先生，到了。」

柳如風他們四個人聞言，陸續下了馬車，此時宮門裡走出一個太監，站在馬車前，輕掃了他們一眼。

卓越上前對他拱手行禮，微笑道：「安公公，這位是唐夫人。」

安公公打量了喬春一下，嘴角逸出一抹似笑非笑的笑容，問道：「妳就是喬春？」

喬春並未對他公然的打量表示不滿，而是微笑著回應：「正是小婦人，安公公好。」

看在大家是「姊妹」的分上，喬春對他這般無禮的態度就不計較了。可是站在一旁的唐子諾可就不樂意了，正用眼神秒殺他。

「嗯，隨我來吧！」眼高於頂的安公公雖見他們由皇甫傑的貼身侍衛送來，但說到底也就是幾個鄉下種田的，他可沒放在眼裡。

柳如風扭過頭看向唐子諾，搖頭示意要他別在意。他在宮裡做了十幾年的御醫，宮裡的人不管是主子還是下人，全都不好惹，帶著有色眼光看人再正常不過。

唐子諾輕輕點了點頭，見喬春也是一臉淡然，也就不再計較。

幾個人安靜地隨著安公公走，來到一處偏靜的小院子裡。

「你們就在這裡候著吧，等宮宴開始時，咱家會差人來叫你們。」安公公話落連禮也沒行，便轉身離去。

喬春看這院落很是清靜，雖然連個宮女都沒有，但是打掃得很乾淨，不過沒有外人在，她倒覺得自在一些。

「嗯，你們兩個也坐吧。」「柳伯伯，坐吧。」柳如風招呼錢財和唐子諾坐了下來，抬眸看著喬春問道：「春兒可會緊張？」

「不會，柳伯伯放心，春兒沒事。」喬春知道他們都在擔心接下來的宮宴，因為誰也不知道會有什麼樣的難題等著他們。不過喬春一點也不煩惱，因為她對自己的應變能力有信心。

喬春看著大夥兒眉頭微蹙，便找了些輕鬆的話題，幾個人暫時忘卻煩惱，開心地聊了起來。

正當幾個人聊得忘我時，皇甫傑皺著眉頭走了進來，十分不悅地冷哼。「那安得清就把你們安排在這裡？好個勢利的奴才！」

「大哥，你別生氣。這裡挺好的，清靜，又沒有外人在，我們倒是喜歡。」喬春笑著安撫皇甫傑。

皇甫傑看到盛裝打扮的喬春，眼前不由得一亮，隨即笑呵呵地說道：「四妹，妳這樣打扮很好看，人家說不定還以為妳是哪國的公主呢！」

喬春回以一笑，苦惱地說道：「好看是好看，可是不方便，我還得小心翼翼地走路。不走路的時候，倒還像有那麼一回事，可一走路，美感馬上就被我破壞殆盡。看來啊，適合自己的，才是最好的。」

皇甫傑聽了哈哈大笑起來，略有感觸地說道：「四妹就是四妹，從妳嘴裡說出來的話就是不一樣！」

柳如風看著皇甫傑問道：「阿傑，你知道這次晉國使者想比試些什麼嗎？」

錢財和唐子諾聽柳如風開口就是重點，雙雙緊盯著皇甫傑，倒是喬春神色依舊淡然。

皇甫傑搖了搖頭，輕聲道：「這個我也沒打聽到，但是我相信四妹一定沒問題的。」

「王爺吉祥！」一個太監走進來看到皇甫傑在這裡，不由得感到驚訝，但他隨即反應過來，向他行禮，接著看了喬春他們一眼，又道：「宴會馬上就要開始了，各位請隨奴才來吧。」

皇甫傑起身看著柳如風他們，道：「柳伯伯，我們一塊兒過去。」

他跟他們在一起，那些人多少也會顧忌著點。

柳如風明白他的意思，向唐子諾他們使了個眼色，站起來跟在皇甫傑身後隨他而去。

那太監見王爺似乎很重視這幾個人，不禁偷偷鬆了口氣。幸好自己沒來得及依安公公的意思刁難他們，不然這會兒等於得罪王爺，那他可就吃不完兜著走了。

到了議事大殿門前，皇甫傑示意太監進去稟報，自己則跟柳如風等人站在一起，等候宣見。本來他可以直接面聖，但考慮到他們待會兒要面對大場面，便決定與他們一同進場，算是支持。

「啟稟皇上，喬春等人已在宮外等候宣見。」太監對端坐在主位上的皇上皇甫俊跪了下去。

「宣！」皇帝深邃的黑眸中閃過一絲好奇，不禁坐直了身子，朝殿門口張望。

盛傳和平鎮的喬春是茶仙子下凡，不僅才識過人，還貌美如仙。今天他可要好好瞧瞧，這些傳言到底是不是真的？

殿下那些大臣和外國使者全都伸長了脖子，迫不及待地朝殿門口看去。

當喬春踏入殿內時，人人頓時睜大了眼，吸氣聲此起彼落。

好一個茶仙子！

第七十章　茶藝競賽

只見喬春一身綠衣華服，裙幅上繡著栩栩如生的白色茶花，裙襬長長拖在地上，讓她走起路來步步生姿。裙褶上的白茶花隨著她輕柔的步伐，像是從空中撒落下來的鮮花花瓣一般，如夢似幻。她一雙晶眸如盛載著一湖春水，微波蕩漾，兩彎柳葉吊梢眉清秀雅致，丹唇水潤豐盈，身段苗條，玲瓏有致。

眾人紛紛低頭稱讚：喬春果然是個舉世無雙的大美人！

唐子諾等人陪著喬春一同進入議事大殿，聽到四下安靜無聲，隨後抽氣聲上下起伏，頓時有些不悅。他眉頭深深鎖起，不太喜歡此刻眾人打量喬春的眼神。

喬春目不斜視，輕移蓮步走到大殿中央，皇甫傑則大步上前一步，對主位的皇甫俊行禮。「臣參見吾皇，吾皇萬歲萬歲萬萬歲！」

「皇弟平身。賜座！」皇甫俊點了點頭。

喬春微垂著頭，勾了勾唇角，很是感激皇甫傑，他這無非就是為他們做了個標準示範。

「民婦喬春，草民唐子諾、柳如風、錢財，參見吾皇，吾皇萬歲萬歲萬萬歲。」他們四個人站在一排，輪流報上姓名，接著很有默契地同時跪下，向主位上的皇甫俊行參拜之禮。

「平身！」皇甫俊淡淡朝殿下四人掃了一眼，眸中閃過一絲疑惑，隨即轉首看向皇甫傑，輕笑道：「皇弟，朕剛差人四處尋你，想不到你和他們在一起？」

「啟稟皇兄，唐子諾和喬春、錢財是臣弟的義弟妹，我們已有些日子未見，因此臣弟特地與他們敘敘舊，還望皇兄恕罪。」皇甫傑從桌前站了起來，向皇甫俊解釋。

皇甫傑的話像是一塊石頭打在眾人心上，沒想到喬春居然是逍遙王的義妹，那接下來有意刁難的晉國使者，恐怕也得顧忌逍遙王的顏面吧？

皇甫俊臉上掛著淡淡的笑意，龍口輕啟：「原來皇弟與他們還有這般淵源？來人啊，賜座！」

放在龍椅兩側的雙手緊握著，皇甫俊心裡不禁猜測皇甫傑與這些人結為義兄妹的真正用意，他臉上雖然掛著笑意，可腦裡卻思緒飛騰。

「謝皇上！」喬春幾人行禮拜謝，隨著宮女的指引來到他們的座位。

眾人見她一介農婦，面對如此大場面，卻絲毫沒有怯場的跡象，不由得對她多了幾分讚賞。

皇甫俊向站在一旁的大太監使了個眼色，那太監立刻會意，微笑著拍了三下清脆的掌聲，頓時舒緩優美的琴音從大殿後方傳來，琴音忽高忽低，優雅婉轉，有小橋流水的清雅，有幽澗山泉的靜謐，有雪山冰湖的冷凝，也有深潭幽水的沈厚。那琴曲好似一股清泉，潺潺流入每個人的心田，清涼而靈動，讓人不自覺沈醉其中。

殿側珠簾下，一個個容貌秀麗的舞姬，隨著琴曲翩翩而至大殿中央，身段妖嬈，舞姿優美。

大殿中的每個人不自覺地放下酒杯，一邊聽琴曲，一邊欣賞舞蹈。

喬春興致勃勃地欣賞起樂聲與舞蹈，偏頭看到唐子諾和錢財似乎有點心不在焉。他們見喬春看了過來，雙雙向她露出安撫的笑容。

坐在他們對面的男子正好看見這一幕，嘴角緊抿，一絲陰冷浮現在他臉龐上。原來大齊國百姓口中的茶仙子就是她，只是自己沒料到她是逍遙王的義妹，身旁還有兩個護花使者。

喬春感受到對面投射過來的目光，見對方對自己含笑點頭，也回以一笑，輕輕點頭，隨即移開了視線，繼續觀看舞蹈。

這個人不簡單。他雖嘴角含笑，但眼神卻陰冷無比。看他的衣著打扮，不像是大齊國的人，難道他就是晉國的使者？喬春暗忖，暗暗提高了幾分警戒。

一曲落下，宮簾後走出一位絕色美女，皇甫俊扭頭看向珠簾下，臉上逸出一抹溫柔的笑容，站起來上前幾步牽過她的手，笑道：「愛妃辛苦了。」

蕩漾著水般溫柔的清明眸子看向皇甫俊，那女子嫣然一笑，這一笑動人心魄，美得讓人移不開眼睛。

「皇上，臣妾不辛苦，只要皇上開心就好。」菱唇輕啟，清脆如夜鶯的聲音在大殿中響起。

眾人這才知道為何方才的琴曲如此動聽，宛如天籟之音，原來是出自大齊國第一才女——董貴妃之手，相傳她就是以過人的琴技和天仙般的美貌，贏得久盛不衰的恩寵。

皇甫俊牽著董貴妃入座後，重新坐下，勾起唇角，淺笑看向眾人。

此時，喬春對面那男子突然站了起來，走到大殿中央對主位上的皇甫俊行禮，朗聲道：「齊皇，我們晉國素來以茶葉聞名，如今貴國出產的茶葉世人皆讚。久聞貴國文化精深，在下想與她交流一番，詠茶詩一首。」

詠詩一首？這不是赤裸裸的刁難嗎？誰都知道喬春乃一介農婦，在這大齊國別說是農婦，就是官家千金小姐也大多只精女紅，文學方面只能說略懂皮毛，能吟詩作對的怕是找不出幾個來。

眾人不約而同地看向喬春，不禁為她感到擔心，也暗斥晉國使者的陰險，這分明就是專揀人家的短處來比嘛！

皇甫俊英眉輕蹙，眼睛淡淡掃向喬春，見她神色自然，一時之間竟不知該不該答應晉國使者的要求。贏，就能給晉國下馬威；要是輸了，他也丟不起這個人。

對於周遭大齊國臣子們的不安跟竊竊私語，晉國使者很是滿意，他恭敬地看著皇甫俊，用很意外的語氣說道：「齊皇，難道貴國女子只知種田跟女紅？我們晉國的女子個個都能識文寫字，三歲女童也熟讀《三字經》。」

皇甫俊雙拳緊握，為之氣結。任誰都聽得出晉國使者話中的嘲笑之意，可他們大齊國的女子確實不精文字，他實在無從反駁。

正當皇甫俊為難之際，殿中響起了喬春那如珠玉落地般的聲音，一字字灌入眾人的耳裡，恍若天籟。

「皇上，民婦願與晉國使者交流。」喬春緩步移至大殿中央，對主位上的皇甫俊行了個禮，與晉國使者站在一起。

這位使者果然是「屎」者，見縫就叮的青頭蒼蠅！喬春暗啐道。

皇甫俊見她胸有成竹的模樣，加上也找不到好理由婉拒對方，便大笑幾聲，對他們說道：「兩國相交，最重交流，甚好！我們大家就好好觀摩一下晉國的文化吧！」

說著，對一旁的太監喝道：「來人啊！給兩位備上紙墨。」

「遵旨。」太監領旨後便低著頭下去準備。

唐子諾他們幾個有些擔憂地看著喬春，雖然知道她與眾不同，但誰也沒見她吟過詩。剛剛皇上那樣子，分明不想讓她出來交什麼流，只怕他也擔心會丟了大齊國的顏面。他們則是擔心她的安危，如果讓皇上不高興，隨便找個名目都能光明正大替她安上罪名。

唐子諾的手不禁緊握成拳，眼睛一眨也不眨地盯著喬春。此刻他恨自己只能眼睜睜看著，卻不能幫上一丁點忙。

不一會兒，幾個太監和宮女便搬來兩張桌子，桌上擺著紙筆，兩個宮女正站在一邊研墨。

「開始吧！」皇甫俊從剛剛就一直在觀察喬春，見她臉上一直掛著一抹淺笑，原先的擔心早已不翼而飛，現在他更期待她能作出什麼樣的詩來。

「是！」兩個人應了聲，便各自開始構思。

喬春見那晉國使者直接拿筆洋洋灑灑地寫了起來，便知他早已有所準備。她嘴角微揚，美目輕轉，靈光一現，拿起筆也開始在宣紙上寫下一行行娟秀的字體。

你有你的張良計，我有我的過牆梯。或許你是飽讀詩書，但是我再不濟，也還有不少古人的詩可以借用！喬春嘴角始終掛著微笑，信心十足。

晉國使者沒寫多久便停了下來，一臉得意地看向喬春，可當他看到喬春過沒多久也放下筆，朝他看來時，心中不由得一驚。大齊國的女子不是都不精通文字嗎？難道自己調查的結果是錯的？

喬春朝他點頭微笑，眼底滿滿都是自信，晉國使者強壓下心中的不安，扯起嘴角，回以一笑。

「都寫好了嗎？呈上來。」皇甫俊見他們都停下了筆，便要太監將他們寫的詩都拿過來。

大殿上的人大氣都不敢出，每個人的心都懸了起來，目光全對準皇甫俊，生怕錯過他臉上任何一個表情。

「小鄧子，拿下去，擺放在一起，讓大家見識一下他們的文采。哈哈哈！」皇甫俊將手裡兩張宣紙遞給一旁的太監，不禁開懷大笑，對喬春另眼相看。

皇甫俊可真沒想到他們大齊國的山裡竟然藏著這麼一位才氣逼人的女子！他轉眸看向喬春，眸底流過一絲讚賞，還有一絲……

坐在皇甫俊身旁的董貴妃見他眼光總是在喬春身上打轉，眼底閃過一絲精芒。皇上向來偏愛美貌與才氣兼具的女子，如果他對她有了好感，那對自己可是大大不利。

君心難測，君寵更難續。她如今的一切可都是步步為營、精心算計得來的，可不允許任何人搶奪。

喬春忽然感覺到有一道冷冽的目光從上方射了過來，可當她微微抬眸看去時，卻只看到皇甫俊含笑的眸子，還有一旁董貴妃淡然的眼神。

是她的錯覺嗎？

眾人圍站在桌邊，看著那剛勁有力的字，對晉國使者的才氣感到佩服。只見紙上寫著——

嫩芽香且靈，吾謂草中英。
夜白和煙搗，寒爐對雪烹。
惟憂碧粉散，嘗見綠花生。

簡簡單單的五言詩，卻道出了煮茶時的心境。

大夥兒再將目光移向一旁，先是被那娟秀的字體閃了一下眼，輕誦之下，頓時全都不敢置信地看向喬春，被她的才情折服。

茶。
香葉，嫩芽。
慕詩客，愛僧家。
碾雕白玉，羅織紅紗。
銚煎黃蕊色，碗轉曲塵花。
夜後邀陪明月，晨前命對朝霞。
洗盡古今人不倦，將至醉後豈堪誇。

由一字到七言的詩，他們聞所未聞，見所未見，如今竟出自一介農婦之手，怎麼能不讓他們佩服呢？喬春果真是個才貌雙全的絕色女子！

唐子諾等人見眾人投向喬春的眼神，心中大石總算被挪開，他起身來到桌前，看向那張寫著娟秀字體的紙，立刻被她的詩句震撼。

晉國使者心中大驚，連忙走到桌前，眼睛緊盯著那首詩，之後神情頹喪地看向他座位後面的隨從，輕輕搖了搖頭，眸底一片死灰。

突然間，那人像是不死心似的，對主位上的皇甫俊行禮，朗聲道：「齊皇，聽說貴國用茶具沖泡茶湯時，很是講究，不知可否讓在下一飽眼福？」

大殿中驟然靜了下來，大家你看看我，我看看你，很有默契地回到原來的座位上。

此刻所有人又將眼光集中到喬春身上。傳聞她創了許多講究泡茶動作的茶具，傳說那些花樣全部出自她的手，聽聞她沖泡的茶湯別具韻味，聽說她……

諸多傳聞，今夜如果能一次得到印證，他們也算不虛此行了。

「准了。」皇甫俊這次不再猶豫，很爽快地答應了。

「太后駕到！」門外的太監突然宣告皇太后駕臨。

一抹鋒芒從皇甫俊深邃如墨的眸中飛逝而過，他心中暗道：母后怎麼會在這個時候出現？她不是不舒服嗎？他的眼光驟然掠過殿下的柳如風，頓覺芒刺在背。

大殿上瞬間安靜了下來，眾人緩步走到殿中央兩側，皇甫俊則是牽著董貴妃的手，站在前頭率眾人對著在宮女簇擁下進殿的太后行禮。

「兒臣給母后請安！」

「參見太后！太后千歲千歲千千歲！」

「起吧！」太后笑呵呵地將手放進皇甫俊手裡，由兒子攙扶著她，走向大殿上位道：「聽聞民間盛傳的茶仙子來了，哀家特地過來瞧瞧。」

喬春微微抬頭，眼光一直沒從太后身上移開。她舉手投足間的每個細微動作，都透露出皇家女性的高貴和威嚴。

殿中的眾人在行禮後魚貫而退，各自回到座位上。唐子諾從喬春身邊經過時，兩人四目相視，眼神短暫交會，喬春從中了解他的支持和鼓勵，淺淺一笑，眸中光輝璀璨。

大殿上，太后坐在皇上另一側，微笑著用眼神掃過大殿下，當她看到柳如風時，微微頓了一下，但很快便移開視線，最後將目光停在喬春身上。她扭過頭看著皇甫俊，笑道：「皇帝，那便是茶仙子吧？」

「她正是民間盛傳的茶仙子——喬春。」皇甫俊輕笑著回道。「母后，可想看看她和晉國使者剛剛所寫的詩？」

「嗯。」太后淡淡一笑，唸過方才兩人所寫的詩後，又看向喬春，眸中流露出讚賞，笑道：「春丫頭，抬起頭來，讓哀家瞧瞧。」

「民婦參見太后娘娘，太后娘娘千歲千歲千千歲。」喬春心中雖有些詫異太后對自己親暱的稱呼，但聽到太后點名，她還是連忙站出來行禮，緩緩抬起頭微笑看向太后。

太后的年紀與林氏差不多，不過平日保養得當，又過著養尊處優的生活，容貌肌膚完全不像是已屆中年的女人。

面如桃李，眸盛春水，氣質淡泊，柔美靜雅——果然美得驚人！太后嘴角滿是笑意，看著喬春頻頻點頭。

「起來吧！早些年聽聞傑兒說結識了幾個義兄妹，其中有一個是民間盛傳的茶仙子，因此哀家特地過來瞧瞧。今日一看，果真不凡，深得我心！既然妳是傑兒的義妹，就形同是哀家的義女。」

說著，太后伸手將手腕上的碧綠玉鐲摘了下來，遞給一旁的李嬤嬤，笑道：「李嬤嬤，把這個玉鐲送給春丫頭當見面禮。」

「母后，您說這枚玉鐲？」皇甫俊心中閃過一絲疑惑，猜不透太后的心思。這玉鐲乃雪國獻上的貢品，聽說原本的玉石採自雪山，有冬暖夏涼之效，後宮之中也就太后擁有一枚，如今她卻拿來送給喬春當見面禮，莫非母后真的想認她為義女？

「皇帝，哀家一生只得你們兄弟兩子，雖曾有過雅丫頭，但她三歲就夭折了。一生無女承歡膝下，心中難免遺憾，如今我看春丫頭甚是歡喜，就順著哀家的意吧。」太后側目看著皇甫俊，說起那三歲就夭折的女兒，眸中水氣驟凝，眼角含淚。

「既然母后這麼喜歡喬春，不如就認下這個義女吧？」皇甫俊見母后如此傷感，心中一緊，腦海裡閃過雅兒那粉嫩的小臉。那時她總愛跟在他們兄弟倆後面，經常眨巴著水汪汪的大眼睛看著他，甜甜叫著「大皇兄」，失去雅兒這個妹妹，他內心也十分難受。現在既然母后中意喬春，只要能讓母后開心，他又何樂而不為？

「這件事還不急，日後再議。」太后微笑著搖了搖頭。她雖喜歡喬春，但現在這個場合實在不適合談收義女這件事，再說，她還得多觀察一下喬春才行。

皇甫俊點了點頭，再議也好，他得看看喬春夠不夠格當他的義妹？

「民婦謝太后娘娘賞賜，但是這個禮太重了，民婦實在不敢當。」喬春看著翠意剔透的玉鐲，心知不是凡物，況且這是太后娘娘身上的東西，她沒理由收下。

「只是個小玩意兒，春丫頭，妳絕對受得起。哀家前幾年夜裡經常咳嗽，傑兒帶來妳製作的玉瓊泡柿餅，過去這段時間每天清晨服下一小塊，現在咳疾已經不藥而癒。說到底，哀家該要謝謝妳，還有那套蘭花茶具，哀家更是喜歡。」太后看著喬春，淺笑著緩緩而道。

皇甫俊看著喬春說道：「喬春，太后的一片心意，妳就收下吧！」

「民婦謝太后娘娘賞賜。」喬春知道自己再沒理由推辭，便跪拜謝禮，收下賞賜。

「春丫頭快起來吧！」太后愉悅之情溢於言表。

大殿下眾人相互對視，默契十足地點了點頭。看來喬春十之八九會成為太后的義女。光是逍遙王的義妹就夠讓他們震驚了，現在太后也想收她為義女，可見這女子確實不一般！

從彈琴之後便被人奪去一身光彩的董貴妃，恨恨地朝喬春瞪了一眼。這個女人憑一首詩就奪去屬於她的注目，現在太后不僅將心思都投在她身上，還將那僅有一枚的玉鐲贈予她。

真是氣人！想當初，她求了皇上好久，也沒有得到這枚玉鐲。聽太后想認喬春為義女，她心中更是不悅。董貴妃鳳眸中瞬間閃過一道精光，臉上揚起柔柔笑容，扭過頭看著太后，甜甜道：「太后娘娘，都是臣妾不好，以後臣妾一定常去陪伴太后娘娘，承歡膝下。」

一番話聽起來像是道歉，可意思也很明白，就是不用再認什麼義女了，有她來承歡即可。

太后露出欣慰的表情，淡淡笑道：「妳的心意哀家收下了。妳照顧好皇帝，就是幫哀家的大忙。皇帝日理萬機，身邊有妳照顧著，我也比較安心。李嬤嬤，回頭把哀家的冰清玉膚膏替董貴妃送去。」

「是！」李嬤嬤輕聲應道，溫順地站在皇太后身側。

「謝太后娘娘賞賜。」董貴妃歡天喜地的謝道。雖然目的沒有達成，但至少太后肯定她照顧皇上的功勞，這也代表她也不必違心去侍奉她。也好，她現在可不想分心，得將全副身心用在皇上身上，好早日懷上龍子。

「皇帝，你們是不是還有什麼活動？」太后從董貴妃那兒抽回目光，看著皇甫俊輕聲問道。

「是，晉國使者想看看喬春怎麼沖泡茶湯。母后，您想看嗎？」

「嗯。」太后輕輕點了點頭。

皇甫俊見太后有心要看，便對一旁的太監吩咐道：「小鄧子，你差人準備茶具吧。」不一會兒，大殿中央撤掉一張桌子，搬來一張椅子。宮女們則將茶具、茶葉擺放在桌上，只留兩名宮女站在桌邊候著。

喬春對主位上的人欠身行禮，轉身抬眸朝大殿上輕掃一眼，眼光在唐子諾身上稍稍停頓，接著淡然地坐在桌前，提起茶壺用開水沖洗茶具，輕啟紅唇，清脆的聲音在大殿上縈繞而開。

「冰心去凡塵……」銅壺嘴裡水流如注，透過大殿上金色的柔光，折射在她柔靜的臉上，熠熠生輝。開水淋在茶具上，頓時水氣氤氳，裊裊而上，透過水霧看著她那張精緻的臉蛋，彷彿身在九天靈霄殿。

「……敬奉香茗。」放下茶壺，喬春雙手奉上茶杯，緩緩舉向眾人，神態優雅，眼光調向晉國使者，輕道：「敬貴使者，一飲滌昏寐，情來朗爽滿天地；再飲清我神，忽如飛雨灑輕塵；三飲便得道，何須苦心破煩惱。」

晉國使者起身走到喬春身邊點頭謝過，聽到她別具意思的話時，忍不住嘴角抽搐，神情微窘。他迅速飲下茶湯，尷尬地回到自己的座位上。

大齊國的臣子們看到他們之間的互動，嘴角紛紛咧了開來。

因為晉國盛產茶葉，茶葉價格又不菲，所以在周圍列國中，就數晉國財力最為雄厚。平時這些使者都是鼻孔朝天，對大齊國也只是表面友好而已。

不過，大齊國雖財力不及晉國雄厚，但地廣人多，又有逍遙王帶領，兵力是幾個國家中最強的。拳頭夠硬夠大，就是老大，所以他們暫時不敢對大齊國明著來。可如今大齊能產出更好的茶葉，對晉國來說實在是一大威脅，這次名為向皇太后拜壽，實則來探查喬春的實力。

「好，好！」見喬春優雅地泡茶，又吟詩對晉國使者說教，皇甫俊忍不住率先鼓起掌來，臉上浮現蜜蜂看到花朵的興奮，目不轉睛地盯著她。

這女子實在迷人！尤其是剛剛沖泡茶湯時，那神情、氣韻，說她是九天外的仙子也不為過。

大殿下眾人從皇甫俊的掌聲中回過神來，看到晉國使者那比哭還難看的笑容，一個個拚命鼓掌，對喬春的看法由剛剛的折服直接升級到崇拜。

站在晉國使者後方的隨從雙瞳驟然微縮，緊緊盯著喬春，薄唇緊抿，嘴角噙著一抹邪魅的笑。

她隱沒在顯貴之中，周遭卻沒有一個人像她這般擁有真正的優雅和高貴，她像是高高綻放在茶樹梢上潔白的茶花，在燈光籠罩下顯得更加閃耀動人。這樣的女子，他從未遇過！

皇甫傑淡淡看向晉國使者，眼光卻被他身後那位樣貌出色的隨從給吸引，心中流過一絲疑惑。此人氣質超凡，雖已刻意收斂全身上下散發的高貴氣息，但他的異樣還是落入皇甫傑眼裡。

這人怎麼可能只是一個隨從？隱下內心的疑惑，皇甫傑向身後的卓越微微招了招手，在他耳邊細聲吩咐。

「來人啊！賞喬春玉如意一對。」皇甫俊心情大好，一雙眼睛已經完全不能從喬春身上移開了。

「謝皇上賞賜！」喬春淡然收下賞賜，回到原來的座位上。

端坐在皇甫俊身側的董貴妃眸中銳光閃動，一股妒火猛然自心底熊熊燃起，她雙手緊握成拳，即使長指甲已陷入掌中，也絲毫沒感到疼痛。

可惡的下賤農婦，居然當著她的面勾引皇上，簡直活膩了！

不行，她得想法子去了皇上的念頭。

喬春偏過頭對唐子諾微微一笑，視線越過他時，不經意看到若有所思的柳如風，心中不由得低嘆。唐子諾曾告訴她柳如風和太后的事情，只能說愛情得來不易，緣分更需把握吧！

宴會就在眾人各懷心思下進行著，最終在太后脫口一句「哀家累了」之後，冗長無趣的宴會總算結束了。

喬春等人抱著皇上賞賜的東西隨皇甫傑一同回到逍遙王府。

「累死人了，這身衣服沒把我絆倒在地，實在是萬幸，這些壓得我頭都抬不起來的東西也夠嗆。大哥，你也太不公平了吧？為什麼我得盛裝打扮，他們幾個就不用？」喬春走進王府大廳，形象突然一變，全身累癱地坐在椅子上，嘴裡大聲嚷嚷。

她這樣子哪還有半點在大殿上那優雅柔美的影子？如果她這副模樣讓那些人瞧見了，恐怕連下巴都收不回來。

皇甫傑對喬春笑著搖了搖頭，輕聲揶揄：「四妹，妳這哪是什麼茶仙子？分明就是……哈哈！」

錢財和柳如風也是眉眼含笑地搖了搖頭。

只有唐子諾在意她眉宇間淡淡的疲憊，他不禁感到心疼，牽起她的手柔聲道：「四妹，我先送妳回房休息吧。」

錢財挑了挑眉梢，眼神掃過唐子諾和喬春，戲謔道：「大哥，二哥這樣會不會太見色忘友了？居然想撇下許久未聚的兄弟們，唉……」

皇甫傑彎起唇角，嘆了一口氣道：「三弟，我們得理解。他們夫妻小別重逢更勝新婚，我們和柳伯伯還是放過他們吧，咱們三個喝酒聊天去！」

喬春聽他們一唱一和的，撇了撇嘴道：「如此就謝了，二哥，我們走吧！」

皇甫傑和錢財瞪大眼睛看著喬春，她竟然真的要回房，難道她沒聽出他們的弦外之音嗎？

唐子諾好笑地看著他們一臉錯愕的表情，轉過頭溫柔對喬春道：「走吧！」

「柳伯伯，那我們先回房了，您老人家別跟他們一起鬧，早點休息吧。」喬春眸光一轉，落在柳如風身上，淺笑道。

柳如風瞥了皇甫傑和錢財一眼，回眸看向喬春，微笑道：「好！春兒，妳別理會他們兩個，他們是逗著妳玩的。妳今晚也累了，早點休息吧。」

皇甫傑和錢財聽到柳如風的話，飛快對視了一眼，看到彼此眼中的委屈，同時不滿地看向柳如風。

柳伯伯也太偏心了吧？居然完全不顧他們的感受！

美眸輕轉，喬春勾起唇角乖巧地點了點頭，轉身牽著唐子諾的手，抬步離開。走沒多遠，突然向後拋下一句：「二哥，我看大哥和三哥怪寂寞的，你說他們會不會去『那個地方』？」

皇甫傑和錢財瞪大黑眸，滿臉黑線，神情微窘地看著彼此。

她說的是什麼話？他們哪有那麼隨便？還有，她一個女子怎能說出這般話呢?!

「可能會吧！」唐子諾明白喬春話裡的意思，轉頭用眼神對他們表示同情，隨即搖了搖頭。

喬春頓住了腳步，歪著頭，很是意外地看著唐子諾，輕聲道：「你作為兄弟，該勸勸他們的，早日成親有益於身心健康，千萬不能去那些地方。如果實在沒法子，也不能多去。」

錢財和皇甫傑身子晃了晃，俊臉脹紅，很是受傷。

四妹到底把他們當成什麼人了？這話要是讓外人聽到了，他們還要不要活啊？

柳如風聽到喬春的話，老臉閃過一絲不自在，他輕咳了兩聲，端起茶杯，輕輕啜了一口，擋住自己臉上的窘色。春丫頭話也說得太開了一點，他這個老人家還在場呢，聽多了重口味的話，會噴鼻血的。

唐子諾驚訝地看著喬春，往身後瞥了一眼，眸中閃過一絲窘迫，吶吶道：「那個……那個……春兒，這話不好當著他們的面說吧？他們會不好意思的。」

他們會不好意思?!

喬春很是不解，他們幹麼不好意思？她轉過身看著滿臉通紅的幾個大男人，秀眉輕蹙，奇怪地問道：「大哥，你們為什麼要不好意思？」

皇甫傑和錢財只覺頭頂飛過一群烏鴉，臉色直接由紅變成醬紫，可憐兮兮地對視了一眼，很想直接暈過去。

「大哥他們很潔身自愛，不會去那個地方。四妹，我們還是回房去吧，妳剛剛不是說很累嗎？」唐子諾接收到皇甫傑他們求救的信號，輕聲替他們解圍。

喬春的話太有殺傷力了，為了不讓兄弟們日後對他多有埋怨，他還是先將她拉回房裡去比較保險。

「哈哈哈……」喬春聽到唐子諾的話，再看看他們幾個尷尬的表情，忽然彎腰抱著肚子大笑起來。

皇甫傑和錢財看到喬春那個樣子，更是無地自容，他們潔身自愛有這麼好笑嗎？真是的！

喬春笑著笑著肚子都痛了，眼角也溢出了淚水，可她還是停不下來。真的太好笑了，他們以為她在說什麼？那個地方？潔身自愛？

「哈哈哈……」喬春依舊笑個沒完。

「四妹，妳別再笑了，再笑大哥他們可要生氣了。」唐子諾伸手搖了搖喬春的肩膀，很是擔心。因為此刻皇甫傑他們的臉色很不好，真的不好，非常不好……

「我……我……我停不下來，哈哈哈……」喬春斷斷續續地說著，伸手擦了擦眼角的淚水，好半晌才停下來。

她站直身子，拚命忍住笑意，抬眸看著皇甫傑他們，氣喘吁吁道：「大哥、三哥，我說的地方是酒樓，你們以為是什麼地方？」

在場四個大男人瞬間石化，怔怔地看著她。

皇甫傑先回過神來，窘迫地看著她，低聲道：「可是妳要二弟勸我們早日成親，說是有益於身心健康。」他像是鼓足了勇氣，又道：「妳還說那個地方不能多去。」

錢財也很是委屈地看著她，重重地點頭，同意皇甫傑的話。

喬春沒好氣地賞了他們一個大白眼，噘著嘴道：「我這樣說沒有錯啊。因為成親以後就有嫂子們管著，你們就不會老是喝酒。少喝酒當然有益於身心健康，不信你們問問柳伯伯。」

喬春雙手一攤，聳了聳肩，很是無辜。

「二弟，你快點帶四妹進房休息吧。」皇甫傑滿臉無奈外加無地自容。他抽搐著嘴角，直接要唐子諾將喬春帶走，省得她待會兒又說出什麼讓他們誤會的話。

真是愛瞎掰，她的話明明就是一個圈套，把話說成那樣，他們能不誤解嗎？

唐子諾聞言趕緊拉了喬春就走，只見她轉身時肩膀微聳，顯然還沒笑夠。

唉！他們這義妹真是個鬼靈精，只能怪他們當初「識人不清」了！皇甫傑和錢財對看了一眼，無言地坐了下來，打算好好「聊聊」。

第七十一章 暗算

京城　悅來客棧

貴賓房門外站著兩個帶刀侍衛，從他們小心翼翼的神情中，可以看出這間房裡住著的人一定非富即貴。

「悅來客棧」是大齊國最負盛名的連鎖客棧，不僅遍布大齊國每個省分，就連周圍列國的京城也設有分店。只不過他們的老闆是個神秘的人，無人知曉他的真實身分。

「主子，那個叫喬春的女人，實在不像一介農婦，她今晚的行為已經破壞了我們的計劃。假以時日，將會嚴重威脅到晉國對周圍列國的茶葉供給。」晉國使者向坐在桌前的男子恭敬地闡述自己對目前情況和喬春的分析。

那男子把玩著桌上的茶具，神色淡然，只是他那雙望著茶杯的眼眸，折射出異樣的光彩。

晉國使者不禁暗暗吃驚。他家主子露出這樣的眼神時，一定是有了新的獵物。不知為何，他腦中突然閃過喬春那如天仙般的樣子，再看向自家主子，心中已是一片了然。

「主子，喬春那個女人如果收為己用，將來定能成為有力的後盾。如果不能收為己用，日後也將成為我們最大的威脅。我看大齊國的太后似乎有收她為義女的想法，不如屬下找機會替主子要求和親，順理成章收下她。」

晉國使者邊說邊小心翼翼地打量主子的神情，見他嘴角露出一抹淡淡的笑容，心知主子已默許這個想法。

那男子提起銅壺，水流徐徐傾洩而下，注入茶杯裡。水色映襯在他眸底，泛起層層波瀾。

她究竟是個怎樣的女子？才華、膽識、外貌都無與倫比，說這樣的女子是一介農婦，他真的不相信。難道她真的來自九天之外，是個茶仙子？

這樣的女子，他第一次見到；這樣的女子，他想要！

「做事情要小心，不能讓任何人抓住把柄。我們派出去的那些人都安排好了嗎？」那男子眼底一片冷清，如一汪深不見底的寒潭，黝黑深邃。

晉國使者拱手行禮，恭敬地說道：「請主子放心，一切已按計劃進行，不會有任何差錯。」

晉國使者話才剛說完，那男子臉上驟起冷意，雙手縮進袖中，忽見兩道銀光從他手中射向房頂。他眸中射出兩道冷冽嗜血的光，薄唇輕啟。「去看看。」

晉國使者迅速推開窗戶，一躍而上，當他到了屋頂，卻只見幾滴黑血和隱沒在黑夜中的一個背影。

「請主子恕罪，那人的輕功了得，屬下無能。」晉國使者回到房裡，對著那男子直直跪了下去。他真是太大意了，居然沒發現屋頂有人，不知剛剛那人到底聽到了多少內容，身分為何？

男子緊抿薄唇，淡淡看著他道：「賽格力，你起來吧！那人已中了我的毒鏢，活不過半個時辰，對我們不會造成威脅。只是看來我們已經引起了別人的注意，以後凡事得更加小心才行。」

「是，屬下遵命！」賽格力站了起來，崇拜地看著自家主子。

「王爺，我……」一抹黑影搖搖晃晃地步入逍遙王府，才剛踏入大廳，便倒了下去。

皇甫傑心中一驚，幾步上前，蹲在卓越面前，擦拭著他嘴角的血痕，神色緊張地問道：「卓越，你怎麼了？」

「阿傑，讓我看看。」柳如風走了過來，看著卓越嘴角流出暗黑色的血，連忙從袖中掏出一個瓷瓶，倒出幾粒丹藥幫他餵了下去，緊接著又伸手往他胸口上點了幾下，護住他的心脈。

「這飛鏢餵了毒！阿傑，你快點抱他進房，我剛剛已經餵了他幾粒清毒丸，也點穴護住了他的心脈。他現在需要平躺下來，再讓我好好檢查一下，看他中的是什麼毒。」柳如風抬眸看向眉頭緊皺的皇甫傑，吩咐道。

「錢財，你去找子諾過來，我需要他的協助。」柳如風扭過頭對一旁的錢財說了一聲，便緊跟著皇甫傑背後而去。

看來卓越中的毒不算輕，他剛剛只是暫時護住他的心脈，如果不及時調配出解藥，恐怕有性命之憂。

「好。」錢財應了聲，急急往竹院跑去。晚上還見卓越站在大哥身後，怎麼一下子就受了重傷回來？

錢財一口氣跑進竹院，雙手撐在膝蓋上，彎著腰大口喘氣，隨即又站了起來，快步朝唐子諾的房間走去。

「二哥……你們睡了嗎？」錢財站在房門口，上氣不接下氣，驚慌地朝房裡問。

「已經睡下了，你等一下。」唐子諾聽到錢財著急的聲音，心知一定是發生了什麼事，不然他也不會在這個時間來敲門。

「嗯……二哥，是誰啊？」喬春揉著睡眼問道。

唐子諾一邊穿衣，一邊輕聲道：「三弟在外面，聽他口氣滿急的。妳繼續睡，我去看看。」

「三哥？」喬春頓時清醒了過來。深夜來敲門，看來事情一定不小，她心中頓時一驚，該不會是山中村出了什麼事吧？「我要起來。」

唐子諾見喬春起床穿衣，也不加以阻撓，打開門，看著門外氣喘吁吁的錢財，問道：「三弟，出什麼事了？」

錢財拉著他的手，急聲道：「二哥，你快點過去，柳伯伯需要你的幫忙，卓越受傷了！」

「你先休息一下，我自己過去。」唐子諾見錢財額頭冒出了汗珠，氣息也不平，向他叮嚀一番，輕身一縱就消失在夜色中。

錢財看著他的背影，眸中閃過一絲羨慕。唉，自己這身子別說是習武，就是這樣跑一下也受不了，真是沒用！

當喬春和錢財趕到卓越房裡時，看到皇甫傑扶著他坐在床上，唐子諾和柳如風則用銀針替他逼毒，他的胸前、背後、頭上全扎了銀針。

喬春看著剛剛還好好的人，此刻生命卻如風中之燭，不禁眼眶發熱，流下眼淚。油燈光芒如晝，房裡的人全都揪著一顆心，忙碌的忙碌，等待的等待。時間一分一秒過去，窗外天空已開始泛白，黎明即將到來。

柳如風抬起袖子擦了擦額頭的汗，他眉頭緊皺，神情擔憂地看著皇甫傑道：「阿傑，我們僅僅清了少許的毒，如此陰狠的毒我也是第一次碰到。如果三天之內找不到解藥，只怕……」

皇甫傑英眉緊蹙，雙手緊握成拳，手背上的青筋畢現，他緊抿著唇，過了好半晌才緩緩道：「我要他去調查晉國使者，如果我沒猜錯，他中的毒鏢應該出自晉國的恆王。相傳恆王以飛鏢百發百中而聞名，他為人狠毒、野心勃勃，一心想奪取晉皇之位。」

皇甫傑抬步至窗前，負手而立，頓了頓又道：「那晉國使者身後的隨從，應該就是傳說中的恆王了。他喬裝而來，一定有什麼不可告人的秘密，卓越十之八九是聽到了什麼，所以才會中了他的暗算。」

柳如風點了點頭，輕聲道：「照你所說，他們已經知道被人盯上了，一定會有所防範，只怕想從他那裡取得解藥，也不容易。」

「再難，我也要取來解藥，救回卓越。」皇甫傑神色堅定。

卓越從小就陪著他一同長大，在他眼裡，卓越就是他的兄弟，他也從未當他是下人。儘管卓越一直謹守主僕之分，但皇甫傑知道卓越心裡也當他是兄弟、是親人。

「柳伯伯，你不能分析出毒藥的成分，再配置解藥嗎？」眉尖輕蹙，喬春看向柳如風，輕聲問道。

柳如風遺憾地搖了搖頭。「這毒藥的成分，就算要分析，也不是一天、兩天就能完成。再說，配解藥也不是一時半刻就能成功的，時間上實在來不及。目前我們只有找他們要解藥，別無他法。」

唐子諾走到皇甫傑身後，伸手按在他肩膀上，無言地安慰他。大哥是個重情重義的人，如今卓越中毒重傷，生死一線間，他一定很擔心。

「大哥，不如今晚我們一起去晉國使者住的地方探一下？」唐子諾提議道。或許這個舉動太危險，但事到如今也只能這麼做了。

「我再想想。大家都忙了一個晚上了，去休息一下吧。卓越暫時不會有危險，我們得養足精神，再想辦法弄到解藥。」皇甫傑轉過身，向他們揮了揮手，看了床上的卓越一眼，率先出了房間。

愈是危急時刻，就愈不能著急，以免自亂陣腳。只有臨危不亂，冷靜自持，才能找出敵人的弱點，給予致命一擊，取得勝利。多年來的行軍生活，已讓皇甫傑磨鍊成遇事不亂的性格。

「大哥說得沒錯，車到山前必有路，船到橋頭自然直。不管敵人再強大，一定有弱點可尋。」喬春看著房裡的幾個人，嘴角露出淺淺的笑。悲觀無濟於事，只有樂觀面對，才能讓思維開闊，事情才能有轉機。

「春兒說得對。走吧，都休息一下。」柳如風看他們陸續走出房間，跟隨在他們身後，輕輕關上了房門。

第七十二章　和親危機

喬春補了一覺，剛起床梳洗完畢，唐子諾就從外面走了進來，拿過木梳，站在她身後輕柔地替她梳起頭髮。

喬春的頭髮烏黑亮麗、絲滑如綢，髮梢還散發著淡淡的幽香。這是唐子諾特地為她調製的髮膏，既能護理頭髮，還含有清香。

自從他恢復記憶回到唐家後，總愛搗鼓一些女性護理用品，只為她一人服務，只想讓她為他一個人綻放美麗。可是，他剛剛聽到一個不好的消息——晉國使者居然請皇上為喬春和晉國的恆王賜婚，說是為了鞏固兩國邦交。

全是狗屁！他們完完全全、徹徹底底當他是死人了。喬春是有相公、有兒女的好不好？她的相公，就是他，唐子諾！

喬春坐在梳妝檯前，看著銅鏡裡眉頭緊擰的唐子諾，輕聲問道：「二哥，你怎麼了？」

「沒事。」唐子諾避重就輕道。

「你這哪裡是沒事的樣子？」喬春站起來，轉身抬眸緊張地看著唐子諾，問道：「是不是家裡發生了什麼事？」

出門在外，孩子們不在身邊，喬春總是擔心這個、擔心那個。

「家裡沒事，可是妳有事，我也有事。」唐子諾看著喬春緊張又擔憂的模樣，連忙握住她的手，定定地看著她。

喬春鬆了一口氣。只要孩子沒事，家裡平安，他們哪會有什麼事？

唐子諾看著她，輕聲說道：「大哥早朝回來，說晉國使者求皇上賜婚。」

「哦。」賜婚就賜婚，關她什麼事。喬春重新坐了下來，拿起桌上的耳環，輕輕別上。

唐子諾見她沒有會意過來，便繼續說道：「說是要和親，對方是晉國的恆王。」

「嗯。」又是那個歹毒的恆王，誰嫁他，誰倒楣！

「要送去和親的人——是妳。」唐子諾丟出了震撼彈。

「誰?!」喬春倏地站起來轉身，一臉詫異地看著他。晉國的人瘋了吧？她有家有夫有孩子，哪一個條件讓他們看上了？

「妳！」唐子諾看她激動的模樣，伸手指了指她的鼻尖，點了點頭。

「奶奶的！他們腦子有病是不是？噁心不噁心啊？我就是嫁豬嫁狗，也不會嫁給那什麼狗屁恆王！」喬春氣極，跺著腳，大聲罵了起來。

唐子諾聽到喬春爆粗口，先是輕蹙著眉，隨即又笑了開來。雖是爆粗口，但也是起因於著急、氣憤，還有愛他吧！

「哈哈！四妹，想不到妳爆起粗口來，居然這麼順溜，出口成章啊！」門外傳來了皇甫傑的揶揄聲。

皇甫傑、錢財、柳如風三人笑看著喬春，很顯然她剛剛爆出來的那些話，他們都聽到了。

「大哥，我現在沒心情跟你鬥嘴，這事皇上是怎麼說的？你都沒有向他說明我是個有家室的人嗎？」喬春瞥了皇甫傑一眼，著急地問道。

她現在只想聽到那皇帝是怎麼說。如果他也糊塗到想讓她去和親，他就找錯人了。她喬春只愛平靜的生活，沒心情玩那些沒營養的東西。如果把她這隻小兔子惹急了，她可是會咬人的！在這個連作戰區域圖都不普及的朝代，如果她用上那些《三十六計》、《孫子兵法》，這個大齊國就得換主人了。

「皇兄他還不至於那般糊塗，他沒有答應。」皇甫傑的眼神閃爍了一下，語氣溫和地說道：「他說考慮。」

喬春緊咬著牙，憤憤地說道：「考慮？他憑什麼替我考慮？大哥，你家兄長是不是腦子有問題？他要是腦子有問題的話就別當什麼皇帝，乾脆你來當好了！」

「唔……」喬春這話才剛出口，就再也沒辦法高談闊論了。

唐子諾伸手捂住喬春的嘴，眼睛往四處掃了一圈，見皇甫傑神色淡然，一時之間不知如何是好。

隔牆有耳，這樣大逆不道的話要是傳進皇上耳朵裡，不僅會被誅九族，還會連累整個逍遙王府，甚至更多無辜的人。看來四妹真是被氣壞了，居然說出這樣的話來。

「唔……」喬春搖著頭，怒眼圓瞪，可唐子諾見她在氣頭上，硬是不肯放手，只是拚命對她搖頭。

無奈之下，喬春朝唐子諾點了點頭，捂在她嘴上的大手這才移開。

輕咳了兩聲，喬春抬眸看著皇甫傑，輕聲說道：「對不起！大哥，我被氣暈了腦袋，口不擇言。但是如果一個國家的安寧要靠一個女人來維繫，你不覺得這樣的國家太不堪一擊了嗎？」

眼眸輕輕掃過屋裡幾人，喬春又道：「一個國家只要強大起來，就不會讓人牽著鼻子走。民生富足、財源不乏、兵力強盛，才是國家強大的根本，靠女人和親來換取短短幾年的和平，遲早有一天會被……」

皇甫傑朝喬春擺了擺手，她的話還沒說完，卻已經強烈震撼了他的心。

沒錯，如果一個國家夠強大，其他國家哪敢提什麼和親？晉國雖是富國，卻地少人少，兵力不強，他們此番要求喬春和親，只怕是為了截斷大齊國的茶葉發展，阻擋他們開拓財源。

皇甫傑抬眸掃向唐子諾和喬春，心中頓時有了想法。「四妹，母后差人請妳下午進宮，不如我和二弟陪妳一起去。」

民間都傳喬春是個寡婦，今天早朝過後，他向皇兄表明喬春的丈夫已經回來，可皇兄卻不願相信，以為是他幫喬春推掉和親的託詞。為今之計，只能請母后幫忙了。皇兄是個大孝子，母后的話，他還是會聽。

於公於私，喬春都不能被送去和親。將來大齊國要增加財力，還得靠她。茶葉是塊肥肉，擴大種植、增加品種，一定能讓大齊國成為列國中最強、最富裕的國家。

喬春眸中閃過一絲疑惑，看著皇甫傑問道：「太后宣我進宮會有什麼事情？」

「我想母后是真的很喜歡妳，想找妳聊聊天吧。四妹，如果母后提出收妳為義女的要求，妳一定要答應。於私，身為兒子，我希望母后能開心；於公，如果妳成為公主，對日後也有幫助，畢竟身分擺在那裡。」皇甫傑直接向喬春表明自己的看法。

喬春注視著他，輕輕點頭。「我明白大哥的用意。」

說著，喬春將眸光轉向一旁的柳如風，見他臉上露出欣慰的笑容，心中暖意流淌。柳伯對太后這種「妳快樂，所以我幸福」的情感，真的很讓她感動。

「大哥，我可不可以求你一件事？」喬春看著皇甫傑，輕聲問道。

「妳說吧，大哥答應妳。」皇甫傑嚴肅地回望她。

「我可不可以不要再像昨天那樣打扮，太累人了。」喬春噘起嘴，眨巴著眼，可憐兮兮地看著他。

「哈哈哈……」房間裡頓時笑聲一片，沈悶的氣氛也一掃而空。

靜寧宮

「啟稟太后娘娘，逍遙王和喬春等人已到。」殿前侍衛恭敬地向主位上的太后稟告。

「春丫頭來啦！快快讓他們進來。」太后聞言立刻笑眯了眼。

坐在殿下的董貴妃一聽喬春來了，鳳眸裡忽地閃過精光，站在她身側的覃嬤嬤輕輕在她背後敲了一下，彼此神通意會。

她見喬春從殿門口走了進來，連忙站起身迎了上去，熱情地牽過喬春的手，笑道：「春兒妹妹，太后娘娘已經等妳好一會兒了，來，到姊姊這邊來坐。」

眾人看到董貴妃熱情的模樣，皆是一怔。向來孤傲的董貴妃今天是哪根筋搭錯了，居然屈身去迎接一介農婦？

喬春愣愣地看著董貴妃，自己認識她嗎？連話都沒說過，怎麼感情就好到以姊妹相稱了？再說，她又不跟她同一個老公，叫什麼妹妹啊？皇家的女人果然虛假得可以，明明臉上堆滿笑意，眼神卻是冰冷的。

喬春心裡很是反感，但她還是勾起唇角，抬眸柔柔地看向董貴妃精緻的臉蛋，笑道：「貴妃娘娘如此厚愛，民婦可不敢當。」

「妹妹這是哪裡的話！姊姊看妹妹很是投緣，哪有那些俗禮？」董貴妃輕笑著，親暱地拍了拍喬春的手背，拉著她就往殿裡走。

喬春一路無語，完全不想與她虛假客套。走到大殿中央時，她看著主位上的太后，恭敬地行禮。「參見太后娘娘，太后娘娘千歲千歲千千歲！」

太后笑呵呵地看著喬春，連忙揮手要她起來，笑道：「春丫頭，這裡沒有外人，不必如此拘禮。過來，到哀家身邊來坐。」

太后滿眼慈祥地看著喬春，向她招了招手，拍拍自己旁邊的位置。

喬春行禮謝過，乖巧地來到太后身邊，任由她笑咪咪地拉著自己的手。

太后拉著喬春坐在自己身邊，眼角餘光掃到皇甫傑身旁的唐子諾時，不禁微怔了一下。

皇甫傑和唐子諾見太后看了過來，連忙行禮。

「兒臣給母后請安。」

「草民唐子諾參見太后娘娘，太后娘娘千歲千歲千千歲！」

太后打量了唐子諾一下，見他俊逸不凡、溫潤爾雅，頓時心生好感，問道：「傑兒，這位是？」

「母后，這位是我的義弟，唐子諾。」皇甫傑淺笑著，繼續向太后介紹。「母后，我義弟是柳伯伯的徒弟，也是四妹的相公。」

「哦？」太后一聽，眸中閃過一絲疑惑，看著皇甫傑問道：「我記得你柳伯伯的徒弟不是叫柳逸凡嗎？他什麼時候又收了個新徒弟？」

端坐在一旁的董貴妃見太后娘娘竟然讓喬春與她同坐，已經很是嫉妒了，這會兒聽逍遙王說眼前這男子是喬春的相公，不由得大吃一驚。

喬春不是寡婦嗎，怎麼會有相公？不過董貴妃轉念一想，這樣更好，自己不用操那個心了，皇上總不能奪人之妻吧？

「唐子諾是他的本名。我二弟當年被柳伯伯救下時，早已失去記憶，前陣子才恢復，他們夫妻才剛剛相認不久……」皇甫傑看了一下喬春，又看了看身旁的唐子諾，緩緩向太后說起他們夫妻倆的曲折經歷。

太后聽著聽著，眼眶不禁濕潤起來，她偏過頭看著喬春，心疼道：「真是個可憐的孩子，幸好老天庇佑，讓你們夫妻倆苦盡甘來，哀家真是為你們感到開心。」

說著，她的眸光掃向唐子諾，滿意地點了點頭，笑道：「子諾、傑兒，你們坐下來吧。」

「謝母后。」

「謝太后娘娘。」

太后又扭過頭，眼角含淚地看著喬春，輕聲道：「春丫頭，哀家覺得跟妳很投緣……」

「皇上駕到！」太后話還沒說完，殿門外就響起了太監尖細的聲音。

皇甫傑與唐子諾對望一眼，眸中閃過一絲疑惑。這個時候皇上怎麼會有空到靜寧宮來？

坐在他們對面的董貴妃眸中閃過一道興奮的光芒。她不禁猜測皇上是不是來這裡找她？就說嘛，他怎麼可能不想她呢？

太后停下了話，眼光從喬春臉上撇開，扭頭望向殿門口。皇帝早上下朝後才來請安過，這會兒怎麼會來？

喬春從太后身邊起身，走到大殿上與唐子諾他們並肩而立，見皇甫俊朗聲笑著從殿外走了進來，紛紛下跪行禮。

「臣弟參見皇上。」

「臣妾參見皇上。」

「草民、民婦參見皇上，皇上萬歲萬歲萬萬歲！」

皇甫俊笑著走進殿門，看到董貴妃和唐子諾時，眼中閃過詫異，但隨即隱於眸底，笑著對主位的太后請安。「兒臣給母后請安。」

繼而對跪在他面前的那些人說道：「你們都起來吧。」

「皇帝，過來，坐。」太后笑著招手，皇甫俊微笑著頷首，龍袍一掀，優雅入座。

皇甫俊神色淡然地朝殿下掃了過去，眼光落在喬春身上。她今天沒有盛裝打扮，只是一套尋常婦女的妝扮，但一襲綠色裙襬上繡了些潔白的茶花作為點綴的衣裙，在她純淨出塵的氣質渲染下，竟也變得華美起來。

她似乎偏愛綠色……

皇甫俊的視線悄悄往上移，看著喬春那張精美的瓜子臉。冰肌玉膚，滑膩似酥，細潤如脂，粉光若膩，不施粉黛而顏色如朝霞映雪。眉如柳葉，腰如束素……這樣的美人兒，他實在不願意送去和親啊！

喬春垂下頭，很不喜歡皇甫俊那帶著掠奪的目光。

「皇帝，你不是要陪那些使者嗎？」太后注意到皇帝的眼光，連忙出聲打斷，笑看著大殿上的人，又道：「你們都坐下吧。」

看來，她得儘快收下喬春這個義女，一來是真的喜歡她，二來也為了斷絕皇帝的念想。自己生養的兒子，有些什麼小心思，她這個做娘親的又怎會看不出來？

「那些使者我讓大臣們招呼著了。」皇甫俊扭頭微笑看著皇太后，伸手揉揉眉心，一副頗為煩惱的樣子。

太后看著他略微煩惱和疲憊的模樣，關心地問道：「皇帝可是遇到什麼煩心的事了？」

皇甫俊抬眸看向太后，輕輕嘆了一口氣，道：「那晉國使者可真是讓朕心煩啊，他們竟然提出要我們跟他們和親的要求。」說著，眼光不經意地掃向殿下的喬春。

「和親?!」太后低聲重複了一下，眉梢緊擰，意味深長地看著皇甫俊說道：「皇帝，和親這事得三思才行。當年安安公主遠嫁陳國，雖是換來了幾年的和平，但是現在陳國仍舊對我們虎視眈眈。」

太后說完，搖了搖頭，端起身側的茶杯，輕輕啜了一口。

和親其實一點意義也沒有，一個國家不夠強大，只靠送女子去為人妻，又怎麼能滿足那些狼子野心呢？

「可是，母后，晉國是周圍列國財力最強的國家，如果我們不答應和親，只怕他們會中止兩國通商。而且，只要我們願意和親，他們就答應致贈茶樹苗，還會派人來教我朝百姓種茶樹。」皇甫俊緩緩敘述晉國使者開出的誘人條件。他現在可是掙扎得很啊！

殿下的皇甫傑一聽，連忙出聲向皇上和太后道：「皇兄，你如果想要擴大茶樹的種植範圍，又何必捨近求遠呢？目前我們的炒製綠茶可是比晉國的茶葉還要出名。喬春對種植茶樹、製茶葉可都是行家，我們完全可以靠自己種茶樹。」

太后一聽，立刻笑了起來，讚賞地看著喬春，說道：「傑兒說得有道理。皇帝，咱們有人才，何必求他們晉國？晉國暗地裡打著什麼樣的心思，皇帝心裡也該有幾分明瞭。」

皇甫俊聽太后這麼一說，立刻開懷不已。可不是嘛，自己國內就有種茶樹、製茶葉的能人，又何必去求晉國？自己可真是被他們開出來的條件給驚暈了腦袋。

現在想來，晉國那邊指名要喬春去和親，這不擺明要斷了他們大齊國種植茶樹的根嗎？幸好自己今天早上沒有答應，不然他就白白送了晉國一棵搖錢樹。

「皇帝，哀家想收喬春為義女，這樣春丫頭也算我們自家人了。以後就讓她來擴植茶樹並推廣，也是一件美事。」太后凝視著皇甫俊，微笑著道出自己的想法。

「可是，母后……」皇甫俊的想法已與原本不同，現在他對喬春有的是另一種心思。雖然義兄妹並沒有血緣，但他就是不想讓他們之間多了這層關係。

「皇帝的心思，母后都明白。」太后打斷皇甫俊的話，慈祥地看著他，接著轉頭看著喬春和唐子諾。「春丫頭，妳願意做哀家的義女嗎？」

「回太后娘娘，喬春願意。謝謝太后娘娘的厚愛！」喬春站起來走到殿中央，向太后行禮道謝。

「好好好！起來吧，乖女兒。從現在開始妳該改口了，喊聲母后吧？」太后大喜，鳳眸笑成了一條縫，她對身後李嬤嬤吩咐道：「李嬤嬤，妳去把我那對玉鴛鴦、金鎖跟玉如意拿來給公主。」

喬春站了起來，對著太后甜甜喊道：「母后。」

「好！好！」太后實在太開心了，這下她不僅認了個深得自己歡喜的義女，還斷了兒子不該有的念頭。往後喬春的茶葉之道極有可能成為大齊國的財富來源，這麼做只有好處。

「唐子諾，你以後可要好好對待公主，不然哀家可不會放過你。」太后半是認真，半是玩笑話，聽得喬春的心很是溫暖。而唐子諾更是開心，因為終於解除了喬春和親的危機。

皇甫俊聽到太后的話，臉上的笑容一僵，濃眉緊皺地問道：「母后，他是誰？」

「皇帝，他是春丫頭的相公。」太后笑著說。

「相公?!她不是……」皇甫俊心中一驚，掩飾不了臉上的詫異。喬春不是寡婦嗎？

「這事說來話長，以後哀家有空再跟你說吧。現在我們得商量一下春丫頭的名號，好擬旨昭告天下。」太后再次打斷皇帝的話。

看兒子的表情，這事辦得愈快愈好，省得節外生枝！太后微笑著主導接下來的話題，不再給皇甫俊插嘴的機會。

皇甫傑、喬春和唐子諾三個人回到逍遙王府時，已經是晚上了。

「大哥，情況怎麼樣？」錢財站在大廳門口，見他們三個並肩回來，連忙迎了上去，焦急地問道。

三個人眼神很有默契地交流了一番，接著同時苦著臉、垮著眉，將手裡的東西全都放進錢財懷裡，越過他逕自往大廳走去。

「喂，這些是什麼？你們怎麼都不說話？」錢財傻傻地看著手裡的東西，對著他們的背影大叫。

這些人也真是的，他坐立不安地從下午等到現在，他們竟然這樣對他，真是太令人傷心了。

「三哥，小心一點，你手裡的東西可都是太后和皇上賞賜的。」喬春涼涼地往後丟下一句，嘴角微微翹了起來。

太后和皇上賞賜的？是因為和親而賞賜的嗎？瞧他們三個那副樣子，四妹該不會是真的要去和親吧？

錢財抱緊手裡的物品，向大廳跑去。如果四妹要去和親，那果果和豆豆怎麼辦？

柳如風看著明顯在惡作劇的三個人，搖了搖頭，再看到後面一臉緊張的錢財，嘴角的鬍子輕輕抖動著。

這三個人居然這麼孩子氣！

「四妹，妳要是去和親，那果果和豆豆怎麼辦？」錢財將懷裡的東西全堆在桌上，急迫地看著已經端坐在椅子上的喬春。

「沒辦法，君要臣死，臣不得不死，更何況我只是一介農婦，更不在話下了。」喬春搖了搖頭，神情憂慮，煞有介事地說道。

錢財聞言急紅了眼，轉身看著唐子諾質問道：「二哥，四妹可是你的娘子，咱們大齊國的女子什麼時候可以一嫁二夫了？」

錢財看到唐子諾表現出「我也沒辦法」的樣子，又轉頭對皇甫傑說道：「大哥，現在我倒覺得四妹之前的話很有道理，不如你……」

柳如風見錢財就要脫口說出那番大不敬的話，立刻阻止他。「錢財，你不要著急，他們是跟你鬧著玩的，我猜事情不是你想的那樣。」

皇甫傑眉毛輕輕挑了一下，望著急到六神無主的錢財，嘴角含笑。「三弟，不要著急。四妹的事情已經解決了，而且如我所測，四妹如今是我的皇妹了。」

和親的事已經解決？皇妹？

錢財心中不禁大喜，臉上卻佯裝不悅地看著喬春，說道：「那我以後不能叫四妹了，見面得行禮，稱公主千歲了。」

「噗！」喬春明知道錢財是故意的，還是忍不住笑出聲來。「三哥，以後你還是春兒的三哥。接下來大哥可是有好消息要告訴你，你要是再生氣，大哥肯定不會告訴你。」

「妳別當我是三歲小孩來哄，我不是果果，也不是豆豆。」錢財白了喬春一眼，見她嬉皮笑臉的，心裡也是很高興，只是一時之間面子放不下來，誰教他們剛聯合起來捉弄他。

皇甫傑和唐子諾飛快對視了一眼，眸底閃過一絲笑意。

有時這樣玩鬧著相處，可以暫時忘記煩心的事，一個人如果整天板著一張臉，實在太累了。

「三弟，皇上下令要你和四妹擴大茶樹種植範圍，並封你們的『春滿園』為天下第一茶園，所以接下來你們有得忙了。如果可以讓整個和平鎮甚至整個平襄縣，乃至大齊國的農民都以種植茶樹為主，那樣更好。」皇甫傑說道。

錢財又愣住了，眼睛睜得大大的，不敢置信地看著皇甫傑。

有了朝廷當靠山，他的茶葉之路就能走得更快、更順，錢財思緒輕轉，隨即明白了一些道理。

他回過神，優雅地坐了下來，勾了勾嘴角，跩跩地說道：「大哥，這說好聽，是朝廷重視我們，實際上還不是想得到更大的利益？看來，『他』也不是一無是處。」

不過是打著親民的旗幟，做利己的事情而已。

皇甫傑笑了一下，點頭道：「只有民富，才能國強，只有國強，才能民安。兩者相輔相成，缺一不可，三弟又何必跟『他』計較呢？」

至於「他」是誰，不用點明，大家心裡都明白。

「大哥，我倒覺得太后一點都不簡單，她其實早就看出晉國打的是什麼主意，也明白國強才是真道理，所以才會建議皇上擴大茶產業。」唐子諾道出了自己的看法。

不管是認義女還是反對和親，甚至鼓動皇上擴大種植茶樹，這些事情只怕太后她老人家不是一時興起。不過，只要喬春不用去和親，他就什麼都不計較了，反正這些事對他們也沒損失。

在場的人全都點頭贊同唐子諾的意見，不禁對太后多了幾分佩服。而柳如風則是欣慰地撫了撫白鬚，看來蘭心很有遠見，也真心為這個國家打算，不枉他傾心愛戀。

第七十三章　取解藥

兩道高大修長的身影在屋頂上飛掠而過，直接奔向「悅來客棧」對面不遠處的屋頂。

「大哥，他們在屋頂也安排了侍衛，看來他們一定有所準備了。」唐子諾對皇甫傑輕聲說道。

屋頂上的人稍微有動靜，就會驚擾到房裡的人，對他們十分不利，眼下他們根本靠近不了。

「上面不行，就從下面進去。」皇甫傑深邃的黑眸中眸光幽幽流轉，忽明忽暗，他沈思了一會兒，低聲道：「二弟，你隨我來。」

兩道身影一前一後往對街而去，終於在離街道偏遠的一個地方停了下來。

「二弟，跟我一起下去。」說完皇甫傑便輕身一縱，輕巧地躍進院子裡，熟稔地推開房門，拿出火石點亮油燈，房間立即亮了起來。

唐子諾滿臉疑惑地問道：「大哥，這是哪裡？」

「這裡是我私人的小宅子，平時沒人住，只是定期會有人來打掃。先不要問這麼多，快點換下衣服，戴上這個。」皇甫傑從櫃子裡拿出兩套衣服和兩副面具放在桌上，要唐子諾換上。

唐子諾輕輕點了點頭。雖然滿腹疑問，但心知大哥想說自然會說，不必勉強。兄弟之間最重信任，而他絕對相信皇甫傑。

兩人換好裝扮後，避開屋頂侍衛的耳目，悄悄從院子翻牆進入悅來客棧。皇甫傑領著唐子諾來到一間房門前，對裡面吹了聲口哨。

不一會兒，房門就打開了，裡面站著一個嫵媚的女子。當她見到皇甫傑時，先是微怔了一下，隨即側開身子讓他們進房，接著機警地探頭在門口四處張望了一下，確認四周沒有異常後，才關上房門。

「主子，您要過來，怎麼沒有事先通知屬下，好讓屬下替主子準備房間。」嫵媚女子走到皇甫傑面前，溫柔地看著他，眸底水光蕩漾。

唐子諾悄悄地打量起她，只見細長的丹鳳眼、小巧高挺的鼻梁、水嫩似火的紅唇組合在巴掌大的瓜子臉上，魅力四射。唐子諾很快就收回了目光，因為他不是對她的外貌感興趣，他只是好奇大哥怎麼會是這女子的主子？

難道大哥除了暗衛以外，在江湖上還有其他勢力？

「我正好路過此地。妳知道晉國使者住哪間房嗎？把我帶到他們下方的房裡去。」皇甫傑來到這裡之前已吞下變聲丸，此時他嘶啞的聲音聽起來有點嚇人，但那嫵媚女子卻很享受，臉上逸出淡淡的笑容。

「屬下遵命！」嫵媚女子領命，起身帶路。

三個人走出房間，來到這層樓最深處的一間房前，推門而入。

皇甫傑對站在一旁的嫵媚女子吩咐道：「媚娘，妳先回房休息吧，我有事會再找妳。」

「是，屬下告退！」媚娘臉上浮現出不捨，輕瞥皇甫傑一眼，才轉身離開。

皇甫傑走到床邊，伸手輕輕扭了一下床旁一處雕花，床頂上立刻露出了一個小孔。

唐子諾驚訝地看著皇甫傑熟稔地操作一切，但自始至終未曾開口問過一句。只是跟著皇甫傑一起站到床上，仔細地聆聽樓上的動靜。

「主子，那太后果然認喬春做義女了，聽說明天就會昭告天下。但他們並未答應和親的事，只怕他們已經洞悉我們的意圖。」

賽格力的聲音清清楚楚從樓上傳了下來，一字不漏地進入皇甫傑和唐子諾的耳朵裡。

「賽格力，飛鴿傳書，傳我命令，如果有誰向大齊國賣出一棵茶樹苗，殺無赦！」那道冷冽的聲音停頓了一下，又緩緩說道：「那樣的美人，不只賞心悅目，對我日後的大業也極有益處，於公於私，我都要得到她。明的不行，你們就是綁，也得把她給我綁回晉國去，絕對不能留她在大齊國，否則假以時日，她會成為我們最大的絆腳石。」

「是！」

唐子諾聽著上面那些人說著無恥加卑鄙的話，頓時氣得胸口劇烈起伏，雙手緊握成拳。

跟那個叫賽格力的人說話的男子，想必就是晉國的恆王吧？敢搶他的人，活膩了不成?!

唐子諾的嘴角冷冽地揚起一彎弧度，他慢條斯理地從袖中拿出一個瓷瓶，正想動手，上面的人又開始說話，讓他暫時停下了手。

「主子，大齊國的人也真夠笨，居然只知道買茶樹苗，而不會自己育苗。要不，我們就用扦插不成熟的茶根育出來的苗，提高價錢賣給他們。讓他們種出來的茶樹品質不佳，這樣我們既能獲得巨利，又可以讓他們花大錢卻產出不好的茶葉，繼而打壓他們。」

賽格力的聲音又停了下來，很明顯是恆王在考慮賽格力的提議。

「好，就按你說的辦。回去讓人蒐集全國的劣苗，高價賣給大齊國。」恆王說道。

「大哥，你屏息。」唐子諾無心再聽下去，他屏息扭開瓷瓶蓋，伸手將瓶口堵在那小孔上。不一會兒，他抽回瓷瓶，蓋緊瓶口，對皇甫傑點了點頭。

皇甫傑和唐子諾兩人走出房間，大搖大擺地從樓梯走了上去，接著對守在門口的侍衛射出兩針，他們便軟軟地暈倒在地。

唐子諾和皇甫傑相視一笑，推開房門，滿意地看著房裡已經失去意識的恆王和賽格力。皇甫傑從恆王身上拿了解藥以後，伸手指了下屋頂，唐子諾隨即會意，打開窗戶一躍而上，也是兩針讓上面兩個人倒下。

夜很靜，皎月高空懸掛，星星眨著眼睛。街上兩個黑影飛掠而過，消失在夜色中。

恆王跟賽格力醒過來以後，先是愣了一下，接著便知道發生了什麼事。恆王一摸腰間，心知解藥已被拿走，他的目光瞬間變得幽冷，唇邊若有似無地逸出一聲冷笑。很好，膽敢不知死活地挑戰他，他倒要看看有什麼人是他恆王撂不倒的！

「二哥，你回來啦！」喬春看著翩然落地的人，興奮地迎了上去。她好擔心他們，現在看到他平安回來了，一顆心才回到原來的位置。

喬春的視線越過唐子諾，看到他後面空空的，眉尖緊擰，抓住他的手，急聲問道：「大哥呢？大哥怎麼沒跟你一起回來？」

唐子諾溫柔地看著她，伸手反握住她的柔荑，嘴角逸出一抹柔得醉人的笑意。「大哥拿著解藥直接去卓越房裡了，走，我們也去看看。」

說著便牽著她的手，兩人並肩而行。

今晚在悅來客棧聽到的那些話讓他驚心動魄，如果他還沒恢復記憶，不在她身邊守護，面對那些毒蛇猛獸她怎麼可能招架得住？思及此，唐子諾的身子不由得發顫，大手將她握得更緊更緊……

「二哥，你抓痛我了。」喬春頓住腳步，輕輕動了動自己被他緊緊抓住的手，秀眉輕蹙，抬眸疑惑地看著他眸底的慌亂。

「對不起！」唐子諾驟然鬆開手，滿懷歉意地看著喬春被他抓紅的手，忽然伸手將她緊緊摟進懷裡。

下巴抵在她的柔髮上，鼻尖傳來她髮梢上的淡淡幽香，唐子諾眸中的慌亂漸漸平靜，片刻過後，他柔聲道：「四妹，以後我會保護妳，請妳不要離開我！」

喬春輕輕推開他，拉起他的手覆上自己的胸口，眸光璀璨地看著他，一字一句道：「此生，這裡只為你而開！」

話落，喬春踮起腳尖，如蜻蜓點水般在他唇瓣上輕啄了一下，低笑了幾聲，拉著他的手，大步往卓越的房間而去。

這一天，皇上請皇甫傑、唐子諾、錢財跟喬春四個義兄妹進宮，說是有事要交代他們。而卓越在服下解藥後，情況已穩定許多，正由柳如風照看著。

在小太監帶領下，喬春一行人經過御花園，一路下來小橋流水、繁花垂柳、假山亭閣等美景讓人目不轉睛，心曠神怡。

喬春看到百花齊放的盛景，興奮地對走在前頭的皇甫傑問道：「大哥，你能不能給我一些花種子？」

皇甫傑停下腳步，轉身看著她，不解地問道：「四妹，妳要花種子做什麼？不會是想自己種花吧？」

錢財和唐子諾聽見喬春找皇甫傑要花種子，馬上明白她的用意。他們兩人舉目定定看著皇甫傑，等待他的答覆。

「你們三個怎麼這麼緊張？要花種子不是很容易的事嗎？你們到底要做什麼？」皇甫傑

忍不住輕笑了聲，好奇地問道。

「我要製花茶，一種專為女子配製的茶，不但能養顏，還可以調理女子的身體。」喬春笑意盈盈地說道。

聽到喬春的話，皇甫傑腦海裡不由得浮現一個場景：揭開杯蓋，花香嫋嫋，縈繞鼻尖，杯中的花則在水中妖嬈地綻放，彷彿把春天盛進茶杯裡。

美感是夠了，可是那些花真的能養顏跟調理女子的身體嗎？世間女子皆愛美，如果真有這樣的茶，大齊國何愁不能成為第一強國？

「四妹，真有這樣的茶嗎？」皇甫傑有些不確定地問道。

「有，除非大哥不相信我。」喬春重重地點頭肯定。

「大哥相信妳！妳要的種子，我待會兒就會讓人準備好，今天我們就帶出宮去。」皇甫傑有點迫不及待地說道。

皇甫傑轉過身子，突然出聲問起前面帶路的小太監。「皇上要你帶我們去哪座宮殿？」

「回王爺的話，議事大殿。」小太監低眉順眼地答道。

「好，你拿我的玉珮去幫我拿花種子過來，每一種都要。只須留下今年的種子就好，其他全都幫我包好。我們自己到議事大殿就行了。」皇甫傑對小太監吩咐道。

「喳！」小太監恭敬地舉起雙手接過皇甫傑的玉珮，從旁邊小道離去。

過了一會兒，皇甫傑等人才走到議事大殿，皇上和太后早已在那裡候著。

皇上跟太后找他們過去，無非是叮囑他們要好好發展茶業，為大齊國盡心盡力。在喬春與太后說了些貼心話後，太后才笑著放他們出宮，並准許她返鄉。

第二天，喬春和唐子諾、錢財、柳如風四個人便馬不停蹄地返回和平鎮，一路上黑影緊隨。那是皇甫傑安排給喬春的暗衛精銳小隊，用意在於保護她的安全。

第七十四章　果果失蹤

山中村

「冬兒，果果呢？」林氏問道。

「果果？」喬冬困惑地看著她，緊接著往偏廳裡掃了一眼，道：「果果不是已經回來了嗎？我沒有看到他呀？」

「什麼?!」林氏失聲叫了起來，突然打了個冷顫。她早上看到喬冬與果果一起出門，還以為他們一直在一起。

「大夥兒快分頭去找找看！」雷氏反應了過來，怒瞪了喬冬一眼，連忙吩咐大家出門找人。

喬春夫婦不在家，李然陪喬梁出門去送茶葉了，一時半刻不會回來。自從李然送鐵百川到皇甫傑麾下從軍後，便回到唐家帶領暗衛保護唐、喬兩家的人，讓喬春很是放心。

如今李然跟喬梁都不在家，暗衛們似乎也不在附近，教她們幾個女人家頓時慌了起來，不知如何是好。

「嗚嗚……」六神無主的林氏低聲哭了起來，抽出手絹不停擦拭眼角的淚水。

桃花見狀走上前去，輕聲安撫道：「娘，您先別哭，我出去找找，不會有什麼事的，或許是到哪家玩去了。」桃花說完後便轉身往外面跑去。

「果果，你在哪裡？」

「果果，回家吃飯啦！」

「果果……」

四處尋了一圈，還是沒看到果果的影子，這下不只是林氏急哭，全家人都慌得眼淚團團轉。尤其是喬冬，因為人是她帶著出去玩的，這會兒人丟了，雷氏心急之下，拾起路邊一根樹枝，劈頭蓋臉地向她招呼過去。

喬冬心中有愧，雖然被雷氏抽得很痛，但還是抿著嘴，硬是不敢哭。

「喬大嫂，妳們在找果果嗎？我們家皮子也不見了，你們找果果時有沒有看到他啊？」虎子媳婦跑了過來，衝著正在生氣的雷氏問道。

被虎子媳婦這麼一問，眾人心中猛然一驚，頓時有了不好的預感。這兩個孩子平時很要好，以前二妮在的時候，他們幾個天天都混在一起玩。這會兒一起不見了，讓人不由得往壞處想。

「喬大嫂，我們家的小峰也沒回家，他們幾個會不會在一起啊？」李四媳婦也跑了過來，氣端吁吁地說道，眸中盡是一片驚慌。

大夥兒頓時慌亂無比，眾人四處張望、大聲叫喊，聞聲而來的村民也幫忙找起小孩。

就在唐、喬兩家雞飛狗跳時，暗衛們忽然從唐家後面的樹林裡竄了出來。

剛剛他們幾個看到了可疑的黑影在樹林中一閃而過，追了一會兒，就聽到村莊裡傳來叫喊聲。由於擔心敵人聲東擊西，他們連忙退了回來，才剛到唐家門口，就看見桃花向他們求救，這才知道果果不見了。

暗衛們心中一驚，輕身一縱，站在高處朝四周張望起來。突然間，暗衛之一的秦力看見不遠處的河裡似乎有不正常的波動，便輕身從屋頂飛掠而過，直奔河邊，剩下的暗衛則留在唐家保護其他人。方才就是因為他們疏忽，才讓果果不見蹤影的，這次可不能再犯同樣的錯了。

桃花看秦力朝河邊而去，心中一驚，連忙提起裙襬跟著跑了過去。老天啊，孩子們可別是掉進河裡了！

村民見狀，全都跟在桃花背後跑去河邊。天氣熱，經常有孩子不聽大人的勸告和恐嚇，偷偷跑到河邊玩水。這會兒是正午，太陽正毒辣，孩子們的確可能去河邊玩水。只是，那個地方……村民想起關於河邊的傳說，內心浮現陣陣寒意。

秦力站在河邊，低頭看到三雙鞋子和衣服，輕身一縱，跳進河中心，睜眼閉氣，在河底四處尋找。幸好河水很清澈，所以一眼就能看清河底的東西。

眾人戰戰兢兢地站在河邊，大氣也不敢喘，雖然很佩服秦力的勇氣，卻無人敢上前幫忙。

秦力從河裡一躍而起，手裡挾抱著一個男孩子，飛快地將他平放在河邊，伸手往他鼻前探了一下，嘴角逸出一抹淡淡的笑。他隨即又一頭栽進河裡，繼續尋找另外兩個孩子。

「小峰，我的兒呀，你怎麼啦？」李四媳婦趕了過來，看到河邊平躺著的李小峰，跌跌撞撞哭著跑過來，蹲在他身邊緊張地看著他。

「我家的皮子呢？這是我家皮子的鞋跟衣服……他人呢？」虎子媳婦望著河裡，一時之間頭暈腦脹，軟軟地暈倒在地。

「石大嫂，妳怎麼了？快點醒醒啊！」桃花蹲在虎子媳婦面前，伸手輕輕拍打著她的臉。

喬夏和喬秋趕了過來，看到果果的鞋子，再看看浮出河面換氣的秦力，頓時手足無措，站在河邊拚命大喊著果果名字。

「果果！」

「果果……」

「大阿姨。」河邊的蘆葦叢裡忽然傳來果果怯怯的聲音。

喬夏幾人飛快扭過頭，看到從蘆葦叢裡探出的腦袋，眼淚瞬間流了下來，哭著跑過去將光溜溜的果果給抱了出來，緊緊地摟在懷裡。

村民往暈倒的虎子媳婦臉上潑了一把冷水後，終於醒了過來。

她抬起頭，看到光溜溜的果果，立刻站了起來衝到喬夏面前，急聲問著果果：「果果，你告訴大娘，皮子哥呢？他在哪裡？」

「哇……」果果怯怯地瞥了她一眼，突然哭了起來。

喬夏輕聲哄著果果，柔聲問道：「果果，你是個小男子漢，娘親平時是怎樣教你的？男子漢要堅強、要勇敢、要……」

「大娘，皮子哥和小峰哥去河裡玩水，要我在岸上幫他們看衣服。我見他們玩得很開心，就脫下衣服想一起去。可是，當我脫好衣服，他們就沈進了水裡。我以為他們是在跟我玩躲貓貓，就在岸邊看了一下，可是他們都沒有起來……後來我聽到你們在找人，我怕奶奶會罵我，所以我就跑到蘆葦叢裡藏起來了。」

果果說著，眼睛朝河裡瞄了瞄，又低頭看向靜靜躺在河邊的李小峰，小小的身子不由得顫抖了一下，雙手緊緊摟住了喬夏的脖子。

小峰哥要像二妮姊一樣死掉了嗎？皮子哥是不是也要死了？

「哇……」小嘴一癟，果果又傷心又害怕地哭了起來。

「嗚……」虎子媳婦聽完果果的敘述，面如死灰，跌坐在地上，望著河裡呼天搶地地哭了起來。「皮子……我的心肝啊，你怎麼就不聽勸？你要是有個三長兩短，娘和你爹可怎麼活啊？」

此時，秦力抱著雙眼緊閉的皮子躍出了水面，輕輕將他平放在河岸邊，伸手往他的鼻前一探，臉色忽然黯了下來。

虎子媳婦連滾帶爬地來到皮子身旁，看著臉色蒼白，肚子鼓得像隻青蛙似的皮子，將他的頭抱到自己腿上，著急地拍打他的臉，不安地叫道：「皮子……你睜開眼看看娘親啊！你別嚇娘親，娘親不能失去你啊！你出聲應娘一句好不好？皮子、皮子……嗚嗚……」

圍觀的村民都一臉同情地看著瀕臨崩潰的虎子媳婦，看著毫無反應的皮子，傷感地搖了搖頭。

虎子媳婦還挺可憐的，短時間內陸續失去二妮跟皮子一雙子女，這讓她如何受得了？

「石大嫂，妳……」喬夏將果果塞進喬秋懷裡，看著一臉悲戚的虎子媳婦，正想勸慰幾句，就被她給堵了回來。

虎子媳婦抬頭瞪著喬夏，雙眼冒著火苗地喝道：「別假惺惺的了！我們家二妮是因為妳家豆豆，所以死了，皮子一定也是果果慫恿來河裡玩水的！他以前向來不敢來河邊，一定是果果要他們來河裡抓魚的！上次我就聽果果說河裡有魚，魚湯很好喝，一定是他慫恿的！嗚嗚……」

喬夏不敢置信地看著虎子媳婦。她家的二妮明明就是被半邊頭下毒害死的，怎麼這會兒賴上豆豆了？

這時李小峰悠悠醒轉，睜開眼看到自家娘親，就哇的一聲哭了起來。

李四媳婦興奮地將他緊緊摟在懷裡，過了一會兒，將他從身子上扳開，看著他問道：「小峰，你怎麼不聽勸？不是叫你不要來河邊玩水嗎，你是不是想氣死娘親？」

李小峰抬頭怯怯地看著她，輕聲應道：「娘，我再也不敢了。我本來也不敢來，可是皮子他說河裡根本沒有什麼河妖，所以我和果果才跟著他過來的……」

大夥兒一聽，立刻明白了事情的經過。喬夏她們也安心了一點，李小峰的話總算還了果一個公道，有那麼多村民作證，也不怕虎子媳婦要潑了。只是，虎子媳婦畢竟是個可憐人，喪子之痛接踵而來，情緒難免會激動。

虎子媳婦聽了李小峰的話，哭得更是傷心。

「虎子媳婦，妳節哀吧！」

「妹子，我們還是把孩子抱回家替他穿上新衣服吧？」

「虎子媳婦，咱們村的規矩妳是知道的，得儘早入土為安。」

「你們要幹麼？別動我家皮子，否則別怪老娘不客氣！」虎子媳婦揮落村民要來抱皮子的手，惡狠狠地瞪著他們。

眾人見她已陷入瘋狂之中，一時之間也不知該如何是好。山中村有個不成文的傳統，就是凡是溺水而亡的人，都必須儘早入土，以免邪氣外洩。

「你們讓開，我來看看。」

聽到這個聲音，大夥兒眸中閃過一道亮光，紛紛讓出一條路，興奮地看著喬春。

喬春眉宇間泛著淡淡的疲憊，但雙眸卻炯炯有神。她伸手往皮子鼻前一探，再摸摸他的脖子，秀眉緊皺，連忙將手伸直，手掌平放在皮子胸前，用力且有節奏地壓著他的胸口。

唐子諾走了過來，伸手探了一下皮子的鼻息，悲傷地看著喬春，無奈地搖了搖頭。但喬春並未理會他的提示，仍舊有節奏地進行心肺復甦術。這是一條生命，一朵含苞的花兒，她捨不得看到他還未綻放就凋零，落土為泥。

眾人全都愣愣地看著她，不明白她在做些什麼？

虎子媳婦從剛剛的怔愣中回過神來，見喬春對著她的兒子又按又捶，頓時像瘋了似的，伸手毫不客氣就往喬春臉上揮了一巴掌。

「二哥，把石大嫂拖住，別讓她妨礙我。」喬春仍舊沒有停下手邊的動作，平靜地對一旁的唐子諾吩咐道。

「好。四妹，妳沒事吧？」唐子諾輕應了聲，滿臉心疼地看著她已經紅腫起來的左臉，但依舊按她的吩咐將虎子媳婦給拉開。

虎子媳婦對唐子諾拳打腳踢起來，她死死地瞪著喬春，嘴裡恨恨罵道：「喬春，妳這個妖怪，妳想對我家皮子動什麼手腳？妳就是個妖怪，不然怎麼會那些誰都不會的東西？」

一時之間，大夥兒好像全忘了剛剛被淹死的皮子，紛紛看向喬春，頓時覺得虎子媳婦說得很有道理。

喬家一直都是普通農家，哪有什麼能力將閨女調教得能識文寫字，還會種茶樹、製茶？河岸上，眾人你一言我一語，對喬春指指點點起來。

唐子諾心中很急，他知道其中的來龍去脈，但就算說出來，村民也不會相信。他扭過頭，看著喬春仍舊一臉冷靜，只是專心重複她剛剛做的動作，心裡也慢慢平靜了下來。

四妹一定是有什麼辦法可以救皮子！唐子諾轉過頭看著喬夏她們，說道：「大姨子，妳們先抱果果回家。」

此時四周抽氣聲忽然此起彼落，眾人滿臉詫異，眼睛一眨也不眨地看著喬春。

只見她一手捏著皮子的鼻子，一手撐開他的嘴巴，俯首覆上他的嘴唇，吹了兩口氣，又開始重複按壓他胸口的動作。半晌過後，喬春停了下來，垂著頭緊緊盯著皮子。

「咳咳……嘔……」奇蹟出現了，皮子突然開始嗆咳，嘴裡吐出一口一口的水。

喬春站了起來，臉上露出一抹欣慰的笑容。其實皮子溺水到施行心肺復甦術的時間已經超出黃金搶救期，但皮子畢竟還是個孩子，只要有一線希望，她就不會放棄。

「娘，嗚……」皮子睜開眼，看見在一旁淚流滿面的娘親，心中一陣害怕，虛弱地哭了起來。

唐子諾鬆開了虎子媳婦的手，她立刻過去抱著劫後餘生的皮子，喜極而泣。

「走吧！二哥，咱們回家去，我想果果和豆豆了。」喬春走過來牽起唐子諾的手，兩個人並肩往唐家走去。

眾人紛紛讓出一條路，目送他們夫婦離開，心裡對喬春的看法由剛剛的懷疑，直接升級到膜拜，喬春儼然從柔弱的茶仙子，變成救苦救難的活菩薩。

「親親、爹爹，你們回來啦！豆豆好想你們哦！」剛走到唐家大門口，豆豆就像一隻快樂的鳥兒跑上前來撲進喬春的懷裡。

喬春蹲下來接住豆豆香香軟軟的身子，將臉蹭到她的脖子間，深深吸了幾口熟悉的味道，心裡頓時滿滿的、暖暖的。

「娘親也好想豆豆！豆豆在家裡有沒有乖乖的？」喬春輕笑著抱起豆豆，在她胖乎乎的臉蛋上親了一口，笑呵呵地問道。

「豆豆有乖乖的，沒有挑食，也沒有弄濕姥姥的床。」豆豆格格地笑了起來，歪著頭看著喬春天真地笑道。

「走，進屋去。」喬春抱著豆豆往大廳走去，剛走幾步就停了下來，轉身對身後的暗衛道：「各位，進屋來喝水，休息一下吧。」

暗衛們飛快地對視了一眼，對著喬春恭敬地單膝跪下，拱手行禮，整齊且大聲道：「是！屬下遵命，謝公主殿下！」

公主殿下?!

眾人暗吃一驚，困惑地看著喬春。

雖然朝廷已昭告天下，但是山中村位處偏遠地區，喬春被太后收為義女之事，還沒傳到這裡來。

喬春看暗衛們這標準的宮廷禮儀，忍不住嘆了口氣。一路上她不知說過多少次了，叫他們別動不動就行大禮，可他們就是不聽。

喬春舉目瞧見家人吃驚的模樣，微笑道：「大家都進屋吧，這些事我待會兒再跟你們解釋。」

喬春踏進熟悉的家裡，一眼就看到偏廳拱門下露出一小塊藍色布料，她嘴角微微上揚，神色平靜地坐了下來，看著暗衛們說道：「各位，既然逍遙王已經把你們交給了我，以後我就是你們的主子了。」

「是！但憑主子教誨！」暗衛們單膝跪下，整齊有力地應道。

喬夏她們怔怔地看著幾日未見的大姊，突然發現她身上多了一股高貴的氣質，讓人心生敬畏。

眉尖輕蹙，喬春頗為無奈地掃了他們一眼，續道：「既然我是主子，這裡也不是京城，那你們就得聽從我的安排。」

「是！謹遵主子旨意！」

無奈啊無奈，這些人就像木頭一樣，腦子裡只有以主子為天的概念。

「你們以後就在唐家住下，以後統一改口叫我唐大嫂，叫我家相公為唐大哥，長輩們就按伯父、伯母叫，平輩的姑娘們，名字後面加個妹子即可。」喬春緩緩吩咐下來。

「屬下不敢！」暗衛們全體由單膝改為雙膝跪地，一臉恐慌地垂著頭。

喬春緊抿著唇，掃了他們一眼，身上驟然散放出懾人的氣息，冷聲道：「你們這是不敢，還是根本沒將我這個主子放在眼裡？」

聞言，暗衛們話也沒回，而是朝地上用力磕起頭來。

「你們……」喬春為之氣結，一句話都說不出來。

端坐在一旁的柳如風很明白這些皇室暗衛的心理。他們都是皇室成員暗中培養出來的力量，一直為皇室招收江湖各派的勢力，以及蒐集各國的訊息，思想跟行為都以主子為天，一時半刻不可能改變。

「春兒，柳伯伯明白妳的意思，但是也不能勉強他們。不如就讓他們喊妳夫人吧？」柳如風看著頗為煩惱的喬春，輕聲建議。

喬春朝柳如風點了點頭，又對跪在地上磕頭的暗衛們道：「別磕了。你們以後就喊我夫人吧，往後山中村的唐家就是你們的家，大家都別太拘束。」

喬春說著，抬眸看著廖氏笑道：「大娘，麻煩您帶這些兄弟去客房安頓，每人一間房，如果有缺什麼日常用品，回頭再跟我爹說一聲，請他去鎮上多備一些回來。」

「你們就隨我家大娘去房間整理一下吧。」喬春吩咐道。

「是！謝謝主子！」暗衛們整齊有力地回應。

「嗯？」喬春不滿地應了一聲，尾音拉得長長的。

暗衛們相對視一眼，彼此心領神會。「謝謝夫人。」

「好，下去吧！」喬春終於如釋重負地笑了。

「是！」

待暗衛們都離開之後，喬春美目輕轉，看著那些愣愣盯著她瞧的家人，笑道：「娘、妹妹們，妳們站著不嫌累嗎？」

「呵呵，不累、不累。」眾人說著，紛紛圍著桌子坐了下來。

「大姊，你們到京城發生了什麼事情？怎麼妳搖身一變成為公主了？」喬夏心直口快，藏不住話，見那些木偶般的暗衛退下以後，便開口向喬春打聽。

「這事說來話長，先等一下。」喬春轉過頭，看著拱門下那塊藍色布料，重重嘆了一口氣，道：「唉，我都離開這麼多天了，怎麼我家果果好像都不想我？我這個做娘親的可真是失敗啊！」

「娘親，爹爹。」滿臉愧疚的果果從拱門邊探出了頭，烏黑閃亮的眼睛飛快地朝爹娘看了一眼，垂頭一步步蹭到他們跟前。

「娘親，對不起，果果錯了，不該去河邊的，要不然皮子哥也不會死翹翹了。」果果說著說著，淚水已在眼眶裡打轉。

他很難過，如果他不跟著去，也許皮子哥和小峰哥就不會去河邊玩水了。而他心裡同時感到深深的恐懼，如果他也下水，就有可能再也見不到娘親和爹爹了。

「果果，皮子沒有死，你娘親已經把他救回來了。」唐子諾蹲下身子，雙手扳著果果的小肩膀，眸底湧上濃濃的暖色，那是一股不可言喻的心疼。

這個孩子太早熟了！每當看見孩子懂事的表現，唐子諾總忍不住自責，果果和豆豆會這樣，是因為從小缺少父愛吧？

果果驀然抬頭，眼睛頓時流光溢彩，興奮地看著唐子諾問道：「爹爹，您說的是真的嗎？」

「嗯，真的。」唐子諾心疼地看著他，將他抱起來坐在自己腿上，輕輕往他臉頰上親了一下。

喬春看著果果，心裡也有些愧疚。她伸手輕輕揉著他的小腦袋，柔聲道：「果果，還記得娘親說過的『司馬光破缸』的故事嗎？」

「記得！」果果點了點頭。

「嗯，如果夥伴遇到了危險，果果該怎麼辦？」喬春溫柔地看著他，一步步引導他深思。

果果歪著小腦袋，小手摸著下巴，黑眸輕轉，茅塞頓開道：「果果要想辦法救夥伴，不能逃避，不能著急。」

「如果以果果的力量救不了夥伴呢？」喬春繼續問道。

果果怔怔地看著喬春，嫩眉輕蹙，沈思了一會兒才道：「那果果就去找大人。」

「呵呵！果果真棒，這樣就對了，要記住今天的話哦！」喬春欣慰地笑了，探過頭親了一下果果的額頭。真是孺子可教也！

眾人看了又是開心又是揪心。受了這麼大的驚嚇，還是勇敢地從錯誤中學習，只能說喬春教得好，果果也學得快。

眼看事情圓滿解決，大夥兒總算鬆了口氣。這段時間下來，大家都是擔心受怕，幸好老天不至於那麼殘忍，否則皮子要是真有個什麼萬一，事情可就沒那麼容易解決了。

第七十五章　夜襲

唐子諾走到喬春身後，輕柔地幫她拆下頭飾，拿過梳子幫她梳起頭髮。末了，捧起她的黑髮，俯首深深呼吸，陣陣幽香撲鼻而來。

「真香！」唐子諾讚道。

「你這是在誇我，還是拐著彎誇自己呢？我記得我的髮油都是你調製的。你說，你成天搗鼓這些，以前一定用來拐騙少女心吧？」喬春抬眸透過鏡子看著唐子諾，打趣道。

唐子諾聽她這麼一說，立刻放下她的頭髮，有些緊張地看著她，辯駁道：「我哪有拐騙過什麼少女心？再說，我搗鼓的這些可都只為妳而製，世上僅此一份。」

天地良心，他可沒有做過對不起她的事，不管是失憶前，還是失憶時，抑或是現在。

「那麼緊張幹麼？你該不會真做過類似的事吧？」喬春拿過梳子，迅速將頭髮梳好，站起來轉身看著他。

勾了勾唇角，唐子諾捕捉到喬春眼中一閃而過的光芒，心知她這是在開玩笑。他看著她眉宇間的疲憊，摟過她，笑道：「真的沒有！老婆，夜深了，咱們休息吧！」

自從喬春向他講解了「老公」和「老婆」的意思以後，他們在私底下便一直親密地喊對方老公跟老婆。

喬春看著唐子諾黑眸中閃爍著的火花，沒好氣地賞了他一個大白眼，嬌嗔：「休息？只怕等一下會更累。」

唐子諾看著已經洞悉自己心聲的喬春，只能乾笑兩聲，柔情款款道：「待會兒我來動，妳只要躺著就好。」

「誰說躺著就不累的？」喬春瞪著他。

「要不，我躺著，妳上我下？」唐子諾厚著臉皮說道。

「你想得美！」喬春伸手指了指他的胸膛，眸中閃過一絲羞澀。少年夫妻都是這樣的嗎？活了兩輩子，她第一次領悟到愛情的甜美，內心如同打翻了一罈陳年老酒，瞬息之間將她迷醉，再不願醒來。

「我想啊，老婆！我真的想，愈想愈美！」唐子諾抓住喬春的手，低頭著迷地看著她緋紅的臉。

「老公。」喬春軟軟輕呼，在這寂靜的夜裡，顯出幾分曖昧。

喬春的身子忽然一輕，橫身落入唐子諾有力的懷抱中。他迅速在她櫻唇上輕輕一啄，一聲輕笑自他唇邊逸出，聲音低沈動聽，帶著幾分柔情。「老婆，我愛妳！」

簡單幾個字，彷彿來自虛空，像是一句咒語侵入她的腦海，深植在她心底。

他愛她，她也愛他，世上還有比這更美妙的事情嗎？

「老公，我也愛你！」喬春柔柔地回望他，眉裡、眼裡、心裡滿滿都是濃情。

「別說話。」唐子諾的語調很低，散發出不可抗拒的魔力。他抱著她，大步向雕花大床走去。

紅羅帳內，一個健壯男子的身影若隱若現，從影子上來看，顯然男子在上，女子在下。不一會兒，紅羅帳內傳來一聲嬌吟：「老公，再用力一點。」

「這樣可以嗎？」

「再大一點。」話剛落下，緊接著又大聲尖叫起來：「啊！輕點，輕點……」

「這樣呢？」

「可以了，好舒服啊！」

屋頂上的黑衣人飛快對視一眼，眸中流露出一股不屑。這對夫妻也太放得開了吧？這女人真的是賽大人口中那個睿智的女人嗎？

一個黑衣人朝其他三個黑衣人使了個眼色，四個人立刻有默契地同時跳進院子裡。剛想推門而入，身後已被一群暗衛堵住了去路。

黑衣人心中大驚，為首的黑衣人立刻大聲喝道：「你們三個攔住他們，我進去抓那個女人！」

他抬起腳往房門上一踹，可令他意想不到的事情發生了。他的腳還沒來得及碰到房門，門就自己打開了。他心中一喜：難道自己的內功這麼厲害，這麼輕易就能將門震開？

但他還沒高興完，眼前就閃過一道銀光，他的眼瞳驟縮，還來不及有任何反應，就已經被人踢飛，如斷線風箏掉在院子裡。

唐子諾帥氣地拍拍手灰，看到院子裡口吐鮮血的黑衣人，嘴角逸出一抹淡淡的笑容。彷彿在笑他的不自量力，也好似在笑他的天真。

他們幾個剛跳上屋頂時就已經被他發現了。在他叫喬春「別說話」時，他已經用眼神告訴喬春屋頂有人。剛剛紅羅帳內，他不過是幫喬春按摩而已，是為了欺騙他們而投下的煙幕彈。

唐子諾相信暗衛也已經察覺夜色中這股不尋常的氣息。他之所以等到這個時候才出手，是想看看這些人到底想做什麼、目的為何，還有他們到底是不是晉國的恆王派來的？

其他黑衣人一看這情形，思緒大亂。威爾遜可是晉國第一勇士，竟然這麼輕易就被人給一腳踢飛，實在太出人意料，也太讓他們震撼了！大齊國果然高手如雲，不可小覷。

「擺陣衝出去，帶威爾遜離開！」剩下三個黑衣人迅速靠攏，形成一個堅固的三角形，與暗衛們搏鬥起來。

三角陣形雖然很堅固，但面對更加厲害的暗衛，就不是銅牆鐵壁了。沒多久三角形已經被瓦解成一直線，黑衣人戰鬥力直線下降。暗衛們將他們丟到威爾遜身邊，迅速將他們圍了起來。

正當唐子諾想走得近一些，以便拷問這些不速之客時，忽然間，一陣帶有刺鼻異味的濃煙從四個黑衣人身上散開。

「咳咳……」暗衛們紛紛咳了起來，待濃煙散去後，那四人已不見蹤影。

唐子諾見濃煙乍起，心中警鈴大響，想要追上去，卻又擔心濃煙中有毒，擔心暗衛們的安危，連忙上前探視，見大夥兒只是咳嗽，並沒中毒現象，才稍稍放下了心。

「各位兄弟都沒事吧？」唐子諾問道。

「咳咳……沒事，都怪我們太大意，居然讓他們給逃了。」暗衛們面露愧意，衝著唐子諾搖了搖頭。

「子諾，出什麼事了？」喬父聽到院子裡有動靜，穿著單衣就跑了出來，滿臉緊張。

喬春從房裡走了出來，對喬父暖暖一笑，安撫道：「爹，剛剛好像來了個小偷，讓他給跑了。您放心去睡吧，沒事。」

喬父緊皺的眉頭舒展開來，對著他們點了點頭，道：「夜已深，既然小偷跑了，大夥兒都回房休息去吧。」

「好。爹，您也回房去睡吧，記得跟娘說沒什麼事情。」既然喬父跑了出來，那雷氏一定也驚醒了。

轉過頭，喬春對暗衛們說道：「大夥兒都回房休息去吧！看來明天開始我們得安排人晚上巡視，今夜就先這樣吧。那些人既然已經逃跑，想必今晚也不會再回來了。」

喬春的話才剛落下，忽然間幾個黑不溜丟的東西就從院子上方憑空掉了下來。定眼一看，原來是剛剛逃走的那幾個人，只是現下少了一個人，就是威爾遜。

緊接著，一身黑色勁衣的李然，以及一身白衣的柳如風，從屋頂上跳了下來。原來剛剛他們是去追那幾個黑衣人了，怪不得都沒見到他們的人影。

喬春看著李然和柳如風，輕笑道：「柳伯伯、李大哥，這些都是什麼人？」

「如果我沒猜錯的話，應該是晉國恆王的人。我們現在就問一下，看看他們究竟想幹什麼？」柳如風捋了捋鬍子，眼睛炯炯有神地盯著地上那幾個狼狽的黑衣人。

「你們到底是什麼人？來這裡的目的是什麼？」柳如風喝道。

那三個人非常有骨氣地將臉一甩，不回答也不看柳如風。

「你們到底說不說？再不說，我就用銀針封住你們的筋脈，讓你們以後想動都動不了！」柳如風沒想到這些人居然這般硬氣，實在出乎他意料。看來恆王教導有方，竟然能讓這些人如此忠心。

三個黑衣人臉色不變，只是憤憤瞪了柳如風一眼，彷彿在指責他。隨即撇開了臉，絲毫不因他的恐嚇而有所動搖。

「好樣的！既然你們都是硬骨頭，那就別怪我不客氣了。」一向淡定的柳如風這次有點被這幾人給惹毛了，他將手伸進衣袖，拿出別滿銀針的布袋，抽出幾根銀針，作勢就要扎下去。

「慢著。」喬春攔下柳如風。

三個黑衣人輕蔑地看了柳如風一眼，隨即扭頭看向喬春，只是輕輕一瞥，便失了魂，丟了神。

好個風華絕代的美人！眉如柳黛，眸似春杏，朱唇不點而紅，身材玲瓏有致，一頭烏髮傾瀉而下，恍若天仙下凡。

喬春對他們癡迷的眼神視而不見，她淺淺笑著走上前去，低頭看著那三個死不開口的黑衣人。

「柳伯伯您別生氣，封筋脈太便宜他們了，不如咱們讓他們嘗嘗凌遲的滋味如何？」喬春風輕雲淡地說道，那雙晶瑩剔透的眸子閃過絲絲狡黠。

柳如風等人扭頭看著喬春，不明白她葫蘆裡賣的是什麼藥，但是聽她的語氣，似乎凌遲比封筋脈來得更狠毒。

「春兒，妳說的凌遲是什麼？」柳如風很感興趣。自己剛剛在這些晉國的走狗身上吃了癟，如今能反擊一下，也是好事。重點是藉這個方法從他們嘴裡撬出一些有營養的東西來。

「凌遲得由兩個人來行刑，先用魚網把他們裹起來，再拿出鋒利的刀，從他們的腳開始，把那突出網子的肉一刀刀割下，一共要割一千刀，也就是要割下一千片肉片，才准犯人斷氣。柳伯伯，你和二哥是大夫，對人體比較了解，待會兒就讓你們來為他們行凌遲之刑吧。」

喬春看那三個黑衣人臉色瞬間變得慘白，眼睛瞪得快要突出來了，又道：「你們挑一些可以讓人多流血，卻又不會致死的地方下手。我真想看看這些人身上割出一片片魚鱗以後，會不會真的變成人魚？」

「嘔……」黑衣人眸中流露出濃濃的懼意，忍不住乾嘔起來。

這個女人實在太毒了，他們剛剛居然還覺得她像個仙子，真是太傻了。果然最毒婦人心！

唐子諾明白了喬春的意思，伸手找暗衛要了一把劍，對柳如風笑道：「師父，看來這事還真得我們出手了，咱們這就開始吧？」

柳如風點了點頭，這時有暗衛自動將劍送到他手裡，大家都等著看所謂的「人魚」是什麼模樣。

黑衣人見唐子諾他們拿著亮晃晃的劍朝他們走了過來，全身不由自主地開始劇烈顫抖，眼神恐懼地看著那兩把刀，還有那兩個嘴角含著冷笑，步步進逼的人。

此時終於有個黑衣人受不了這種心理上的恐懼，他嚅動著嘴唇，閉上眼睛，大聲叫道：「我說我說我說……」

其他兩個黑衣人見他如此，心防瞬間瓦解，連忙大聲附和：「我也說，我也說……」

「二哥，你們審問他們吧，我累了，先進屋休息。」喬春慵懶地打了個哈欠，優雅地捂著嘴，不再看黑衣人他們，轉身進屋。

喬春悠悠醒了過來，門外院子裡傳來果果和唐子諾中氣十足的喊聲，聽起來很像在練武。

喬春揉揉眼，看著窗外的陽光，慢慢坐了起來。自己現在可真算是一覺睡到太陽曬屁股，十足的懶蟲。

喬春梳洗過後走進院子，一大一小的身影頓時映入眼簾。

唐子諾看見喬春，淺淺一笑，朗聲道：「四妹，妳醒啦！」隨即又對果果道：「果果，蹲好馬步。對，就這樣，半個時辰不能動，明白了嗎？」

「知道了，爹爹。」果果有模有樣地紮著馬步，乖巧地應道。

唐子諾緩步朝喬春走去，陽光照耀在他額頭的汗珠上，像是一顆顆鑽石閃閃發亮，襯得他俊逸的臉更加出色。

唐子諾露出一口皓齒，溫柔地看著喬春說道：「四妹怎麼不多睡一會兒？」

喬春從袖子裡抽出手絹，踮著腳尖輕輕幫他擦拭臉上的汗水，笑道：「現在都日上三竿了，再睡下去我還不變成豬嗎？」

「就算妳變成豬，我還是一樣愛妳。」唇角勾起一抹柔笑，唐子諾伸手牽過喬春，慢慢走向院子石桌邊。

喬春羞澀地笑了笑，說道：「大白天的，別這麼肉麻行不行？」

「我只對妳一個人肉麻。反正我們是夫妻，有什麼關係？」

「果果在這裡呢……當著小孩子的面說這些，不太好。」喬春輕輕敲著唐子諾的額頭，偷偷瞥了果果一眼。

只見果果的姿勢維持得相當標準，臉上也沒多餘的表情，但其實他心底早就一千次、一萬次贊同自己娘親的話。跟平常對他們表現出來的溫柔完全不同，爹爹對娘親真是肉麻得可怕。

「果果是男孩子，正好提前教育他一番，等他長大就知道怎樣對待自己的心上人。」唐子諾看著果果如石雕般的背影絲毫不覺得自己的話有什麼不妥。

爹啊，孩兒還小，您別這麼早教育這個行不行……果果在內心深處大喊，額頭上流下幾滴豆粒般的汗，小臉緊緊皺成了一團。

躺在香樟樹上偷閒的李然，終於受不了樹下那對男女，他看到果果擰成一團的稚臉，心疼地搖了搖頭，從樹上跳了下來。

李然又好氣又好笑地看著他們說道：「你們可不可以進屋去肉麻？當著孩子的面這樣，也不想想他受不受得了。」

唐子諾望著姿勢依舊標準的果果，很是奇怪地看著李然，聳肩道：「我家果果都沒意見，你這是幹麼？」

喬春臉上羞起朵朵紅雲，她難為情地瞥了李然一眼，伸手扯了扯唐子諾的手，有些埋怨地說：「你別再說了。」

敢情這男人早就知道李然在樹上，居然還說出這種話來！他不害臊，她還怕丟臉呢！

「你說果果沒意見，也不去瞧瞧他那臉皺成了什麼樣子？沒見過你這麼當爹的！去去去，找個隱蔽一點的地方盡情肉麻去，我來教果果紮馬步。」李然朝唐子諾揮了揮手。

「僅此一天。我可不希望我兒子被你調教得像冰塊！」唐子諾笑了笑，得了便宜還賣乖地拍了拍李然的肩膀，轉身牽起喬春就走了。

喬春也沒有出聲問唐子諾要去哪裡，一路上都任由他牽著，穿過後山的竹林，經過一片稻田，最後來到河邊。

喬春坐在河岸的大石頭上，往河裡丟了一粒石頭，看著河面上蕩起粼粼波光，輕輕嘆了口氣，說道：「二哥，你什麼時候會跟爹解釋昨晚的事情？」

雖然昨晚隨便用了個理由搪塞過去，但對方已經找上門了，往後要瞞也不容易，既然遲早得坦白，不如提早讓家人有心理準備。在這個山村裡，她愛上了田園生活，但如今生活恐怕不再平靜純粹。就在她一步步朝理想邁進時，已在不知不覺間捲入國與國的爭奪，這是喬春始料未及的事情。

「早上解釋過了。四妹，如今這情形我們已無法控制。那幾個黑衣人果真是晉國恆王派來的人，他們真正的目的是妳，恆王要把妳擄到晉國去。」唐子諾悠悠凝望河面，有些羨慕地看著河裡悠哉游動的魚兒。

他擔心以自己的力量保護不了喬春，畢竟敵在暗，我在明，而且晉國的人擅長用毒，如果他們藉著毒害其他人，將她悄然無息地擄走，也不是不可能。他早上開始讓果果習武，讓豆豆跟著師父學醫，也是想讓他們兄妹能早日擁有自保的能力。

喬春點了點頭。如今他們沒有回頭路可以走了，只能步步為營。

「對了，那些黑衣人你們是怎麼處理的？」喬春好奇地問道。

「讓幾個暗衛送去京城交給大哥處理。」既然他們肯招，那交給最有能力解決這件事情的人，自然最恰當。

喬春微微頷首。這幾個人交給皇甫傑處理再適合不過，有這幾個人在手上，相信皇甫傑能讓晉國稍微收斂一點，也正好給她一些思考的時間。

「二哥，我想把種茶樹和炒製綠茶的手藝傳出去，讓全村的人，乃至整個大齊國的人都會種茶樹、製綠茶。古人有言，槍打出頭鳥。只要我們不再是大齊國唯一會種茶樹和製茶葉的人，相信晉國就不會再把槍口對準我們了。」

喬春緩緩訴說著自己的想法。為今之計只有避開鋒芒，他們才能恢復平靜的生活。

「這樣可以嗎？」眉頭輕蹙，唐子諾扭過頭看著喬春。

「嗯，這是最好的選擇，也是當今皇上和太后，乃至大哥最想看到的。只是，該怎麼做，咱們還得找大哥、三哥好好商議一下。」喬春已作好決定，將這份世人羨慕的斂財手藝給傳播出去。

唐子諾很意外喬春有這個想法。一般人一定會緊擁著這發家致富的手藝，可她卻只想要平靜的生活，甚至大方地將這些手藝傳給別人，不得不說他的老婆真是個不平凡的女子！

喬春輕輕將頭靠在唐子諾肩膀上，輕聲道：「我不想過爾虞我詐的生活，只想守著家人平平凡凡過日子。財富不需要太多，只要一家人衣食無憂地在一起，這就是我要的幸福。

「只是我們如今面對龐大的威脅，勢必得仔細盤算，暫時沒辦法達成我的理想，但我相信只要大齊國上下都尋得謀富之道，過不了幾年，我也許就實現願望了。」

「老婆，妳別擔心，我一定會為妳披荊斬棘，保護好家裡的人。」唐子諾攬過喬春的肩膀，信誓旦旦地道出自己的決心。

喬春緊緊握住唐子諾的手，抬眸柔情款款地看著他，輕聲問道：「你不會覺得我輕易將這些手藝傳出去，顯得很傻嗎？不能為唐家光宗耀祖，你不覺得可惜嗎？」

等到以後大家都會她那門功夫，唐家也就不再具備什麼優勢了。

唐子諾寵溺地刮了刮她的鼻子，笑道：「妳看我像是那種追求名利的人嗎？我只想要妳幸福。」

喬春聽了，覺得自己此刻已經擁有世上最珍貴的東西，未來就算面對再多風雨，她也不怕！

第七十六章　擴充田地

喬春看著在大廳裡聊天的喬父和鐵氏兄弟，想起買地擴種茶樹的事，便走過去擇位坐了下來，笑道：「鐵伯伯、鐵叔，能不能請你們幫忙問問村裡有沒有人願意賣地，我們準備擴種茶樹。另外，請你們順便問問有沒有人願意在作物收成後賣田，我想買來種花。」

「春兒打算買地又買田？」鐵龍看著喬春確認道。

喬春點了點頭，笑道：「愈多愈好，每畝地我會比市價多一兩銀子。」

鐵龍微微頷首，頓了一頓，說道：「我家在老屋前有近兩畝的田，就交給春兒用吧。」

喬春看著鐵龍，心中大概猜測到他的想法。他是一村之長，率先表態用行動支援，對村民多少能起帶頭作用。

「鐵伯伯，那些田可都是全村最肥沃的，您不再想想？」喬春提醒道。

「對啊！大哥，那可是咱家的祖田，以後百川怎麼辦？」鐵成剛本來不好意思出聲，可是見喬春並未一口應下，他也不願再保持沈默，趕緊站出來勸鐵龍。

「不用再想，我已經決定了。我沒放棄讓百川跟春兒一起種茶的想法，如今他不在家，這事我就替他定了。」鐵百川和桃花的關係擺在眼前，他相信將來這些祖業交到兒子手裡，他也會這樣做，更何況他現在孤家寡人，田地根本用不到那麼多。

喬春點了點頭，腦海裡突然靈光一現，笑道：「鐵伯伯，百川和桃花算訂了親，我想了想，您家那田我不買，您也別賣。百川不在家的這些年，您就租給我們，我們按年給您租金。」

「租田？」鐵龍看著喬春，有些困惑地問道，見喬春輕笑著點頭，又道：「那我家那些地就賣給你們種茶吧！這個就別說用租的了，咱們兩家不必分得那麼清楚。」

「大哥，你怎麼把田跟地都置了出去？」鐵成剛聽到鐵龍的話，不禁感到焦急。田和地都要置出去，那大哥家還剩下什麼？莊稼人全靠家裡的地來填飽肚子，他這一賣，不就等於斷了子孫吃飯的傢伙了嗎？

「二弟，你難道看不出種茶樹遠比種雜糧要好很多嗎？村裡的地如果全種上茶樹，我相信大家全都能過上好日子。春兒是個什麼樣的人，別人不清楚也就算了，你難道還不曉得？」鐵龍意味深長地看著鐵成剛。

鐵成剛低頭沈思，久久不語。

他腦海裡慢慢浮現被一層層茶樹環繞的山中村。茶樹種多了，唐家勢必得請人幹活，如果大家都在唐家幹活，那麼為什麼還要辛苦地種田？

喬春給大家的待遇相當優渥，他們一家這兩年掙的可遠比省城的小舅子還要多，不但能顧家，還不用看人臉色。那些上回沒簽到長工契約的人，早就伸長了脖子，等唐家再招募長工呢！

「春兒，我家的田和地也租給妳，行嗎？」鐵成剛終於想通，他身為第一批受惠於喬春的人，可得以實際行動來支持東家。

喬春笑了。鐵家兄弟的心思她又怎會不明白？都是憨厚老實、知恩圖報的莊稼人。雖說她給鐵成剛一家工作的機會，讓他們家的日子愈過愈好，如今已建了新房，牛子也訂了親，可說到底，她覺得自己才是受恩惠的那一方。當初如果不是他們傾全力幫忙，自己的茶園也不可能這麼順利地建好。

「行，全租下來。不過，具體的協議內容，我得跟我大哥、三哥商議一下。等我們商量好了，再讓你們看看協定內容行不行，不行的話，咱們再商量。」

喬春覺得腦海裡的計劃逐漸成形，「未來」的輪廓也愈來愈明朗了。

喬春嘴角勾起一抹自信的笑容，雖然不是很明顯，但看在大夥兒眼裡，卻如同夜空中閃爍的繁星，那般耀眼璀璨。

喬春偏過頭看著唐子諾，說道：「二哥，你通知一下大哥和三哥，請他們趕來山中村一趟。」

現在錢財已取代錢萬兩成為和平鎮的鎮長，她的計劃得有官方介入才能順利進行。

「好，我馬上就去寫信。」唐子諾站了起來，轉身往後院走去。

這次從京城回來，皇甫傑為了便於聯繫，便交給他們三隻信鴿。這些信鴿都是他在戰場上用來傳遞訊息的，不僅飛得高，飛得快，還訓練有素，基本上不會將信落入敵方手裡。之前錢財也使用過這些信鴿跟柳如風聯絡。

喬父輕輕掃了在場的人一眼，欣慰地看著喬春，說道：「春兒，田地對莊稼人來說很重要，妳讓鐵兄弟幫忙問出租的事就好，賣田地的事就別提了。」

「好！都聽爹的。」喬春衝著喬父點點頭，扭過頭對鐵氏兄弟道：「鐵伯伯、鐵叔，咱們就只問田地出租的事，等合約擬訂了您再問大夥兒吧。」

「好！」鐵氏兄弟開心地應允了。

幾個人結束了這個話題，繼續喝茶聊天。

此時，大門外忽然響起虎子媳婦的聲音。「春兒妹子，妳在家嗎？」

喬春站了起來，一邊往門外走去，一邊應道：「石大嫂，我在家，進來吧。」

只見石虎子和他媳婦手裡提著一隻雞，訕訕地站在院子裡，兩個人神情窘迫地看著喬春。他們兩人相互用手肘輕撞彼此，誰也不先開口。

喬春頓時明白他們的來意，她彎起唇角淺笑道：「石大哥、石大嫂，你們進屋來坐吧。」

石虎子看著喬春，擺擺手道：「春兒妹子，我們今天是來向妳道謝和道歉的。」他昨天跟喬父送茶葉去了，才一回到家，就聽到關於皮子溺水的事情。他家大哥一五一十地將經過全告訴了他，說皮子撈上來時已經沒有氣息，如果不是喬春出手相救，皮子早就沒了。

當石虎子聽到他家婆娘對喬春說的那些渾話時，心裡可是又急又氣，一個晚上都板著臉對她。

他不懂自家婆娘怎麼會如此不懂事，二妮的死跟唐家人根本沒關係，最後還是唐家出動替二妮報仇。說到底，唐家也是受害者，當時豆豆也中了毒，如果不是喬春帶豆豆去求醫，也許豆豆也被那些歹人給害死了。

今天他說了他家婆娘一頓，再加上皮子親口承認是他自個兒叫果果他們一起去玩水的。虎子媳婦這一反思，才發覺自己過分了。在良心譴責下，她終於愧意難擋，拉著石虎子一起來向喬春致意。

「妹子，昨天大嫂是被鬼上身了，才說出那些渾話，妳可千萬別往心裡去。對不起！如果以後，有誰敢說妹子半句不是，大嫂一定撕了他的嘴！」

虎子媳婦抬眸看著喬春，臉蛋羞紅，眸底流淌著濃濃的歉意。見喬春微笑看著自己，愧意更濃，又道：「謝謝妳昨天救了我家皮子。我不敢想如果我家皮子有個萬一，我該怎樣活下去……妹子，大嫂真的很感謝妳，也是真心向妳道歉，所以……請妳一定要把我昨天說的那些話給忘了，行嗎？」

虎子媳婦說著說著，情緒開始有些激動，眼眶不知不覺紅了，眼角噙著淚。

「大嫂，這事不怨妳，如果是我遇到這事，也會這樣。妳說得沒錯，二妮的事，多少與我們唐家也有關係，我得向妳道歉。那些人真正的目的是我家果果和豆豆，二妮這麼好的小姑娘，卻不幸被歹人給害了，這事擱在心裡，我也很難受。」喬春上前幾步，伸手拍了拍虎子媳婦的肩膀，輕聲緩緩道。

這件事她心中也一直很不好過，總覺得是自己間接害了二妮。如果那些人不是衝著自己來，二妮也不會遇害。

「這事不怨妳，都怪那些歹人！如今你們也讓那些歹人受到報應，我相信二妮也能安息了……」虎子媳婦說著流下淚水，吸了吸鼻子道。

「孩子他娘，這事過了，妳也別再傷心了。」石虎子看著自家婆娘傷心落淚的樣子，再想起年幼喪命的女兒，內心如同被熱油澆了一般，火辣辣地痛著。

喬春從袖子抽出手絹，輕輕擦去虎子媳婦眼角的淚水，拉著她就往屋裡走。「大哥、大嫂，咱們還是進屋聊吧。」

石氏夫婦走進大廳後，便一一的向廳裡的長輩問好。

喬春向虎子媳婦努了努嘴道：「大嫂，這隻雞待會兒你們得帶回去，我不能收。」

虎子媳婦一聽就急了。「不行，這可是我們的一番心意！昨天皮子可是多虧了妳，要不然……嗚嗚……」想起昨天的事，虎子媳婦的心現在還嚇得亂顫。

虎子媳婦不知道喬春在皮子胸前一直壓是為了什麼，也不懂嘴貼著嘴吹了什麼氣，儘管她不明白，也很詫異，但是皮子既然被救活了，其他事情她都不想再去細想。

今天一早在河邊洗衣服時，已經有不少婦女在議論，說喬春是個可怕的妖精，昨天是用妖術將已經死去的皮子給救活了。她聽了氣不過，當下就與她們大吵了一架。她才不管喬春是妖還是仙，只要是救人的，都是好妖、好仙、好人。

「石大嫂子，快別哭了，妳這樣我都不知道該怎麼辦了。」喬春看到虎子媳婦那說來就來的眼淚，頓時手足無措，只好看著石虎子，向他求救。

石虎子接到喬春求救的眼神，無奈地搖了搖頭，接上自家婆娘的話。「妹子，這隻雞也不算什麼，妳就收下吧。」

「春兒，妳就收下吧！這是他們一片心意。」鐵龍欣慰地看著石虎子夫婦。知恩圖報、知錯能改，這些都是他欣賞的特質。

喬春見鐵龍也這麼說，覺得自己如果再推讓，就顯得矯情了。於是她笑著接過石虎子手裡的雞，道：「那我就謝謝大哥和大嫂了。」

「不謝，倒是我們該好好謝謝妳！」石虎子將雞交到喬春手裡，有些不好意思地撓了撓頭，憨笑道。

喬春和虎子媳婦把雞放進後院的雞窩裡，又洗了一把手，看到果果和豆豆正坐在絲瓜棚下練習寫字，便笑呵呵地拉著虎子媳婦往大廳走去。

來到大廳，喬春便替石氏夫婦沖泡了茶湯。

大夥兒又開始閒談起來，不知不覺外面的天色逐漸變暗，石氏夫婦和鐵氏兄弟這才紛紛起身告辭。

第七十七章　風雨前夕

唐子諾寫了書信給皇甫傑之後，就照喬春的提議，針對暗衛排好夜巡輪值，也交代好一些日常注意事項。

夜色悄悄來臨，家裡的女子除了喬春以外，大家都忙著幫暗衛納鞋底、繡錢袋。暗衛們已經按唐子諾的安排，不時躍上屋頂，觀察周圍的動靜，輪流在房屋四周巡查。

親子房裡，喬春正伏在書桌上，專心寫下她記憶中的花茶配方。這些東西她準備請柳如風過目，看看那些花籽中哪些可以用來做花茶，不能用的就種在自家院子，當觀賞的花就好。

唐子諾則是坐在圓桌前，聚精會神地搗鼓他的獨門美容配方。

相對於唐家的寧靜，和平鎮外一個山洞裡的柴火正噼噼啪啪地燒著，山洞裡亮堂堂一片，如同白晝。幾個男子圍坐在火堆旁，眸中閃爍著狠戾的光芒。

「大哥，賽大人的飛鴿傳書裡都說了些什麼？」一個黑衣男子神情恭敬地看向一旁臉色蒼白的男子，輕聲問道。

這個被黑衣人稱為大哥的人，就是之前在唐家受了傷的威爾遜。原本他們四個人利用煙幕彈一起逃跑，卻被柳如風和李然追捕，由於他傷勢不是很重，加上底子深厚，所以順利逃過。只不過眼下他也得休息幾天，畢竟被唐子諾傷到了真氣。

此刻威爾遜手裡緊抓著一根小圓木，手背上青筋畢現，黑眸緊緊地盯著火堆，眼底燃起簇簇火苗。

威爾遜想到那天在唐家的挫敗，手不禁用力一捏。小圓木不堪他的力量，一折兩斷，尖細的木針刺進他的掌心中，鮮血頓時順著手掌滴下來。

「大哥，你快放開，別傷了自己的手！」黑衣人擔憂地看著威爾遜，著急地勸道。

威爾遜沒有理會他，手反而抓得更緊，彷彿只有這樣才能稍稍宣洩心中的怨氣。

他是晉國第一勇士，能得到恆王賞識，他一直引以為傲。他原本以為可以順利將那女人擄回晉國，沒想到自己反而中了他們的圈套，還讓三個兄弟被抓走。更可恨的是，賽大人飛鴿傳書通知他，那三個沒用的東西，竟然出賣恆王，將事情全都供了出來。他們只能隱身一段時日，等候賽大人的通知再次行事。

威爾遜對此氣憤不已，對他來說這簡直就是侮辱。這事如果傳回晉國，他還有什麼臉當第一勇士?!

士可殺，不可辱！他不能聽賽大人的話，得想辦法為自己贏回面子才行。最好能將那女人擄回去，好讓恆王跟賽大人對他重拾信心。

「大哥，我知道你心裡憋屈。小弟心中有一計謀，不知大哥要不要聽聽？」黑衣人眸光閃爍，薄薄的唇角逸出一抹冷笑。他是賽格力的得力助手卡卡夫，之前並未參與襲擊唐家的行動，而是以後勤身分伺機而動。

威爾遜轉過頭看著眼前的人說道：「卡卡夫，你有什麼計謀，快說來聽聽。」

卡卡夫連忙探頭過去，俯在威爾遜耳邊，一邊說，一邊勾起了唇角。

威爾遜聽了，眸底閃過一道精光。他早就知道卡卡夫一肚子心眼，一般人不是他的對手，可是沒想到這個時候他居然能想起這一招來！人言可畏，他相信這個計謀對喬春的殺傷力極大。

「厲害。」威爾遜對卡卡夫豎起了大拇指。

「小計謀而已，大哥，你就等著坐收漁翁之利吧。」卡卡夫的嘴角逸出了一抹冷笑。

威爾遜點了點頭，表情極為滿意。他相信這一次他們不會在陰溝裡翻船了。

喬春，妳就準備接住本大爺送妳的大禮吧！

清晨的陽光懶懶地灑進了房裡。

喬春聽到院子裡傳來唐子諾教果果練武的聲音，唇角忍不住微微上揚，她俐落地起床、穿衣、梳洗，看著鏡子裡的人兒，滿意地點了點頭。

她今天簡單編了個麻花辮，身上穿的也是廖大娘按她的草圖縫製的唐裝。唐裝是她打太極拳時穿的，看著果果也知強身健體，她也該把自己的身子骨鍛鍊好，才能面對更多挑戰。

喬春走到院子時，唐子諾看到她一身奇特的打扮，微怔了一下，隨即回過神來，笑著說道：「四妹，妳這是準備做什麼？」

「打太極拳。」喬春淺笑道。

「太極拳是什麼東西？」唐子諾十分好奇。他在大齊國沒聽說過這種功夫，或許是喬春那個時空的產物。

「一種強身健體的運動，好像也是武功，只不過我練了好多年，都沒發現它有攻擊性？」喬春向唐子諾解釋道。

唐子諾一聽，頓時來了精神，看著她說：「妳打一遍給我看看。」

如果真是武功，那就太好了！春兒有了武功傍身，他就不用擔心自己分身乏術，讓敵人有機可乘。

「哦，好啊！」喬春輕快地應了下來，隨即走到院子中央，擺好姿勢，一步步將整套拳法呈現在唐子諾眼前。

等喬春打完一套太極拳，額頭上已經滲出細汗，全身上下舒暢無比。她收了拳轉身，卻發現不知何時，柳如風和李然也站在唐子諾身邊，一臉詫異地看著她。他們三個人完完全全沈浸在喬春那套拳法裡，久久不能回神。

「柳伯伯、李大哥，你們也來啦！」喬春隨意用袖子擦了擦額上的汗，瞥了還在紮馬步的果果一眼，看著柳如風他們淺淺一笑。

柳如風率先回過神來，滿臉驚訝地看著喬春，問道：「春兒，妳剛剛那套拳法叫什麼？

我怎麼不知道妳還會武功？」

這套拳法他是第一次看到，但習武之人一眼就能看出，如果加以內力，配合攻守要點，這套拳法的威力將會很驚人。尤其這套拳法看似柔弱，但是在推蕩往來之中，攻守進退都非常巧妙，創出這套拳法的人，實在高明！

「這套拳法是用來健身的，我一點武功都沒有，也不知它如何攻守？」喬春如實道來，心想他們也許能幫助自己，假以時日，自己說不定能成為一代宗師呢！想到這裡，喬春不禁心動。

「妳這套拳法以柔克剛，四兩撥千斤，若使得好，攻擊性可是很強。我剛剛看了一下，妳的推手術中，主要動作是採、挒、肘、掤、擠、按。只要子諾教妳如何運氣，注意好攻守要點，妳一定能擁有自衛能力。」柳如風輕輕捋著鬍子，黑眸清亮。

這套拳法真的不簡單，如果只是用來健身，實在浪費。如今打喬春主意的人太多，如果她能有自衛能力，就再好不過了。

「師父，我也是這麼想，如果四妹有內力，這套拳法使出來會很驚人。」唐子諾欣喜地看著柳如風。有了師父這一番話，他就更確定自己剛剛的想法可行。

「子諾，你將我們那套心法教給春兒，再讓她把這套拳法打理好。」柳如風說道。

「好！」唐子諾抬眸看著柳如風走向房間的背影，興奮難耐地看著喬春，笑道：「四妹，有了師父的獨門心法，妳一定能發揮這套拳法的威力。」

「嗯。」喬春淺笑著點頭。

李然見唐子諾一副躍躍欲試的模樣，又看了還在紮馬步的果果，說道：「唐兄弟，你幫弟妹練心法去吧，我來指導果果就好。」

「好，麻煩李兄了。」唐子諾也不跟他客氣，拉著喬春就回房去了。雖然他之前說過只讓李然指導果果一次，不過那只是玩笑話，說著打趣罷了。

進了房間，唐子諾讓喬春盤腿坐在床上，自己也盤腿坐在她對面，兩人掌心對掌心緊緊貼著。

喬春見他的架式，不禁著急起來，連忙抽回自己的手，說道：「二哥，使不得，你不能將自己的功力輸給我！」

她雖然也想把太極拳當成武功來用，卻不想讓唐子諾的功力有所耗損。

「四妹，我只是傳兩成的功力給妳，順便幫妳打通任督二脈，這樣練心法就比較容易上手。妳放心，這並不會影響我的身體，調息一下就好了。」眸底幽光流轉，唐子諾看到喬春緊張的樣子，立刻明白她的擔憂，連忙出聲安撫。

「真的嗎？沒有騙我？」喬春仍有些懷疑。

「真的，難道妳不相信我？」唐子諾摀著胸口，貌似內心很受傷。

「好吧！我相信你！」喬春忍不住笑出來，點了點頭。

「那我們開始吧。」唐子諾伸出雙手，示意喬春把手伸出來。

兩個人的手掌再次貼緊，雙雙閉上眼睛，不知過了多久，喬春只覺得自己身上熱氣騰騰，濕透的單衣緊緊貼在身上。她一動也不動，靜靜感受從唐子諾掌心中傳來的力量。

突然，緊貼著自己雙手的那雙大掌無力地滑下，喬春驟然睜開眼睛，目光緊緊鎖住同樣汗濕滿身的唐子諾，只見他臉色有點蒼白，胸膛上下用力起伏，臉上揚起笑容，溫柔地看著她。

喬春心疼地看著唐子諾，輕輕地用手絹幫他擦拭臉上的汗水。「二哥，你將內力過到我身上來了嗎？」

唐子諾看著她，柔聲道：「四妹，現在妳身上已經有我兩成功力。先休息一下，我明天再教妳心法，這樣妳很快就能擁有自衛能力了。」

唐子諾將喬春摟進懷裡，一個轉身將她平放在床上，心滿意足地擁著她，嘴巴湊到她耳邊輕聲說道：「四妹，咱們先休息一下。」

「嗯。」喬春輕輕應了一聲，想起他有些蒼白的臉，乖巧地依偎進他懷裡，不一會兒，兩個人就安穩地睡著了。

這一睡就是整整一個上午，李然向唐、喬兩家的人簡單說明了一下，要他們別去打擾。

第七十八章 暗計難防

再次醒來，喬春只覺得自己神清氣爽，有種剛剛做過按摩的感覺，她抬眸看向唐子諾，發現他還在沈睡。

陽光輕撫著睡夢中的男子，他那濃密纖長的睫毛微微鬈翹，膚色不似其他山中漢子那般黝黑，而是一種讓女人也嫉妒的白皙，表情則如初生嬰兒般安靜祥和。

一抹淺淺的笑意不自覺地從她唇邊逸出，喬春輕輕移開他緊緊環在自己腰上的手，可還是將他驚醒了過來。

「老婆，妳醒啦！」唐子諾眼睛倏地睜開，直直看向喬春，他探身過去，溫柔地在她額頭上留下一吻。

「你現在覺得怎樣？要不你再睡一會兒吧？」對於唐子諾將部分功力過給自己，喬春仍是很擔心。

「我沒有那麼嬌氣，只是輸了一點內力給妳而已。如果妳實在心疼我，做頓好吃的給我就行啦！」唐子諾率先坐了起來，不滿喬春將他當病人看待。

「遵命！」喬春起身甜甜地對唐子諾笑道。

兩個人整理了一下衣服，相攜走出房門，卻見喬父一臉沈重地在院子裡踱步。

「爹，出什麼事了？」喬春和唐子諾見喬父這個樣子，連忙上前問道。

喬父滿懷深意地瞅了喬春一眼，神色凝重，沈聲道：「村頭的虎妞死了。聽說她的脖子上有兩個牙齒印，全身如同乾屍，被人飲乾了血。」

喬春和唐子諾飛快對視了一眼，滿臉震驚。

全身如同乾屍？被人飲乾了血？怎麼會有這麼變態的殺人手法?!

兩人直直看向喬父，想知道更多消息，可喬父那沈重的模樣，還有看著喬春時奇怪的眼神，突然覺得內情不簡單。

「爹，是不是還有什麼事？」喬春直覺這事可能跟她有關係，不然爹爹怎麼會這樣打量自己呢？

喬父看向喬春，見她眸底一片清明，心裡頓時責怪起自己的糊塗。別人懷疑就算了，他怎麼能不相信自家閨女呢？

想著，喬父濃眉輕舒，嘆了一口氣道：「村裡都在盛傳這事是閨女妳幹的，他們說妳是妖，是專靠喝童血來修煉的妖。」

他一聽到這件事情時，又急又氣，可是細細一想，閨女這些年來的變化，頓時變得沒有把握。現在看到閨女坦然的模樣，他又覺得自己太傻了。

「放他們的狗屁，全是無稽之談！他們這是嫉妒，嫉妒我們家的大閨女日子好過！」怒火沖天的雷氏從喬父身後走了過來，一臉憤怒地說道。

喬春從驚愕中回過神來，又是欣慰又是感動地看著雷氏道：「我從昨晚到現在都跟二哥在一起，根本沒出過家門，他們也太會掰了吧？」

懷疑她作案，也得看看她有沒有作案時間啊，這些人怎麼就肯定是她幹的？她一沒得罪人，二沒做過缺德的事，真不知是誰這麼「用心良苦」地誣賴自己？

唐子諾也著急起來，他拉著喬春的手，看著喬氏夫婦道：「這一點我可以肯定，四妹沒有出過家門。再說，四妹只是一介普通女子，哪會是什麼妖？如果她是妖，還要辛辛苦苦種什麼茶樹？揮手一指不就行了嗎？那些人也太無理取鬧了！」

「就是，那些人太過分了！大嫂怎麼可能是妖呢？」桃花緊皺著眉頭走了過來，唐、喬兩家其他人也陸陸續續走到院子裡。

「可不是，如果大姊是妖，那我們也是妖了，我娘和我爹還是一對老妖呢！」喬冬接下了話，只是她的話倒讓這沈重的氣氛變得輕鬆起來。

「我也不信，大姊就是大姊，他們這是含血噴人！」喬秋搭住喬春的肩膀說道。

「我也相信大姊。」喬夏也重重點了點頭。

「娘親，他們都是壞人。」果果很是不平地指責那些亂說話的人。

「親親，他們一定是沒見過妖怪，妖怪不是都長得很醜，哪會有我家親親這麼好看？他們要是再說，我就咬他們！」豆豆鼓起腮幫子，說著還不忘呲著牙，裝出一副要咬人的模樣。

大夥兒忍不住被她那活靈活現的模樣給逗得開懷大笑。

「子諾，我們去看看，看看那孩子是什麼時候死亡的？」柳如風走了過來，一臉沈重地看著唐子諾，接著又對喬春說道：「春兒，妳在家等我們的消息。伯伯相信妳，這一定是有人蓄意栽贓給妳的。」

柳如風略帶憂慮地掃了眾人一眼，向唐子諾使了個眼色，便率先走向大門。儘管他相信喬春，但大齊國對鬼神之說相當忌諱，如果傳進皇甫俊耳裡，再加上有心人煽風點火，就算喬春是太后的義女，恐怕也在劫難逃。

「大家別著急，我們都相信春兒是無辜的。你們在家靜候消息，我們很快就回來。」唐子諾出聲安撫眾人，對喬春點了點頭，轉身緊隨柳如風而去。

如今最重要的是查出背後栽贓的人是誰，還有他們的目的是什麼。只有抓到真凶，才能還喬春清白。

唐子諾心裡明白村民為何會輕易就相信謠言，原因很簡單，因為喬春的變化太大。雖然現在的喬春在進入這個身體之前，原本的喬春才嫁來山中村不久，但因為地方小，村民來往得較為密切，因此輕易就能知道兩人的不同。如果不是他已經知道她的來歷，只怕此刻他也會懷疑她。

唐子諾追上了柳如風，將他拉到一邊，附在他耳邊，將喬春的事情大概跟他說了一遍。師父不是外人，也不是俗人，所以告訴師父這些，他一點後顧之憂都沒有。

柳如風驚訝地看著唐子諾，有些難於消化他說的事情。但是喬春如此與眾不同，更常有驚人之舉，甚至不避諱談論當朝天子的去留問題，的確不像這個時代的人。他雲遊四海，什麼樣的奇聞趣事都見過，所以這樣的事倒也不是那麼難接受。

「走吧，我們去看看。」柳如風朝唐子諾點了點頭，表示了解，接著沒有多問，便著急地走向出事的村頭。

當他們來到現場時，李然已經蹲在屍體旁，見識過腥風血雨的他，看著那乾癟的屍體，臉色還是有些蒼白。

他見柳如風和唐子諾走了過來，連忙迎上前去，滿臉凝重地說道：「凶手實在太殘忍了，這種手法我還是頭一次看到。」

圍觀的村民見到唐子諾，紛紛衝著他叫了起來。

「子諾，你快點將喬春交出來，可別讓她再住在唐家，小心啊！」

「唐兄弟，你看看虎妞白白胖胖的，現在……唉，慘不忍睹啊！」

「你別貪戀她的美色。她是個妖，專吸童血和男人精氣，可要小心啊！」

「怎麼辦？她是妖的話，會不會將我們全村人的血都吸光？」

聞言，不少膽小的人都嚇得尖叫。

唐子諾聽著這些話，內心很是氣憤。喬春有恩於大家的地方，他們怎麼隻字不提？現在出了這事，就不分青紅皂白地將矛頭指向她，真是豈有此理！

唐子諾忍不住衝著喋喋不休的村民大聲喝道：「你們到底有沒有良心？喬春的好，你們怎麼就不說？我家娘子是人是妖，我自個兒最清楚，不用你們在這裡說三道四！」

唐子諾說著，狠狠掃了眾人一眼，又道：「她一介柔弱女子，如果是妖的話，有必要辛辛苦苦種茶樹嗎？當年還有必要上山去挖紅薯度日嗎？她生果果和豆豆時，還會難產嗎？你們怎麼不用腦子想想?!」

眾人被他一吼，頓時縮了縮脖子，羞愧地低下了頭。

可人群中不知誰又說了句火上加油的話：「她可能是現在才開始修煉啊！如果她不是妖，那她怎能將死了的皮子救活？」

大夥兒一聽，又紛紛抬起頭附和，再次議論紛紛。

唐子諾無力再爭辯，蹲下身子準備檢查虎妞的屍體。可是他才剛剛蹲下來，一旁哭得呼天搶地的虎妞娘和奶奶不知是哪來的力氣，硬是將他推倒在地。

「好你個唐子諾！喬春做出這般天地不容的事，你居然還袒護她？我告訴你，如果你不交出喬春，我們跟你們唐家沒完！」虎妞娘恨恨地瞪著唐子諾，咬牙切齒道。

虎妞奶奶更是氣到不行，她從袖子裡抽出一塊綠色的衣料，丟到唐子諾面前，大聲罵道：「你這被迷了眼的人，你看看這是不是喬春的衣服布料？這是我們可憐的虎妞手裡緊抓著的布，我們村裡除了喬春，還會有誰穿這種綠色的衣服？再說，這布上的白茶花，你不會不認識吧?!」

唐子諾的眉頭擰得更緊了。正在檢視虎妞屍體的柳如風和李然也抬頭望著那塊綠布，眼眸如同罩上層層濃霧，深不見底。

唐子諾拾起布塊，仔細端詳著——這白茶花確實很眼熟。不過他並未因此懷疑喬春，反而為對方的精心設計感到震驚。他們狠下心用這麼凶殘的手段殺害一個小女孩，還附上有力的物證，加上村民親眼瞧見喬春救皮子時所使用的奇特方法，他們絕對會因此相信喬春是吸血妖怪。

剛剛趕到現場的石虎子夫婦，聽到眾人的指責，立刻幫喬春澄清，因為他們絕對相信喬春不可能是妖。

「各位鄉親，請別激動。春兒妹子平時對大家都不薄，她這麼好的一個人怎麼可能是妖?依我看，一定是有人栽贓陷害，大家可別上當！」石虎子氣息微喘地看著眾人，道出自己的看法。

哪知眾人根本就不聽他的勸，反而覺得他是因為喬春救了他家皮子，才幫忙說好話的，於是紛紛將矛頭指向石氏夫婦。

「石虎子，我看你也是妖迷心竅，怎麼能替妖說話?你到底是不是這個村的人?」

「就是啊，你們這是胳膊往外拐，絲毫不念同鄉情!」

石虎子被他們這一指責，頓時又急又氣，連忙衝著大夥兒擺擺手，著急地解釋：「我們怎麼是不念同鄉情呢？我們就是念著同鄉情，才勸大家別被騙了！」

「騙？」大夥兒很是不滿，敢情石虎子是說他們有眼無珠，冤枉好人？

大夥兒互相看了一眼，馬上就有人指責起石虎子。「石虎子，你這話是說我們不能辨別是非，胡亂冤枉好人嗎？」

「石虎子太過分了，揍他！」

「對，揍他這無情無義的白眼狼！」

也不知是誰起的鬨，大夥兒的火氣瞬間被點燃，一個個紅著眼將石虎子夫婦圍了起來，衝上去對石虎子就是一頓拳打腳踢。

「你們怎麼打人啊?!唉唷……」石虎子吃痛地叫了起來。

「你們還講不講道理？救命啊！」虎子媳婦看著石虎子被揍得唉唉叫，連忙勸架，見實在勸不了已經失去理智的村民，便開始呼救。

唐子諾整個人傻了。他想不透大夥兒怎麼會突然將矛頭指向石虎子，而且這麼失控？

眼看石虎子毫無招架之力，唐子諾再無暇思考，也不管會有什麼後果，頓時大步上前，伸手將那些動手的人一個個拎起來，往後一丟。轉眼間眾人狼狽地跌坐在地，呼天搶地叫喊著。他們紅著眼瞪了唐子諾一眼，突然很有默契地站了起來，大步朝下圍下走去。

「唐兄弟，咱們得回去看看，看樣子他們準備尋上唐家去。」李然望著那群已經完全失去理智的村民，著急地說道。

柳如風也站了起來，對唐子諾說道：「虎妞是在今天清晨遇害的。我們先回去看看，再查查這布料是怎麼一回事。」

「石大哥、石大嫂，連累你們了。我們先回去，待會兒再拿藥給大哥。」唐子諾對石虎子夫婦道歉，輕身一縱，緊隨柳如風他們而去。

唐子諾一行人施行輕功，很快就回到家守著。沒多久，一群村民便湧到唐家大門口大聲叫囂。

「喬春，妳這個妖怪，給我出來！」

「妳說，妳為什麼要那麼狠毒?!」

「妳快滾出山中村，不然我們就找道士來收了妳！」

村民們堵在唐家大門口，企圖衝進屋裡去把喬春給揪出來，只不過暗衛們一個個臉上散發著冷冽的氣息，像門神般站在大門口，那些村民便不敢強行進入。

巡查河道回來的鐵龍聞風趕了過來，看著眼前失控的場景，很是氣憤地擠到人群前，對著他們大聲一吼：「你們這是怎麼一回事？現在是自己人咬自己人嗎？」

眾人不約而同停下來，怔怔地看著怒氣一發不可收拾的鐵龍，你推我、我推你，誰都不願先站出來說話。鐵龍一直是令他們信服的村長，如今大夥兒還是第一次見他如此生氣。

現場沈寂了好一會兒，後面趕到的虎妞奶奶擠過人群，抓著鐵龍的手哭道：「鐵子，你得給我家虎妞作主！她還那麼小，怎麼就死得這麼冤啊？」

「大娘，您說說，這到底是怎麼一回事？」鐵龍眉頭緊皺。

「事情是這樣的……」虎妞奶奶邊哭邊將事情說了個大概。

眾人聽著，腦門上的火再度燃起，又開始衝著屋裡叫罵。

「我聽不下去了，我要出去找他們理論，不然他們還真以為我們做了什麼虧心事！」雷氏聽到外面那些叫罵聲，再也無法忍受，火大地站了起來，一把甩開喬父拉著她的手，跑了出去。

「你們是不是全都黑了心？我家閨女好好的一個人，怎麼就被你們罵成這樣了？你們沒憑沒據的，可別亂說話，再亂說，我們就要報官了！」雷氏衝到暗衛身後，對大門外的村民大聲怒吼。

「報啊，正好讓官差來將妳家的妖精給抓走！」

「我勸妳別亂認女兒，搞不好妳女兒早就被她吃乾抹淨，然後化身成妳女兒的樣子……」

「就是，別到頭來一家老小都成了她的口中餐！」

「到時可別怪我們沒有提醒妳……」

眾人有的冷嘲熱諷，有的自以為好心的勸說，一夕之間，喬春由救苦救難的活菩薩變成人人喊打的妖怪。

雷氏雙眼直冒火光，怒火滔天地伸手指著大門外的村民，怒聲罵道：「我呸，你們才是妖呢！誰敢再說我家閨女是妖，我今天就撕爛他的嘴，看他以後還敢不敢說些顛倒是非的話！」

鐵龍急火上心，重重跺了幾下腳，大聲喝道：「大家都別急，我們不能隨便定別人的罪，先聽聽柳神醫是怎麼說的，真有什麼問題，咱們就報官，讓官差來調查，還虎妞一個公道。」

他絕對相信喬春是無辜的，但是眼前這情況，他也只能先將大夥兒的情緒穩住。鐵龍的話一出，現場頓時靜了下來，大家紛紛點頭，靜待柳如風說話。

柳如風抬步走到鐵龍身邊，看著眾人大聲說道：「我檢查過虎妞身上的傷口，她脖子上的兩個齒印並不是人類的牙齒，遇害時間則是清晨。」

不是人類的牙齒？眾人頓時交頭接耳議論起來，每個人眸底都流露出恐懼。

不是人的牙齒，就是動物的牙齒，若是動物的牙齒，就表示這東西是妖。此刻村民的腦海裡自然而然浮現出一個專吸人血的妖怪。

柳如風將眼光調到虎妞奶奶身上，對著她問道：「請問一下，虎妞早上有早起嗎？」

虎妞奶奶沈思了一會兒，便道：「天剛亮的時候，虎妞說肚子痛，就一個人出去上茅房了。我等了好久也沒見她回來，就出來尋她，結果……就見她那個樣子了！嗚嗚……」

說著，悲痛難忍，又失聲哭了起來。

柳如風微微頷首，伸手捋了捋鬍子，對眾人說道：「大家都聽明白了，虎妞遇害是在今天早晨，可我們都能作證喬春並沒出家門，所以我相信真凶另有其人。懇請大家給我們三天的時間，我們一定會給大家一個交代。」

對方出手太過狠毒，手法也精細，連喬春的衣物碎片都有，目前實在難以替喬春洗刷冤屈，只能先穩住村民的心，爭取時間，好揪出幕後黑手。

「大家都聽到柳神醫的話了吧，請大家給他們三天的時間，我相信他們絕對能給大家一個滿意的答覆。」鐵龍大聲說道。

大夥兒聽鐵龍這麼說，彼此交換了個眼神，紛紛點頭，逐漸散去。

事情雖然暫時穩了下來，但山中村卻異常寂靜，全村都籠罩在一股沈重的氣氛中。天還未黑透，大人、小孩就通通回到家裡，大門不出，二門不邁，在太陽還未全部昇起之前，也不會有人出門。老屋的榕樹下也不再有小孩在那裡玩遊戲，大人恐嚇小孩的最佳方法就是——小心喬春那個妖怪來吸乾你的血。

喬春無奈地坐在院子裡，陪果果和豆豆練字，對於那些拿她來嚇小孩的話，她聽了也只能搖頭嘆息。

唐家的氣氛也很不好，唐子諾等人幾乎一直在外調查，家裡的安全都交到暗衛手裡。一天一夜過去，他們的調查根本就沒有進展，剛剛喬春又聽到一個不好的消息，就是鄰村也出現一模一樣的事。

此時，大門外響起馬啼聲，不一會兒，就見錢財一臉著急地走了進來。他看著絲瓜棚下的喬春，眸光夾帶著擔憂。

「三哥，你怎麼來啦？」喬春站了起來，對他勉強一笑。

錢財見她眉宇間那抹淡淡的憂鬱，不由得感到疼惜。他走到絲瓜棚下坐了下來，探頭看了果果和豆豆寫的字一眼，道：「妳出了這麼大的事，我是妳的三哥，能不來看看嗎？」

「這事二哥一定可以替我洗清冤屈的。」喬春雖然擔憂，卻對唐子諾有信心。

「錢財，你今天怎麼有空過來？春兒的事有沒有驚動上面的人？」喬父他們聽到馬蹄聲後走了過來，憂心忡忡地問道。現在錢財是和平鎮鎮長，「上面」有什麼事情，他會第一個知道。

「你們先聊，我去拿茶具過來。」喬春站了起來，抬步往大廳走去。

其他人也都走出房門，向絲瓜棚走了過來。他們實在不放心，就怕錢財會帶來更不好的消息。

「伯母好！」錢財向雷氏他們禮貌地打了聲招呼，眼光越過雷氏，看到她背後的喬夏，目光微滯，隨即收回視線，不再看她。自從喬夏向他告白以後，這還是兩人頭一次見面，但他實在無法坦然與喬夏對視。

喬夏內心很是苦澀，如果不是想知道大姊的情況，估計，她早就轉身回房，獨自傷心去了。

「今天和平鎮管轄內的每個村裡幾乎都出現了一例這樣的案子，而且受害者手裡都抓著一塊繡有白茶花的綠色布塊。早上我收到大哥發來的飛鴿傳書，聽說皇宮御花園裡突然天落大石，正好砸在董貴妃面前。」

錢財停頓了一下，看向搬茶具進來的喬春，一時之間不知該不該繼續說下去。

「三哥，你接著說。」喬春看著眾人擔憂的神情，淡淡笑了一下，神色自然地看著錢財。她現在倒想聽聽事情發展成什麼樣了，或許能想到解決方法也不一定。

「那塊大石上還刻了字，上面刻著『和樂融融，平平淡淡；山中有妖，村上成形；栽茶製茶，春意盎然；先是惑世，再是媚主；禍亂大齊，民不聊生。』」錢財牙一咬，將他知道的事情全部說了出來。

這事瞞得了一時，也瞞不了幾天，既然驚動了皇上，想必上面很快就會追查下來。當今皇上最忌諱鬼怪這類傳聞，就怕他不分青紅皂白怪罪下來。今早大哥的飛鴿傳書上，已經明確表示現在皇宮陷入一片混亂，人心惶惶。

「事情發生時，董貴妃正好懷有身孕，當時被眼前憑空而落的大石一驚，當場暈倒，因為驚嚇過度，腹中的孩兒也掉了。這可是皇上第一個子嗣，不僅皇上大怒，就連太后也相當痛惜。」錢財愈說愈擔憂。聽說當時皇上本來想派人捉拿喬春，是因為太后和大哥拚命攔阻，才沒有付諸實行。但這些話他實在不想當著眾人的面說出來，就怕他們承受不住。

「哈哈！好個精心設計、天衣無縫的計謀，看來那幕後黑手可謂用足了心思！」喬春笑了起來，直嘆這計謀的厲害之處。

小打小鬧也許成不了事，但是利用她種種異於常人的作為，再配合皇帝的忌諱，還巧妙將大石掉到董貴妃面前。實在不得不讚嘆對方的用心之深、用計之妙。

現在就算她有千萬張嘴，也說不清、道不明了。如果說出自己來自未來，只怕別人更會相信她是個不折不扣的妖。

「四妹，妳別擔心！大哥已經出發趕來這裡，明天就會到。妳要相信我們，我們兄弟一定不會棄妳於不顧的！」錢財看著眼淚都笑了出來的喬春，輕聲安慰。

喬春是人是妖，他再清楚不過。雖然對方用足了心思，但只要仔細思考，事情還是有破綻。如果真是喬春做的，她怎麼可能會在每個受害人的手裡都留下碎布呢？這完全不合邏輯啊！

只是大齊國上下都相信這些鬼神妖怪之說，最讓人信服的就是村民看過喬春救活死人，所以他們很容易就會聯想到這裡，並且深信不疑。

如今只希望二哥和柳伯伯他們能找到真凶，不然喬春這一劫怕是難逃了。只是，不管要他們三兄弟付出什麼代價，他們都會保護好喬春，不讓她承受不白之冤。

「對，大姊，等大哥哥來了，他一定會有辦法的！」喬冬聽說皇甫傑要過來，頓時信心滿滿，眸光閃亮地看著喬春，為她打氣。

勵。

「對啊，大姊，一定會沒事的。」

「大姊，我們都相信妳。」

「大嫂，妳別擔心，這一路我們會一直陪著妳。」

桃花和幾個妹妹彼此交換了個眼神，心領神會，紛紛拍著喬春的肩膀，給予她支持和鼓勵。

「是啊，春兒，我和大娘都站在妳這邊。」林氏和廖氏重重點了點頭。以往林氏最受不了那些閒言閒語，可是今天情況不同，這種擺明了栽贓的事情，她絕對不相信！

豆豆則是抬起圓嘟嘟的小臉，調皮地對喬春眨了下眼，伸手做了個加油的手勢。「親親，我挺您，我們大家就是您最強的後援隊！」

「娘親，您別擔心，果果不會讓壞人傷害您的！」果果也從石凳上跳了下來，拍拍自己的小胸膛，眼神堅定地說。

眼眶一熱，喬春不由自主地掉下了眼淚，如斷線珍珠般一顆顆的滴在石桌上。

這是喬春第一次當著眾人的面前流淚，讓錢財不禁怔住了。他一直以為喬春非常堅強，從不知她也有如此脆弱和感性的一面。

而喬父和雷氏他們，早已被喬春的眼淚給灸得心痛、肉痛。這個大閨女這些年不知吃了多少苦，但她向來保持樂觀，他們也很少見她哭成這個樣子。

「閨女，妳別哭啊！」

「春兒，妳要放寬心，子諾他們一定會有辦法的！」

「大姊……」

「大嫂……」

「親親，您別哭了，您再哭，豆豆也想哭了。」小豆豆癟著嘴，抬起水霧縈繞的眸子，紅著眼看著喬春。

喬春吸了吸鼻子，抽出手絹擦乾眼角的淚水，彎起唇角道：「大家別擔心，我不是難過，只是很高興大家這麼關心我。我覺得很幸福，全身上下都充滿力量，現在就是天塌下來，我也有力氣把它給頂回去。」

在場的人聽到喬春的話，都忍不住眼眶發熱，眼角濕潤。

他們心裡真的好恨那個幕手黑手，一個個在心裡默默問候那些人的祖宗十八代一遍、十遍、一百遍、一千遍……

「好，這才是娘的好閨女！親家母，廖大嫂，咱們去做午飯吧。」雷氏欣慰地擦乾眼角的淚水，衝著喬春點了點頭，轉身拉著林氏和廖氏往廚房走去。

喬冬帶果果和豆豆進房裡去玩，喬春和喬父則重新招呼起錢財，岔開那個沈重的話題，東南西北地聊了起來。

過沒多久，唐子諾和柳如風、李然三人就臉色凝重地走了進來。

喬春一看他們的神情，便知他們今天又是徒勞無功，連忙洗了三個茶杯，衝著他們道：

「柳伯伯、李大哥、二哥，過來喝杯茶吧，辛苦你們了！」

柳如風見錢財來了，朝他微微頷首，坐了下來。「錢財，現在鎮上的情況如何？上面有什麼新情況嗎？」

他們已經查了一天一夜，除了受害人數增加，其他絲毫沒有進展，那些人根本沒有留下一丁點蛛絲馬跡，可見整起事件規劃得非常謹慎仔細。

錢財聽了，便將方才向唐、喬兩家人說過的話又敘述了一遍，包括那塊刻了字的大石頭一事。

唐子諾、柳如風跟李然三人這下全傻了。怎麼可能有這麼巧的事情？巧到無縫可插，巧到讓人不得不相信大齊國真的出了妖怪，而且還是不久前太后剛認下的義女。

不知情的人一看，會覺得一切都是天機，但他們這些相信喬春的人一聽，只會覺得事情巧合得太假。

「可惡至極！這些人不僅做出傷天害理的事，還如此心機重重，真是卑鄙！」柳如風氣到鬍子、眉毛都劇烈抖動，他瞇著眼，眸底迸出一道道厲光。

第七十九章　撒網收魚

「還有兩天的時間，大家都別急，再周密的策劃，也會有漏洞。我相信他們一定還不會罷手，既然找不到線索，或許我們可以守株待兔，也能放出誘餌，來個甕中捉鱉。」喬春為大夥兒各續了一杯茶，輕聲道出自己的想法。

那些人急功好勝，一定會趁著火大再添幾把柴，所以她敢肯定那些人這一、兩天內一定還會有所行動。

在場的人聽喬春這麼一說，瞬間茅塞頓開，一個個好奇地看著她。

「四妹的意思是……」唐子諾黑眸閃爍，嘴角淺彎，看著喬春問道。

「我的意思是，他們既然設計借刀殺人，想要瞞天過海，我們就來個暗渡陳倉。先借用官府的嘴向外宣稱證據不足，不能定罪，如果兩天內沒有更有力的證據，就不再追究這件事。」

晶眸璀璨，唇角高高揚起，臉上溢滿自信，喬春頓了頓，又道：「我相信那些人聽到這些話，一定萬分著急，絕對不會讓煮熟的鴨子飛了，所以這兩天內他們一定會再次行動，而我們只要耐心等待，他們自然會現形。」

眾人點頭贊同，只是具體實施起來，不知從何下手？

柳如風捋了捋鬍子，轉首看著喬春問道：「和平鎮這麼大，我們又怎麼知道他們會從哪裡下手？」計劃雖是可行，但是如果他們等待的地方，不是歹人行凶處，那也是白費力氣啊！

喬春輕笑著放下茶杯，目光炯炯地掃了眾人一眼，反問道：「放眼整個和平鎮，哪個地方的人，最具有說服力呢？」

「山中村。」眾人不約而同地答道，隨即彎起了唇角，立刻會意喬春的話。

為了讓效果好一點，凶手一定會選山中村作案，而他們只須撒下天羅地網，靜候那些人光臨即可。

喬春在心中冷笑，也許對方是耍陰謀詭計的好手，但是她也不差。雖然大家沒能查出幕後黑手是誰，但是大家心如明鏡，都猜到這事十之八九是晉國那些人暗中操作的。

「柳伯伯，那齒印可以看出是從哪裡來的嗎？」喬春對此一直感到很好奇。

柳如風搖搖頭，默默喝著茶。喬春也不再多問，又替他續了一杯。經過一天一夜，他們連那齒印是從哪裡來的都沒能弄明白，難怪對案情一籌莫展。

錢財覺得氣氛有點沈悶，便提起喬春的建議。「柳伯伯，剛剛四妹說的計劃，既然我們都覺得可行，是不是現在就研究一下該怎麼悄悄撒下網？」

「嗯，是該好好研究一下，時間也不多了。」柳如風點了點頭。

幾個人圍在一起，針對計劃的具體實施方案開始討論，最後錢財連午飯都沒有吃，就馬不停蹄地趕回鎮上。畢竟他現在是和平鎮的鎮長，官方的消息得由他來分派、散播，而喬春他們則集合了暗衛，細密地安排據點，準備今晚開始撒網捕魚。

山中村的夜，很靜。

薄弱的月光微微照耀沈寂的山中村，今夜的氣氛有些壓抑，就連平時偶爾會吠叫的狗兒們，也選擇了沈默，有種暴風雨來臨前的寧靜。

通往村莊的路上，傳來了若有似無的腳步聲，愈來愈清晰，對方似乎沒有刻意隱藏蹤跡，似乎胸有成竹，抑或是根本不知道早有一張大網在等著他們到來。

蹲在村口路邊大樹上的李然心中狂喜，雙拳緊握，眸光緊緊鎖在路上。

果然如喬春所言，這些黑衣人真的選擇在山中村下手。從腳步聲聽來，來者應該有十個人，而且個個都是高手。

轉瞬之間，路上衣袂翩飛，黑衣人身如閃電，直直往村裡奔去。

李然向旁邊樹上的人揮了一下手，輕身一縱，四個暗衛便從樹上無聲無息地跳了下來。

這些暗衛是他從別處召集而來的，不僅在這個地方，村裡許多地方都安插了暗哨。他們都是訓練有素的暗衛，只消一個手勢，就能明白對方的意思。

李然帶著四個暗衛一路尾隨前面的黑衣人，只見黑衣人在路上站定圍成一團，片刻便各自分散，只有三個黑衣人直接奔向下圍下，看樣子是往唐家而去。

李然不懂為何黑衣人還要分散開來？如果他們這次是要乾脆擄走喬春，那麼只有三個人朝唐家去，未免太過小看唐子諾等人的功夫；如果是要將案子鬧得更大，好讓喬春被驅離山中村，那麼挑個人數多一點的人家下手不就得了？思及此，李然突然有股不好的預感。

李然伸手召了一個暗衛，在他耳邊輕輕吩咐幾句，那暗衛立刻去通知其他人，而李然則冷靜地分配剩下的暗衛繼續尾隨黑衣人。

很好！既然他們想跟他玩遊戲，那麼他就奉陪到底。唇角勾起了一抹邪肆的弧度，李然放鬆了心情，目光炯然地乘著夜色追上前面的黑影。

他一邊尾隨，一邊將路上的暗衛召了些過來，不一會兒，便已鎖定所有黑衣人，每個目標都有相應的人尾隨。現在只差弄清他們的目的，再將他們全都逮住就成。

唐家的人早已安睡，為了不讓今晚的事情嚇到他們，唐子諾在他們的飯菜裡加了些讓人無憂安眠的東西。分量不多，卻剛剛好能讓他們睡到明天太陽昇起時自然醒來。

而喬春此刻正盤腿坐在床上，閉目練習柳如風的獨家心法。

為了讓她儘快擁有自衛能力，唐子諾可謂是用足了心思，不僅將身上兩成功力輸到她身上，還教導喬春練習心法。幸好喬春一點就通，因此這會兒她已經可以自己練習了，那些心法口訣也已經牢牢刻在她腦海裡。

不知是外面太靜了，還是她有了功力以後，聽力比以前更好了，喬春聽到外面傳來細碎的腳步聲。她秀眉輕蹙，氣歸丹田，緩緩睜開眼睛，豎著耳朵聆聽那愈來愈近、愈來愈清晰的聲音。

來了！

嘴角輕揚，喬春迅速在床上用棉被做成人形的樣子，再用薄被蓋好，在床榻下放了兩雙鞋子，抬眸柔笑著對站在窗臺前的唐子諾點了點頭。

唐子諾走了過來，大手往喬春身上一勾，腳尖踮地，輕身一躍，瞬息之間，兩個人就親密地摟在一起，坐在屋樑上。他手指輕輕一彈，咻的一聲，窗臺上的油燈立刻熄滅，屋裡黑壓壓一片。

喬春眨巴了幾下眼睛，才慢慢適應了黑暗，依稀可以看見屋裡的東西。隨著腳步聲愈來愈近，喬春的心也跟著不受控制地怦怦直跳。

忽然間，喬春的下巴被溫暖的手輕輕箝住，她不明所以地扭過頭，粉嫩的櫻唇立刻被唐子諾覆住，輾轉纏綿，放情嬉戲，漸漸忘記此刻正臨大敵，彷彿處身在陽光明媚、鳥語花香的春天裡。

唐子諾的嘴唇從她的櫻唇上移開，迅速將如脂玉般的耳垂含在嘴裡，輕咬細啃。

「嗯……」沙啞且性感的聲音從喬春嘴裡逸了出來。

沈醉在濃情密意中的兩人瞬間清醒過來，渾身一顫。黑暗中，喬春嬌嗔了唐子諾一眼，迅速垂下頭。這個時候他們居然還能如此忘我，實在是……

就在此時，唐子諾的身子瞬間繃緊，他收起了柔情，眼光緊緊盯著房門。

唐子諾轉過頭，輕輕在喬春額頭上親了一口，俯在她的耳邊輕聲道：「妳待在這裡，千萬別動，下面的事情交給我們來辦就好。」

喬春柔順地點了點頭。她明白，此刻她不添亂就是幫忙，只不過還是有些擔心熟睡中的親人們。

威爾遜領著卡卡夫他們跳進院子裡，向四周觀察了一下。

卡卡夫朝威爾遜點了點頭，又向另外一個黑衣人揮了一下手，兩人便如閃電般朝院子裡其他房間衝了進去。

威爾遜進了喬春的房間，看著床榻下的兩雙鞋子，嘴角的笑意愈來愈濃。這一次他不會再失手，一定可以殺了那個男人，再將喬春擄回晉國。

卡卡夫的計謀，就是要讓喬春在山中村，乃至於大齊國都失去地位，好讓她失去所有親近她、保護她的人，就算她會被抓去問罪，他們也有把握能從官差手中劫走她。沒想到這些人這麼相信她，甚至連官府都以證據不足為由不打算逮捕她，讓他們打的如意算盤失了準。既然事情變成這樣，那就別怪他們心狠手辣了……

威爾遜站在床前，伸手拉開被子，先是一愣，緊接著只覺手臂一麻，房間裡突然亮了起來。

威爾遜心中大驚，立刻明白自己再次上當了。他氣憤不已地轉過身，卻見當初打傷自己的那個男子，正站在門前，眸光冷冽地看著他。

威爾遜忍不住繃緊身子，伸手將手臂上的銀針拔了下來，立刻抽出劍向唐子諾刺去。他的移動速度非常快，轉瞬間人便到了唐子諾眼前。他的腳快，手也很快，他的身體還在奔跑，右手就已經握劍揮向唐子諾的胸口。

屋樑上的喬春不禁暗暗替唐子諾著急。如果被他這一劍給刺進去，唐子諾的心非被他刺穿不可。這麼一個速度快又靈活的人，難怪恆王會派他來山中村！

這一劍在唐子諾眼裡無限放大，他感覺到一股冷風撲面而來。

唐子諾身形一閃，便巧妙地躲開。利劍劃破空氣，夾帶著勁風從他的身側穿了過去。

威爾遜的變招速度極快，一劍刺空，不見慌亂。這落空的一劍沒有收回，而是劍尖一轉，迅速向唐子諾刺去。

唐子諾身如閃電，飛快閃開身子，威爾遜這一劍又刺了個空。

威爾遜穩下身子站定以後，脹紅著臉，雙眼冒出簇簇火苗怒瞪唐子諾，恨恨地吼道：

「納命來！」接著縱身揮劍，速度極快。

坐在屋樑上的喬春根本看不清那劍的真身在哪裡，只覺他手裡的劍頓時變成無數把，全都從不同方向刺向唐子諾。喬春看著只覺得一顆心都提到喉嚨了，深怕唐子諾一有個閃失，就成了劍下亡魂。此時外面也傳來打鬥聲，讓她的情緒緊繃到了極點，要是家人有個閃失，那該怎麼辦？

而從剛剛就一直閃躲的唐子諾，此時忽然輕身一縱，在威爾遜頭頂上轉了個圈，在他身後落地，接著便以迅雷不及掩耳的速度往他背上的穴道點了幾下。只見威爾遜渾身無力地跌趴在地，滿臉的震驚與不敢置信。

喬春還沒搞清楚剛剛到底是怎麼一回事，只覺身子一輕，便在唐子諾溫暖的大手環繞下，輕飄飄地落在威爾遜面前。

「你們……」威爾遜嚅動著嘴唇，半天也就說出這兩個字。

喬春聽到院子裡已經恢復平靜，連忙跑了出去。只見兩個傷痕累累的男子被五花大綁丟在地上，暗衛們則是謹慎小心，仍不敢放鬆。

喬春見有幾個暗衛也受了傷，心中不由得著急，連忙走上前對他們問道：「傷得重嗎？」

「謝夫人關心，沒事，皮肉傷而已。」暗衛們說道。

「柳伯伯人呢？」喬春向院子裡掃了一眼，卻沒看到柳如風，便輕蹙眉頭疑惑地詢問暗衛們。

「柳大夫，他……」暗衛王林欲言又止。

「柳伯伯他怎麼了？」喬春心中一急，不顧男女之別地抓住王林的手，急聲問道。

房間裡的唐子諾聽到喬春著急的聲音，也趕了出來，將威爾遜和那兩個黑衣人丟在一起，再對他們各射出一支銀針，以防萬一。

「王兄弟，我師父他到底怎麼了？受傷了嗎？」唐子諾擔心地問道。

「柳大夫他沒事，只是，只是……」王林飛快地看了喬春和唐子諾一眼，隨即又移開視線，結結巴巴地說不出話來。

喬春和唐子諾見他這副模樣，心中更是著急。

喬春忍不住板起臉，對著他嚴厲地說道：「怎麼回事？你沒將我放在眼裡嗎？」

暗衛們見喬春生氣了，一時之間不知如何是好。沈默了一會兒，王林伸手指向柳如風的房間，低聲說道：「喬老爹受傷了。」

「我爹受傷了?!」喬春的眸底寫滿了驚慌。她爹怎麼會受傷？他們不是都吃下那些飯菜，好好地睡著嗎？還是那些黑衣人到房裡傷人去了?!

喬春拉起裙襬，走到黑衣人面前，狠狠在他們身上踢了幾腳，轉頭對暗衛道：「你們把這些人給我看好了，如果我爹有個什麼，我要讓他們陪葬！」話才說完，便飛速奔向柳如風的房間。

「他們已被我用針封了穴，你們將他們綁在樹下，用布將他們的嘴塞住，等待我們問話。」唐子諾對暗衛交代了一下，便衝著那道綠色的背影著急地喊道：「四妹，妳慢一點！」

喬春衝進柳如風房裡，看見胸口包著白布，臉色蒼白的喬父，眼淚忍不住成串掉了下來。「爹，您沒事吧？怎麼會受傷呢？」

唐子諾隨後跟了進來，看到喬父受傷，神色也很是擔憂。

喬父抬眸看著淚流滿面的喬春，嘴角扯出一抹笑容，伸手擦了擦喬春的眼淚，淡淡地說道：「爹沒事，只是皮肉傷，養幾天就好了。咳咳……」

話還沒說完，他就劇烈地咳了起來，剛剛顯得蒼白的臉，這會兒卻被咳得脹紅。

喬春心疼地伸手幫他拍撫著後背，哽咽道：「爹，您快別說話了，休息一下。都是女兒不好，惹了那些人回來，害得爹爹受傷了！」

喬春心裡很氣自己，氣自己不該設下這麼一個圈套，氣自己沒用，不能保護好家人。氣不能忍的喬春，紅著眼用力往自個兒臉上甩了一個耳光，愧疚不已地說道：「爹，是女兒的錯，是女兒對不起您……」

「四妹，這不是妳的錯，是那些晉國歹人的錯，是晉國恆王的錯。如果不是他一直打妳的主意，如果不是他野心勃勃，又怎麼會有這些事？妳別把什麼責任都往自己身上扛，真要扛，就讓我來扛！」唐子諾心疼地拉住喬春還要往自己臉上甩的手，溫柔地看著她。

她總是習慣將所有責任都往自己身上攬。這樣的她很美好，可是也太累了。

「子諾說得沒錯。閨女，這事不怨妳，是那些歹人的錯，是爹爹不小心，真的不能怪妳。妳要是再這樣，爹爹就不理妳了。咳咳……」喬父很是心疼地瞥了喬春那紅腫的臉一眼，不惜威脅她，只是說著說著，還是不由自主地咳了起來。

喬春哭著點了點頭，鼻音濃重地說道：「嗯，女兒知道了。」

看著纏在喬父胸前的白布被鮮血染透，喬春心中一緊，抬頭看著一旁的柳如風，問道：「柳伯伯，我爹傷得到底嚴不嚴重？」

柳如風一邊熟稔地幫喬梁更換包紮的布，一邊往傷口上倒金創藥，回道：「只是外傷，劍鋒再偏一點就傷到心臟了。春兒不必太擔心，養一些時日就好了。」

那兩個黑衣人目的就是要傷害喬春的家人，關於這點柳如風等人早有防備，只不過晚上喬父似乎吃得很少，導致藥效未能全面發揮，在半夜迷迷糊糊起身如廁時，碰上其中一人。幸好當時柳如風及時發現，才沒釀成憾事。

喬春看著喬父胸口那個血肉模糊的劍洞，淚水潸然而下。她嘴唇緊咬，雙手緊握，忽然轉身大步跑出房門外。

第八十章　教訓賊人

該死的黑衣人，居然敢將她爹傷成這樣?!

「你們知道是哪個人傷了我爹嗎？」喬春跑到院子裡，怒氣沖天地站在那幾個黑衣人面前，衝著暗衛們大聲問道。

暗衛們第一次看到如此生氣且眼神冷冽的喬春，心裡都清楚那個人看來下場會很慘。

「他。」王林將卡卡夫從樹下鬆綁，拎到喬春面前。

卡卡夫看著喬春那雙冒著火苗的眼睛，忍不住打了個冷顫。如果可以，他真想拔腿就跑，可是不行，因為他現在就像是個木偶，動也不能動。不知剛剛那個男子到底封了他什麼穴，他一直企圖用內力衝破穴道，可是他悲哀地發現沒辦法！

「你？」喬春冷冷地端詳著眼前這個已經被人揍得鼻青臉腫的男子，伸手往他臉上甩了幾個巴掌，但她仍舊無法解恨，便暗暗運功，咬著牙往他胸口拍了一掌。

此時卡卡夫竟像斷線的風箏一般，飛落到院子另一端。

暗衛們都嚇呆了，他們的主子居然會武功，而且看起來還不弱。

喬春也傻了，她將手攤開在自己的面前，睜大眼睛用力盯著看。她不知道僅是唐子諾兩成功力，就有如此威力！

跟在喬春身後進到院子裡的唐子諾笑了。他看著狼狽的卡卡夫，有些幸災樂禍。哼！現在知道踩到他老婆的尾巴，會有多痛苦了吧！

「王林，你把他給我拎過來，我再試試看。」喬春不可思議地看著自己的手掌。昨天她還是個普通的弱女子，現在卻能將一個練家子一掌拍飛，實在太令人意外了！

反正這個人是自己的仇人，她心中的氣也還沒消，不拿他來當人肉沙包，不是很浪費嗎？

王林聽著喬春熟稔地叫著他的名字，一時之間心情激動，大聲應道：「是。」隨即就朝卡卡夫走去。

夫人不僅沒將他當下人，而且還記住了他的名字！逍遙王雖然待他們不薄，可是暗衛散在各地，而且人數不少。王爺不僅不可能對每個人都很熟悉，也不是每個人都有機會與王爺相處。

卡卡夫的嘴角溢出血水，一聽到喬春說的話，眼神慌亂地看著朝自己走過來的暗衛，一顆黑心肝立刻嚇得亂蹦亂顫。

她再這樣多拍幾次，估計他不死也殘。他現在真心後悔將那個男人給刺傷，如果時光可以倒流，他一定不會向威爾遜提出這個計謀了。本以為可以馬上成功，沒想到結果居然是自己被逮了。

沒有任何反抗，卡卡夫被王林輕易拎到喬春面前，他滿臉乞求地看著喬春，希望她能手下留情。可是這一切全沒用，他只能眼睜睜地看著她使用奇怪的拳法一掌拍過來，讓自己再次飛了出去。

這一次不是飛向院子另一端，而是直接撲向屋頂，再從屋頂滾落到院子裡。

痛，就是卡卡夫此刻所有的知覺。

這一次，在場的人更是意外。先不說這一掌威力極大，喬春剛剛那幾下熱身的拳法，也讓他們驚訝不已。那是什麼拳法？看起來柔軟無力，卻是威力十足。

「二哥，你看他還能受我幾掌？」喬春頭也不回，直接問起身後的唐子諾。她早已聞到他身上的味道，根本無須回頭，便知他就在自己身旁。

唐子諾明白她的意思，也理解她的心情，便上前觀察了一下卡卡夫的傷，順便將他拎到喬春面前，嘴角逸出一抹邪肆的笑，說道：「再接個五掌還可以，頂多讓他以後生活沒辦法自理。」

「那就好。」喬春笑呵呵地十指交握，活動了一下手指，又甩了甩手，站在卡卡夫面前，一臉燦爛地對他笑了一下，接著往他胸口又是一拍。

隨著她出掌，卡卡夫再次飛了起來。

一掌、兩掌……五掌。喬春拍拍手灰，看也不看半死不活的卡卡夫一眼，轉身又往柳如風的房間走去。

還被綁在樹下的威爾遜和另外一個黑衣人看著被人重新丟回來綁著的卡卡夫，頓時覺得喬春是個可怕的人物，也明白家人是她的底線，誰碰觸了，誰倒楣。

「四妹，妳的手給我看一下。」唐子諾追上喬春，拉起她的手，看著紅通通的掌心，心疼地呵著氣，柔聲道：「看，真紅了。下次這事讓為夫來替妳辦就好。」

「不行，我自己來，順便實習一下。」喬春柔柔地看著唐子諾，牽起他的手，一起往柳如風房間走去。

喬春推開門，看著已經睡著的喬父，輕聲問道：「柳伯伯，我爹真的沒事吧？」

柳如風站了起來，伸手放下床幔，黑眸清亮地看著喬春說道：「真的沒事，休養一陣子就好了。對了，李然回來了沒有？」

他這一問，喬春才想起帶著暗衛在村上各處埋暗哨的李然和秦力，輕輕搖了搖頭道：「還沒呢。」

「走，咱們出去看看。」

「好。」

柳如風、唐子諾和喬春三個人才剛走出房門，就聽到院子裡傳來吃痛的悶哼聲，他們飛快地對視了一眼，便舉步往院子裡趕去。

進到院子，他們便瞧見七個黑衣人被繩子綑綁，動彈不得。

唐子諾走上前，看著李然問道：「李兄弟，這些人今晚做了些什麼？」

李然和秦力臉色難看到了極點，恨恨地瞥了黑衣人一眼，咬牙切齒地說道：「這些人真是太歹毒了，居然想要滅村。」

「什麼?!」在場除了已經知情的人，其他人都一臉震驚地看著李然。

「二哥，封住他們的穴道，省得待會兒他們狼嗥鬼叫，或者受不了而尋短見。這些卑鄙的小人，我們今天非得將他們好好修理一頓才行！」喬春恨恨地說道。

威爾遜和另一個黑衣人一聽，立刻全身發抖。剛剛卡卡夫是怎麼被揍的，他們可是看得清清楚楚。現在輪到他們了，他們能不害怕嗎？這種半死不活，有痛也喊不出的滋味，比死還可怕。

他後悔了，後悔聽卡卡夫的話。此刻他很想一死了之，可是他卻連死的權利都沒有。

「封了穴道以後，你們就狠狠地揍，最好是揍到連他娘都認不出來。這些沒血性的東西，竟然完全不將人命放在眼裡，真該死！」

那些黑衣人聽到喬春咬牙切齒的聲音，只覺一股寒氣從頭頂籠罩下來。

「明天逍遙王來了以後，我會請他帶著這些人去京城遊一圈，再押送到大齊國與晉國的邊境，讓晉國的將領們看看，他們的人是如何在我們大齊國胡作非為，而他們又得到了怎樣的教訓！」喬春繼續說著，看了威爾遜蒼白的臉色一眼，隨即又收回視線。

這個人三番兩次前來抓她，而且武功也不錯，看樣子應該是這些人的頭頭，一定不能便宜了他。

「李大哥，你可以在他臉上留下一些記號嗎？我想讓他時時刻刻記住他的罪行。要不，就在他臉上刻幾個字吧！」喬春看著李然，淡淡地說道。

喬春小手撫摸著下巴，美眸流轉，精光乍現，嘴角高高翹了起來。她巧笑嫣然地看著李然說道：「就在他的臉上刻：對不起，大齊國子民，我是人渣。」

威爾遜面如槁木，一顆心沈到了谷底。真沒想到，他不僅丟了晉國第一勇士的顏面，更丟了晉國、恆王、賽大人的臉。遊街？送到邊境？這次他是真的沒臉活在這世上了！

「你們動手吧，這些血腥場面我不敢看。處理好了，就將他們送到後面的樹林裡綁起來。」喬春說著，優雅地打了個哈欠，抬腳就往屋裡走去。

唐子諾向李然和秦力點了點頭，轉過頭對一旁的柳如風道：「師父，我岳父大人就交給你了。」說著便抬腳追上喬春，回房去了。

關上房門，門外立刻響起一陣陣重物落地聲。唐子諾明白，那是暗衛們拿人肉當沙包練。喬春倒像是什麼也沒聽到，脫了衣服、散下頭髮就躺到床上，一動也不動。

唐子諾二話不說，跟著寬衣上床，伸手將她摟進懷裡，柔聲安撫道：「老婆，這些都不是妳的錯，是晉國人野心太大了。」

喬春沒有說話，肩膀微微顫抖著。

她在哭。她只想要平靜過生活，為什麼這點小小的心願都有人阻撓？如果他們沒有事先安排暗衛保護村民，那山中村很有可能血流成河，一夜之間無人生還。

晉國的恆王會盯上山中村，原因再簡單不過，就是因為山中村有個她——一個可能會影響晉國茶業壟斷的潛在威脅。他們為什麼要這般不擇手段？難道不能各憑本事嗎？

現在該怎麼辦？恆王一日不除，難保將來不會再有類似的事情發生。只是自己真的要勸皇甫傑將晉國一舉拿下嗎？那晉國百姓不是一樣冤枉嗎？兩國交戰，苦的只會是百姓。

「老公，嗚嗚……我不想啊，嗚嗚……」喬春轉過身子，將頭埋進唐子諾胸前，輕聲啜泣著。

唐子諾伸手輕輕撫拍著她的後背，眸底流淌著濃濃的疼惜，輕啟唇瓣說道：「老婆，真的不是妳的錯，妳再這樣把責任都往自己身上扛，我就要懲罰妳了。」

唐子諾實在是被她哭得手足無措，不知怎麼做才能讓她停下來，只好出聲威脅。

「嗚嗚……你凶我。」喬春指控道。

他哪有凶她？他是生自己的氣而已。唐子諾扳開喬春，看著她哭得紅紅的鼻子和眼眶，整顆心瞬間就被軟化成一汪春水。見她絲毫沒有收住眼淚的跡象，只好俯首舔舐她的淚水。

喬春停住眼淚，怔怔地看著他，眼睛一眨也不眨。

「真醜。」唐子諾嘴角微微揚起，伸手點了點她的紅鼻子，揶揄道。

「你說什麼?!」喬春瞇著眼，鼓起腮幫子瞪著他。他居然說她醜？喬春瞥了他胸口濕濕的淚痕一眼，突然勾起嘴角，驟然蹭了上去，拉起他的衣角，擦拭臉上的淚水還有鼻涕。

滿意地看著被她揉搓得縐巴巴，而且還濕成一片的衣角，喬春猛地抬頭，示威似地看向唐子諾，不料卻被他眸底那兩股柔情的漩渦給吸了進去。四目相觸，如膠似漆，情意綿綿，兩個人不禁慢慢靠近，唇瓣相接，感受彼此的美好……

「柳伯伯，您開一下門好嗎？」喬春剛抽回手，房門就打開了。她看到柳如風臉上的衣服褶印，越過他看著床上的喬父，頓時明白柳如風是趴在桌上睡的。一大早天還沒亮，喬春就起床梳洗了，雖然昨天忙了一整夜，但她實在掛念爹爹所受的傷，因此迫不及待前來探視。

「柳伯伯，辛苦您了。」她擔憂地走了過去，拿下喬父頭上的白毛巾，伸手在他額頭上探了一下，隨即又將毛巾放在臉盆裡搓洗一番，重新敷在喬父額頭上。

喬春轉過頭，看著柳如風輕聲問道：「柳伯伯，我爹傷口發炎了嗎？」她知道人體如果產生炎症，就會導致發燒。

「沒有發炎。這種情況下，發點燒也是正常的，不會有什麼大礙，以後好好調養就行了。春兒，妳打算怎麼跟家裡的人說？」柳如風有些擔憂地看著喬春。

好好的人突然受了傷，只怕不是三言兩語就能解釋得過去。

「照實說。畢竟那些歹人還在後面的樹林裡，下午大哥也會趕過來。過沒多久，只怕昨晚受到干擾的村民也會來唐家。」喬春坐在床邊，伸手將喬父那長著老繭的手緊緊握著，瞬間覺得很踏實。

「在子諾回來之前，這個家就我爹一個男人，裡裡外外辛苦他了，想不到這次竟然還讓他老人家受這麼重的傷，我真的很難過。」喬春怔怔地看著喬父額頭上、眼角邊那些淺淺的皺紋，內心十分傷感。

「春兒，妳爹不覺得辛苦，這次的事，他也不會怪妳。妳是他心愛的閨女，不管來自何方，妳身上都流著他的血。」柳如風看著喬春真情流露，眼角不知不覺濕潤了。

喬春驀然抬頭，滿臉震驚地看著柳如風，見他嘴角逸出一抹淺笑，立刻明白他已經知道關於她的事情了。

兩個人相視而笑，一切盡在不言中。

「柳伯伯，您去客房休息吧，我在這裡守著就好。」喬春看到柳如風眼角的疲憊，很是過意不去。現在他的床被自己的爹占住，又不好移動傷患，只能請柳如風委屈一下了。

「好。」柳如風也不再推託，因為他實在忙壞了，剛剛還不小心趴在桌上睡著了。「妳要經常幫妳爹換毛巾，我待會兒再來幫他上藥。」

「我知道了。」喬春點了點頭。

喬春就那樣靜靜握著喬父的手，默默照顧著他。窗外的鳥兒開始嘰嘰喳喳歡唱起來，過沒多久，陽光就透過窗戶灑了進來。

床上的喬父動了一下身子，緩緩睜開眼睛，看到守在床邊的喬春，心疼地說道：「閨女怎麼不去休息？爹爹沒事的，妳可別累壞了身子。」

喬春淺淺笑了一下。「爹，我有休息，才剛來而已，我讓柳伯伯去休息了。」說著，她扯開嘴角，伸手指著自己的眼睛，又道：「您看，我沒有黑眼圈，真的是剛剛才來的。」

她臉上雖然笑著，眼淚卻還是忍不住滑落了下來。

「閨女，妳別哭。這事不怪妳，真的。天亮了，扶我回房裡去吧，讓妳娘來照顧我就好了。」喬父抽出了被喬春握住的手，疼惜地幫她擦拭眼角的淚水。

喬父手指上厚厚的老繭刮在喬春的臉上，有些不適，但是她卻覺得很溫暖、很窩心。

喬春伸手將喬父的手按在自己的臉上，哭道：「爹，女兒連累您了。」

「這事不能怪閨女，都怪那些歹毒的晉國人！」隨著開門聲，雷氏著急地走了進來，看著躺在床上的喬父，肯定地說道。

她剛剛起床發現喬父不在房裡，走出房門就看到子諾已經在院子裡等著，並將昨晚發生的事情一五一十告訴她。

「娘，我……」

「春兒，妳什麼都別說，這事真的不怪妳，別再自責了。妳爹的傷子諾已經跟我說過，調養一些時日就好了。妳放心，有娘在，保證把妳爹養得白白胖胖的。」雷氏說著，探著頭心疼地看著喬父。

她伸手輕輕拍了拍喬春的肩膀，說道：「妳和子諾今天應該還有很多事要忙，去吧。記得好好教訓一下那些晉國的歹人，別讓那些孩子們死不瞑目。」

「娘放心！我一定會讓他們付出代價的。」喬春吸了吸鼻子，拉著唐子諾離開了。

喬春正打算和唐子諾到樹林去看看，卻發現院子裡外都站滿了人。大夥兒見他倆從屋裡走出來，便全都朝喬春跪下，大聲說道：「子諾媳婦，謝謝妳救了我們！請原諒我們的無知，對不起！」

喬春吃驚地看著眾人，著急說道：「大家都起來吧，你們這大禮我受不起啊！」

「子諾媳婦，我們都知道了。昨晚那些人來到我們家時，是妳的暗衛救了我們一家，不然我們一家子早就沒了！」

「是啊！子諾媳婦，如果不是你們出手救了大家，恐怕我們這個村都完了！」

「妳如果不原諒我們，我們就不起來了。」

「是啊，我們錯了！」

村民們紛紛道歉，有人說著說著，居然激動地搧自己耳光。

「大家別這樣，我不怪你們。是我沒有告訴你們，我救皮子時用的方法可以讓孩子再次呼吸，大家想偏了也是情有可原。更何況那些晉國人捏造證據，把矛頭都指向我，各位也只是相信自己看到的而已。」

喬春說著對唐子諾使了個眼色，連忙上前去扶跪在最前頭的虎妞奶奶。「大娘，您快起來，春兒哪能受您的大禮呢？快起來吧！您放心，我們會替虎妞報仇的！」

虎妞奶奶站了起來，抓著喬春的手就往自己身上打，失聲痛哭道：「子諾媳婦，是大娘老糊塗了，是大娘對不起妳！妳打我消消氣吧！」

喬春抽回自己的手，溫柔地替她擦拭眼淚，說道：「大娘，這事真的不怪您。」

「各位鄉親們，大家都起來吧！你們這樣我們真的受不起！」唐子諾大聲對面前的人喊道。

「大家都起來吧！」鐵龍從門外擠了進來，看著黑壓壓一片人海，又是欣慰又是生氣。欣慰的是他們終於知道自己錯怪了好人；生氣的是他們之前被假象給蒙住了眼睛，那般對待唐家的人。

眾人聽了鐵龍的話，你看我，我看你，這才慢吞吞地站了起來。

鐵龍掃了眾人一眼，意味深長地說道：「大家以後遇到事情，要問問自己的心。這次如果不是唐家有這些武功高強的人在，我們還能站在這裡說話嗎？大家都散了吧，他們還有很多事情要處理，處理的結果會再告訴大家。」

話落，鐵龍朝眾人揮了揮手，遣散了堵在唐家門口的人。

「咳咳……」此時虎妞奶奶突然咳了起來。

「大娘，您怎麼了？」喬春一手攙扶著虎妞奶奶，一手輕輕幫她拍撫著背，摸到背上突起的骨頭，喬春不禁心酸。老成了一把骨頭，說明家裡的生活真的不好過。大家同是山中村的人，對於虎妞家的困境，喬春多少知道一些。

「大娘，進去休息一下吧，讓子諾替您把把脈。」喬春朝唐子諾使了個眼色，攙扶著虎妞奶奶就往屋裡走。

唐子諾會過她的意思，便微笑著對虎妞奶奶道：「大娘，您進屋來坐吧。子諾學過幾年醫，讓我看看。」

「這個……這個怎麼好意思呢？」虎妞奶奶不好意思地看著唐子諾。

「子諾，謝謝你。我娘這些年來夜裡老是咳嗽，我早想找個大夫幫她診診，可是，我家裡的情況……唉！」一直陪在虎妞奶奶身旁的虎妞娘，聽著唐子諾要替她婆婆診治，顧不得早先對他們的失禮，連忙應了下來。

「嫂子，妳別客氣。走吧，咱們先進去。」喬春衝著虎妞娘暖暖地笑了一下，兩個人一左一右扶著虎妞奶奶走進大廳。

「子諾，你先幫大娘診治，開了藥方就差人去鎮上抓藥回來。」喬春叮嚀道。

在她說這些話時，喬春沒有忽略唐子諾眼眸中一閃而過的亮光，心中不禁感到好笑：難道叫他一聲「子諾」就那麼好嗎？在外人面前，她怕人家誤會，才叫他的名字，如果叫他二哥，那些人又不知會聯想到哪裡去了呢！

第八十一章　富國之策

喬春聽到大門外的馬蹄聲，便從廚房走到大廳，看著風塵僕僕的皇甫傑和身旁一位不曾見過的男子，笑道：「大哥，這次辛苦你了。這位是……」

皇甫傑轉過頭，介紹道：「這位是禮部尚書董禮。」

「下官見過公主。」董禮嘴角噙著淡淡的笑，上前一步，溫雅有禮地向喬春行了個禮。喬春現在已是大齊國的公主，名號為「德馨」，董禮見了她，自然畢恭畢敬。

「董大人請坐。」喬春淺淺一笑，渾身散發出一股高貴的氣質，當家之母的氣勢立刻展露無遺。

董禮拱手道謝。「謝公主。」轉身隨著皇甫傑來到圓桌前，輕輕一撩袍角，悠然入座。

喬春提起銅壺，熟稔地沖泡茶湯，董禮則是一直盯著她的手，偶爾掃過她那恬靜的神情。內心暗道：好個氣質淡雅、才藝驚人、又擁有絕色美貌的女子，難怪晉國的恆王一直不肯放手，就連皇上也不時提起，念念不忘。

如果不是顧忌著太后和皇甫傑，他相信皇上早就出手了。怪不得他家妹子如此氣急敗壞，就算她已經成為太后的義女，她還是千百個不放心。

「大哥，請喝茶。」

「董大人，請喝茶。」喬春暗暗打量起董禮，總覺得他看起來有些面熟，可她左思右想，卻想不出自己在哪裡見過他。

幾個人正喝著茶，唐子諾和錢財便從外面走了進來。

「三哥，你來啦？」喬春迎了上去，看著眉宇間散發疲憊之色的錢財，柳眉輕蹙。

「嗯。」錢財與唐子諾並肩走了進來，身後的小廝手裡則是大包小包抱著一堆東西。錢財伸手指了指後院，對小廝道：「送到後院去吧，交給喬伯母。」

話落，錢財走到皇甫傑跟前，拱手行禮道：「大哥。」接著坐了下來。

「大哥。」唐子諾也上前跟皇甫傑打了聲招呼，挨著錢財坐下。

「二哥，喬伯父的傷勢如何？」錢財坐了下來，開口就先問喬父的狀況。他是在暗衛到鎮上抓藥時，才得知喬父受傷的事，因此帶著一些滋養品趕了過來。

唐子諾輕啜了一口茶，道：「沒傷到要害，調養些時日就行了。」

「那就好。」錢財端起茶杯喝了一口茶，這才注意到坐在皇甫傑身旁的董禮，他勾了勾唇角，看著皇甫傑問道：「大哥，這位是？」

「這位是禮部尚書董禮。」

「尚書大人好。」唐子諾和錢財一同站起身向董禮打招呼。

「別拘禮。」董禮淡淡一笑，示意他們坐下。

李然和柳如風從大門外走了進來，他淡淡掃了大廳裡的人一眼，眼光看向皇甫傑，說道：「皇甫兄，我們要不要先去看看那些晉國人？」

「對！先去看看那些晉國人，晚點再商議一下如何處置他們。」柳如風捋了捋鬍子，附和著點了點頭。

這事關係兩國是否能繼續和平相處，關乎兩國百姓的生活。晉國人不僅在大齊國濫殺無辜，還將一切罪行嫁禍於大齊的公主，可真不是件小事！

「好，走吧。」皇甫傑點了點頭，隨即站起身。

「大家請隨我來。」唐子諾率先走到前面，領著眾人往屋後的樹林裡走去。

「王爺。」暗衛們見皇甫傑到來，紛紛行禮，而晉國人聽到暗衛的話後，內心更是波瀾起伏。

大齊國的逍遙王可是出了名的戰神，戰無不勝，攻無不克。如今他們落在他手裡，只怕引起兩國戰爭。

威爾遜很是焦急，但他現在就像個木頭人，不能動也不能言，只能乾著急。

皇甫傑掃了一眼那些綁在樹下的人，驚愕地發現威爾遜臉上被刻了字，不由得朗聲笑了起來。「哈哈，這些都是四妹的主意吧？」

他不用想也知道，只有喬春才會想出這種把戲來。不過倒是滿有趣的，起碼可以讓這些晉國人時刻謹記自己對大齊子民的傷害。

「不僅是這樣，這些人的骨頭都斷了不少。大哥，你一定想不到四妹昨晚是怎麼把人當沙包一樣打。」唐子諾想起喬春昨晚拍飛卡卡夫的情形，忍不住輕笑起來。

皇甫傑輕笑了一下，見那些晉國人一個個都像木偶似的，立刻明白一定是唐子諾封住了他們的穴道，不禁讚嘆起他的細心。他們是該死，卻不能說死就死，這些人可是他們找晉國算帳的籌碼，他還想用他們來換一些東西呢！

「這些人要看好，不能讓他們尋短見。為了節省時間，明天我就帶他們回京城，皇上還在等消息呢！」皇甫傑叮嚀著暗衛們，又轉過頭看向柳如風和唐子諾他們，說道：「恆王的人分布在大齊國各處，一直在蒐集我們的訊息。上次你們抓的那三個人已經招了不少相關的事，我們順藤摸瓜，已掃除他們的據點。」

威爾遜聽到皇甫傑的話，內心一片悽然和絕望。想不到恆王和賽大人苦心布下的棋局，幾下就被逍遙王給粉碎了，而他們，就是這次事敗的關鍵。

皇甫傑目光緊緊鎖在威爾遜身上，黑眸中閃過一道精光，道：「這位應該就是晉國第一勇士威爾遜吧？習武人應該好好報效國家，而不是跟著一些狼子野心的人胡作非為。難道看著百姓流離失所、天下戰亂不休，就是你習武的初衷？」

淡淡一番話，卻猛力衝擊著威爾遜的心。他不禁想起自己當初習武的想法，再想想自己這些年來的所作所為，頓時羞愧不已。

看到威爾遜眼底的悔意，皇甫傑轉過身，率先往唐家走去。

他一直認為兩國相戰不能將百姓捲入，然而兩軍對戰，流血犧牲卻在所難免的。正因為如此，皇甫傑內心並不支持戰爭，因為不管是勝還是敗，都是大傷元氣，苦的都是百姓。只不過身為皇室子弟，他卻有免除不了的責任，必須對別人揮劍相向——這也是他對皇權不感興趣的最大原因。

回到唐家，屏退了閒雜人等，柳如風、李然、董禮、錢財、唐子諾夫婦還有鐵龍在客房裡集合，商議關於晉國殺手的事情。

雖然他們商議的結果不能代表大齊國，決定權都在皇上手中，但只要皇甫傑參奏，再獲得太后支持，多少也管用。

喬春替大夥兒各倒了一杯茶，接著便坐在唐子諾身旁，靜靜看著英眉輕蹙的皇甫傑。

喬春知道這次的事情關係到兩國和平，如果不處理好，非但不能給大齊百姓一個公道，還可能引起兩國戰爭。

「大家對這事有什麼看法，都說出來吧。」皇甫傑打破沈默，抬頭問道。

柳如風伸手捋了捋鬍子，一臉正色道：「這次的事情關係到兩國未來，我認為應該儘量避免戰爭。」

「我也贊同柳伯伯的意思，只不過我們不能白白便宜了晉國。」李然附和道。

「兩國相戰雖會傷了國本，但是晉國的人公然在大齊國殺害大齊子民，藐視我朝天威，加上他們暗中設立的據點，背後的意圖不言而喻，只怕皇上眼裡容不下這粒沙子。」董禮客觀地指出問題癥結點。伴君時間不短，他深知皇上的心態。

若按當今聖上的意思，十之八九會兵戎相見，直接在戰場上掙回大齊的面子，極有可能將裡子置之不理。

房間頓時又沈寂了下來，大家都看著手裡的杯子怔怔出神。

喬春垂著頭，轉動著杯子，眼睛一眨也不眨。唐子諾朝她瞥了一眼，見她這副神情，便知她在思考。

過了好半晌，喬春終於放下茶杯，明眸定定地看著皇甫傑說道：「大哥，你帶兵押送這些人至晉國邊境，將他們的罪狀和罪行派使者傳遞給晉國皇上，另外提出咱們的條件。」

「晉國兵力遠不如大齊國，真要打起來，只怕他們毫無勝算，而且照我看來，晉皇根本不想打仗。一手造就眼前情勢的人，無非是晉國恆王。我相信晉皇對恆王有諸多不滿，我們不如從中挑唆，讓他們反目成仇，再暗中與他合作，將恆王拿下。」喬春繼續說道。

「事成之後，我們的條件就是兩國必須簽下和平協議，並要晉國提供一百萬棵茶樹苗和一個育苗師傅作為這次事件的賠償。」

一山容不下二虎，她相信恆王的意圖不僅僅是拿下大齊國，恐怕對晉國皇位早已虎視眈眈。不論是明君還是昏君，最容不下的就是想謀奪自己皇位的人，不管對方是兒子，還是親兄弟，因此喬春相信晉皇實在沒理由拒絕跟他們合作。

在場的人無不驚訝地看著喬春。如此一箭三鵰的想法，可謂絕招。不僅損人利己，還能對大齊國未來的茶葉發展鋪出一條康莊大道。

大夥兒將眼光從喬春身上移到皇甫傑臉上，想知道他對這些提議的看法。

只見皇甫傑嘴角慢慢咧開，仰頭大笑了起來。他笑了好久才停下來，黑眸璀璨地看著喬春，說道：「四妹，真是好計謀！我看大家也別想了，事情就這麼定了。我回去就寫份奏摺給皇兄，帶上三十萬大軍，兵臨兩國邊境，我相信晉國一定願意和談的。」

皇甫傑說著，轉過頭看著董禮說道：「董大人，這次皇兄讓你隨著我來，你也寫一份奏摺遞上去吧。」

「是，王爺。」董禮應了下來，讚賞地看了喬春一眼。

此時喬春剛好朝他看了過來，便禮貌地對他淺淺一笑，微微點頭。

這一切都沒能逃過唐子諾的眼睛。他眉頭皺得死緊，對他們兩人「眉來眼去」的表現十分不悅。他伸手拉過喬春的手，放在自己腿上，輕輕撫摸著她光滑的手背，眼睛不自覺地朝董禮瞪了一眼，看得董禮不禁低頭失笑。

看來駙馬爺還真愛吃醋！

喬春沒注意到唐子諾孩子氣的表現，而是轉過頭對錢財說道：「三哥，關於租地擴種茶樹的事，趁大哥也在，我們就一併商量吧。」

錢財點了點頭，鐵龍則是坐直身子，準備仔細聆聽他們的租地條約。知道條約內容，他才好去向鄉親們談租田地的事。

「最近我認真思考了一下，我認為想在大齊國讓種茶樹的事普及，並不能只依靠百姓。這事想要順利進行下去，朝廷也得有所表示。」喬春眸光閃閃，緩緩說道。

皇甫傑聽了，便抬頭看著她，嘴角逸出一抹淡淡的微笑。「四妹，妳說說看，如果可行，我回去就向皇兄請示。」

喬春勾了勾唇角，她等的就是這句話。朝眾人掃了一眼，喬春續道：「我認為官、商、民三方合作，一定能水到渠成。」

「怎麼個合作法？」柳如風問道。

大夥兒都來了精神，很想聽聽她的想法。

「百姓種茶、製茶，商戶賣茶，朝廷免地租兩年，所有茶園都按二二六的分成來簽協議，這樣大家從上到下都有分，就會擰成一股繩，不會出現剝削和壓榨的事情。」

「二二六分？公主認為誰二誰六？還有朝廷為什麼要免地租兩年？」董禮興致勃勃地看著喬春，說出自己心裡的疑問。

「官商各兩成，百姓六成。至於為什麼要免兩年地租，理由很簡單。種茶樹不比種莊稼，無法當年就有收成，種好了，最快也得兩年後才能收成。」喬春解釋道。

「那百姓這兩年的溫飽怎麼辦？」董禮追問道。

「商戶總不能什麼力都不出就淨得兩成分成吧，所以他們得給錢。按百姓名下的地，以畝計算給百姓銀子，買茶樹苗的錢也得由商戶出。」喬春輕啜了口茶，神色淡然，彷彿這些計劃早就在她心裡生了根。

鐵龍一顆心怦怦直跳，第一次聽到這麼有誘惑力的條件。這樣算下來，百姓可是淨得利，只須勞作就行了。他眼睛直勾勾地看著皇甫傑和錢財，生怕他們不答應這條件。

皇甫傑的手指一下下敲擊著桌面，雙眸微瞇，似乎在評估實施這個計劃的可能性。

每個人都默默地看著他，房間裡靜得落針可聞。

半晌過後，皇甫傑終於抬頭看向錢財，問道：「三弟，如果只是先在山中村試行，你有能力付給百姓兩年的生活費嗎？」

錢財沈思了一會兒，稍微在內心盤算了一下。如果大哥能向晉國要來一百萬棵茶樹苗和育苗師，那他勉強能應付。反正又不是一口氣給兩年的錢，分批支付不至於對財政造成困難。

「按季給應該不成問題，但是晉國那一百萬棵茶樹苗和那個育苗師，你得幫我們爭取到手。」錢財現在總算明白喬春要求茶樹苗和育苗師的目的了，她真是他見過思慮最周延的人。

皇甫傑笑了笑，朗聲道：「這有什麼問題，你們等著就好，大哥這點本事還是有的！」

接著他話鋒一轉，看著鐵龍說道：「鐵伯伯，往後這些事情還得麻煩您多關照。」

說著，皇甫傑像是突然想起什麼事情似的，拍了拍自己的腦袋。他從袖中掏出兩封信，笑道：「這是百川寫的家信，一封給您，一封則是給桃花。四妹，桃花的信，妳待會兒轉給她。」

鐵龍看著信封上那熟悉的字體，水氣驟凝上眼眶，他微微顫抖著手接過信，小心翼翼放入袖中。「謝謝皇甫公子，小犬就有勞您多費心了。」

「鐵伯伯不用客氣。」皇甫傑微笑道。

「四妹，這事就按妳剛剛說的辦，皇兄和母后那邊由我來說服。」皇甫傑正式代表朝廷應下喬春的要求。

皇甫傑相信，這種上下合作的方式，一定能為大齊國帶來繁華的盛景。假以時日，大齊子民一定能安居樂業。

「好，我會和三哥商量寫好協議，作物收成後就將田地租下來。」喬春輕快地應了下來，扭過頭看著鐵龍道：「鐵伯伯，關於村民出租田地的事就有勞您了。您跟他們說，約一簽就是二十年，朝廷免兩年的地租，錢府會按季度、按各戶的田地畝數支付他們生活所需的銀兩，二二六分成的事情也要說明一下。我們不強迫，願意的才簽。」

鐵龍高興地點頭。有這等條件，那些村民要是不為所動，準是腦袋少了根釘子。

事情商量完後大夥兒便散了，各忙各的事。

「柳伯伯，咱們去看看那些扦插育的茶樹苗吧！好些天沒去看了，不知有沒有活下來？」喬春邀請柳如風一同去地裡察看茶樹苗的長勢。在真相大白之前，她一直不敢出門，因為村民都說她是妖怪，見她就躲，小孩子也是看到她就哭。

之前唐子諾跟皇甫傑一起去客棧偷走恆王的解藥時，曾聽到賽格力說到「扦插不成熟的茶根」，這才曉得原來茶樹可以用扦插法育苗。喬春知道以後興致勃勃地做起實驗，要是成功，日後在購買茶樹苗上可以省下不少費用。

「好，咱們看看去！」柳如風點了點頭。

皇甫傑和錢財聽到喬春口中的扦插育苗也很感興趣，便隨他們一同到育苗基地。

站在地隴邊上舉目望去，只見一個個突出地面的小土堆，往旁邊就是一棵棵綠油油的茶樹苗。喬春看到那些依舊綠意盎然、生機勃勃的茶樹苗，興奮地跑了過去，蹲下身子小心翼翼伸手刨開一棵茶樹苗，越往下刨，心就跳愈越快。

喬春眼睛一眨也不眨地盯著，小手輕輕刨開鬆軟的土，發現茶根上冒出幾個白白的小點——那是剛剛開始往外冒的茶樹根。

喬春開心地站了起來，衝著後面的柳如風等人招手笑道：「柳伯伯，您快來看看，我們的實驗成功了！」

喬春興奮得有點忘形，手舞足蹈的，笑容燦爛如花。大家都被她的快樂給感染了，不由自主地咧開嘴，快步朝她走了過去。

「嗯，真的是茶樹根！多虧子諾聽到那晉國使者的話。」柳如風點頭說道。

「只是不知這樣育出來的茶樹苗，製出的茶葉純不純正？以後栽種時得分開種，看看效果如何。」喬春高興過後又開始擔心。

如果茶葉的味道夠純，那麼那幾棵大葉茶樹也能育出很多茶樹苗來，多產普洱茶也就不成問題了。

皇甫傑看著喬春一喜一憂的模樣，輕聲安撫道：「四妹放心，大哥很快就能幫妳帶一個育苗師回來。」

「嗯。」喬春小心地將土重新覆在茶樹苗下，伸手捏了一下土，判別土壤水分是否充足。

育苗就是這麼花功夫，得隔幾天就來檢查水分和防寒、防旱的問題。現在季節已步入秋天，等到秋末就要做好防寒措施，茶園也將在那時封園。

「大哥、三哥，綠茶的種植和炒製我會教給各戶人家的負責人，往後我們唐家會把重心放在普洱茶、紅茶和花茶上面。」喬春轉過身，將自己和唐子諾商量好的決定，告訴皇甫傑和錢財。

既然已經決定官商民合作的事，那她就會將種植和炒製的手藝教出去，總不能大家種茶，他們負責炒茶，那不把手給炒斷才怪。反正這些技術對她來說也不是什麼機密，只有大家都過上好日子，她才有平靜的生活可過。

皇甫傑和錢財雖然訝異於她的決定，但仔細一想，這也是勢在必行。想要鼓勵村民種植茶樹，沒有相關技術，也成不了事。但柳如風卻一點也不意外，因為喬春的個性跟想法就是這麼獨特跟周全。

幾個人聊著天，慢慢朝村莊走去。

夕陽西下，農屋煙囪上炊煙裊裊，一片祥和寧靜的景致。這樣的情景，很難讓人想像不久前面臨滅村的危機。

喬春看著那些逐漸空下來的田，忽然想起要種花的事，便停下腳步，轉身看著身後的皇甫傑。「大哥，你能不能找一個對種花有經驗的人給我？明年開春要準備種花了，我想把這事交給喬夏和柳伯伯來打理。」

「沒問題。聽四妹妳說起這事，我真的很期待喝到妳口中那種養生的花茶。」皇甫傑說著，腦海裡浮現出一片五顏六色的花海。相信屆時滿村都會飄著花香吧……

「呵呵，謝謝大哥。」喬春心滿意足地笑了。

「桃花，妳睡了嗎？」喬春伸手輕輕敲打著房門。

「大嫂，妳等一下。」房裡傳來桃花清脆的聲音。

房門打開，桃花側開身子，笑道：「大嫂，這麼晚了，妳還沒休息？進來坐吧！」

喬春踏進房門，掃了桃花的閨房一眼，看到牆上那幅桃花親筆畫的梅花圖，不禁想起當年教她識字的事。

桃花一直很好學，短短兩、三年時間，她不僅能寫出一手好字，作畫方面也很有天分。

桃花見喬春一直盯著自己那幅梅花圖看，不禁有些不好意思起來，她撇了撇嘴道：「大嫂，妳別看那麼認真。我畫得不好，妳這麼仔細地看，什麼缺點都被妳看出來了。」

喬春聞言，便伸手牽過桃花，拉著她走到圓桌前坐了下來，嘴角始終掛著淡淡的笑容。

「桃花，咱們兩個也好久沒有坐在一起聊聊心事了，妳不會怪大嫂吧？看著妳，大嫂就覺得時間過得真快……那時妳還是個小姑娘，現在都是個亭亭玉立的大姑娘了。」

喬春說著，從衣袖裡掏出信，放在桌上挪到桃花面前。「這是百川託大哥給妳捎來的信，快看看吧。待會兒記得回他一封信，明天交給大哥，讓大哥帶回去給他。」

桃花怔怔地看著信封，臉上隨即浮起朵朵紅霞，嘴角彎彎地拿起信，有些羞澀地看著喬春。

「妳先看，我回去睡了。這些天沒睡好，我得補眠去。女人沒睡好的話，容易長皺紋。」喬春站了起來，伸手摸摸臉蛋，煞有介事地說道。

「大嫂，妳說得也太誇張了吧？」桃花隨著她走向房門，笑呵呵地說道。

喬春走出房門，轉過身看著桃花，一本正經地說道：「桃花，妳別不信邪，以後妳一定會覺得我說得很有道理。時間也不早了，妳還要寫信，就不打攪了，晚安！」

「大嫂，晚安！」桃花目送喬春走遠以後，將信緊緊壓在胸口，內心激動不已。

翌日皇甫傑就帶著隊伍押送晉國人啟程返回京城，喬春則開始了等待皇甫傑與晉國交涉結果的日子。

剛剛送走皇甫傑他們，一些已經得到鐵龍通知的村民就陸續來到唐家，向喬春詢問出租田地的事。

「春兒妹子，村長說的事情都是真的嗎？我家的田地妳要不要？」虎子媳婦輕輕撞了石虎子的手肘一下，見他不開口，便自己詢問起來。

喬春看到石虎子臉上的瘀青，想起唐子諾告訴她的事，便向石虎子道歉。「石大哥，之前真是謝謝你了。連累你受傷，我真的過意不去。」

那天石虎子替喬春說話，卻反而被村民圍毆，喬春知道以後非常難過。唐子諾事後曾去石虎子家替他療傷，還帶了滋養品讓他養身子，算是表達感謝之意。

「沒事，如果真要謝，也該是我們謝謝妳。多虧了你們，整村的人才逃過一劫，現在這事咱們想到都會害怕。」石虎子憨憨地笑了，一臉真誠地說道。

喬春點了點頭，看著虎子媳婦笑道：「石大嫂，出租田地的事是真的，只要你們願意，我們就要。不過……現在妳和石大哥都跟我們家簽了長工契約。」

石虎子夫婦有些緊張地看著喬春。他們當然明白自己跟唐家簽的長工期限還沒到，如果現在說要自己種茶樹，好像有點說不過去。他們一時之間不知如何是好，只能傻傻站在那裡，怔怔地看著喬春。

「要不，你們取消和我們家的長工契約，以後茶園忙的時候，你們再來打散工。你們忙不過來的時候，我們家的人也可以去幫忙。」喬春看到他們夫婦緊張的樣子，忍不住輕笑著提出自己的意見。

「這個行，不要說打散工，就是純幫忙我們也樂意。以後，我們家要種茶、製茶，可都得請妳一一教導。」石虎子連忙擺擺手，開心地笑了。

「這是一定的。不管是誰，只要簽了出租協定，我都會把種茶樹、炒製茶葉的方法教給他。」喬春向在場的村民保證，好讓他們安心。

此時大門外響起馬蹄聲，不一會兒，錢府的管家走了進來，對喬春恭敬地行了個禮，道：「唐夫人，我家夫人請您過府一敘，特地派我來接您。」

「錢夫人找我？」喬春愕然地看著錢府的管家。她與現在的錢夫人只在巧兒出嫁時見過一次面，她怎麼會突然找自己呢？

「是的，我家夫人請您過府一趟，具體是什麼事，小的也不太清楚。」錢管家站在喬春身旁，如實說道。

「你在這裡稍等我，我進去一下就來。」秀眉輕蹙，喬春知道現在她只能去一趟錢府了。她轉眸看著院子裡的村民說道：「我有事先出去一趟，租田地的事不急，改天我會請村長通知大家來簽約。」

說罷，喬春進房跟雷氏說了一聲，便隨錢府管家一同趕往錢府。

第八十二章　錢夫人的請託

一路上，喬春靜靜坐在馬車裡，忍不住猜測起錢夫人找她的用意。馬車只花了半個時辰就到錢府，管家沒有差門房去通報，而是領著喬春直奔錢夫人居住的如意閣。

「唐夫人，請！」在如意閣的大廳門前，老管家恭敬地向喬春行了個禮。

「謝謝！」喬春朝管家微微點頭，抬步往大廳裡走去。

喬春走進大廳，抬目望去，只見錢夫人坐在圓桌前。桌上擺著一個裝滿針線的小竹籃和一套茶具，錢夫人的手裡則是拿著一個錢袋，正低頭專注地繡著，就連喬春走進來也沒發現。

喬春悄悄打量起這個收拾得整齊又乾淨的大廳，裡面的擺設很樸實，並沒有擺上一些古玩或奢侈品，錢夫人身邊也沒有丫鬟伺候。

喬春立刻對錢財的生母產生了興趣。為了兒子，她可以拱手讓出自己的丈夫；為了兒子，她能受盡白眼，獨忍煎熬。這樣的母親真是太偉大了！

喬春想到這些，不禁對錢夫人心生好感。怪不得錢財會一直苦心想奪回屬於自己的一切。現在她才明白，錢財這些年的隱忍和拚搏都是為了這個不斷為他默默付出的娘親。

「錢伯母好！」喬春見錢夫人實在太過專注，便自行來到她面前，微笑著向她打招呼。

錢夫人抬起頭，放下手裡的針線，淺笑著站起來，牽過喬春的手，笑呵呵地說道：「春兒來啦？瞧伯母這耳朵可真不好，年紀大了。」

喬春任由她牽著自己的手，臉上始終掛著淺淺的笑容，感受到那隻牽著自己的手長著硬硬的老繭，倍感親切。

「伯母，您一點都不老，這會兒要是我們一起牽著手去街上，人家一定會以為您是我姊姊。」喬春滿臉笑意地稱讚起錢夫人。

錢夫人聽了，嘴角的笑意更濃，樂得呵呵直笑地拍著喬春的手。「瞧這張小嘴可真甜，就會哄伯母開心！」

「來，坐下吧。」錢夫人指了指桌邊的凳子，俐落地將桌上的針線和未完全繡好的錢袋收進竹籃裡，若有所思地看著桌上那套嶄新的茶具，視線調到喬春臉上，笑道：「春兒，早聽說妳是沖泡茶湯的好手，巧兒那手絕活也是妳教的。不知伯母今天有沒有榮幸見識妳的手藝？」

喬春嘴角輕揚，抬眸看著錢夫人，點了點頭。「這是春兒的榮幸，只要伯母喜歡就好。」話音落下，便開始點燃木炭，靜等銅壺裡的水燒開。

喬春看著爐子裡的木炭迅速燒紅，心裡對錢夫人今天找她來的目的，已經猜出了七、八分。如果她沒猜錯，應該跟錢財的婚事有關。

果不其然，兩個人靜靜坐了一會兒，錢夫人便長長嘆了一口氣，說道：「春兒，妳和我們家錢財是義兄妹，我也就錢財這麼一個兒子。如今妳這個義妹已經是兩個孩子的娘了，他卻一直不肯成親。我之前找了媒婆過來，他卻是一聽妳爹受了傷，便撇下三個媒婆揚長而去，我這個做娘的，實在對他沒有辦法啊。」

喬春溫順地點了點頭，附和道：「伯母說得有理，三哥年紀確實不小，早就該成家，為錢府開枝散葉了。」

錢夫人臉上明顯一怔，眉頭輕蹙，用探視的目光看著喬春，幽幽道：「我看我家錢財對春兒的話，倒是聽得進去。伯母想請春兒私下幫忙勸勸他，問他到底喜歡怎麼樣的女子，好讓伯母找個靠譜的媒婆把這事辦了。不然伯母實在食不知味，睡不安寢啊。」

銅壺裡的水開了，喬春沒有回錢夫人的話，而是站了起來，熟練地提起銅壺沖洗茶具，再沖泡了兩杯香氣四溢的茶湯。她面帶微笑地將茶湯遞到錢夫人面前。「伯母，請喝茶。」

「好。」錢夫人忙不迭地接過茶湯，輕輕啜了一口。嚥下茶湯後，她輕蹙著的眉頭漸漸舒開，眸底全是讚賞。

喬春坐下來，端起茶杯，慢條斯理地喝起茶，腦子裡則在思考錢夫人方才話裡的意思。沒多久，喬春就明白錢夫人的真實用意。她既是想讓自己勸一下錢財，也想乘機探探自己對錢財有沒有那方面的心思。

是錢夫人誤會了她和錢財的關係，還是她聽了一些失真的傳言？

錢夫人放下茶杯，暗暗著急地朝喬春瞥了一眼，見她臉上淡淡的，完全看不出情緒，一時之間也不知該如何繼續接下來的話題。

「伯母，您是不是聽了一些傳言？比如關於我和三哥的事。」喬春開門見山地問道。

錢夫人愕然地看著喬春，心底湧起濃濃的愧疚。她知道喬春的好，也明白自己的用意有些傷人。她嚅動了幾下嘴唇，滿臉歉意地說道：「對不起，春兒，伯母不該那樣想的。」

喬春不以為然地笑了笑，眸底閃爍著真摯的光芒。「伯母，這事不怪您，春兒也沒有往心裡去。你們都誤會了，我和三哥真的只有兄妹之情，只是聊得來而已。至於伯母問三哥喜歡什麼樣的女子，春兒倒是知道一些。」

喬春頓了頓，幫錢夫人和自己各續了一杯茶，端起茶潤潤喉嚨，續道：「三哥喜歡熱情、開朗的女子，我個人也覺得相對於三哥的內斂，這樣的女子很適合他。」

錢夫人沈默了一會兒，細細想了一下，便開懷地笑著點頭，說道：「看來春兒真的很了解我那個兒子，有妳這樣一個義妹，我家錢財也是個有福的人。」

「伯母千萬別這麼說，說到底，春兒能認識三哥，才是真的幸運。如果不是三哥，春兒也不會有今天。」喬春連忙衝著錢夫人擺了擺手。

錢夫人笑而不語，話鋒一轉，認真地問道：「春兒，妳周圍有沒有適合妳三哥的女子？」

喬春端著茶杯的手不由一滯，心裡暗道：難道她知道了夏兒和三哥的事？不太可能啊，畢竟她剛剛還懷疑自己和三哥有什麼呢！

若是將喬夏告白的事情告訴她，她會不會覺得夏兒是個不矜持的女子？還是會願意撮合他們？

喬春有些心動，又有些猶豫。她想讓錢夫人一起勸錢財，又怕讓夏兒被瞧不起。

錢夫人見喬春陷入沈思，倒也不急著出聲追問。

喬春在心底掙扎了一番，考慮到喬夏的閨譽，最終還是沒將那件事說出口。

「伯母，這件事我會多留意，三哥那邊有機會我也會勸勸他。」喬春淺笑著說道。

錢夫人微微有些失望，她見喬春沈思的模樣，還以為她身邊有合適的人選。不過她答應幫自己勸錢財，今天請她來的目的也算達到了，自己也不用再擔心錢財和喬春之間有什麼。

「好，伯母靜等春兒的消息，謝謝春兒幫伯母的忙。」錢夫人對喬春淡淡笑了一下，真誠地道謝。

接著兩人撇開剛剛那個話題，開始閒話家常。喬春這才知道，原來錢夫人她爹是個私塾的夫子，而錢夫人自幼耳濡目染下，琴棋書畫也略有涉獵。

她們兩人聊得正開心，老管家忽然匆匆從外面走了進來，恭敬地向錢夫人行禮，說道：「夫人，少爺差小廝來請唐夫人去一趟茶莊。」

錢夫人愣了一下，疑惑地看著老管家，問道：「少爺請唐夫人去茶莊？」

其實她想問的是錢財怎麼會知道她請喬春到家裡來，只是礙於喬春在場，她不好意思當面這麼問。

「伯母，三哥準是要找春兒商議村民出租田地的事。前陣子皇上和太后交代我們早日擴種茶樹，所以三哥才這麼急。」喬春微笑著向錢夫人解釋錢財找自己的原因，間接安撫錢夫人那顆不安的心。

錢夫人這才想起喬春如今已是大齊國公主，臉上驟然浮現絲絲怯意。

其實喬春雖然身為公主，但除了家裡多了一些暗衛，還有做起事來比較方便之外，生活上並沒有什麼不同。喬春也認為頭銜不過是虛名，像村民們那樣自然地對待她，她反而自在。

喬春忽略錢夫人的不安，笑著輕聲向她辭別。「伯母，我先去一趟茶莊，下回我會帶孩子們一起來看您。您要保重身體，再見。」

「好的，再見。」錢夫人也站了起來，笑呵呵地送喬春出門，只是神情中多了一些侷促。

喬春告別了錢夫人，便隨錢財的貼身小廝坐馬車趕去「錦繡茶莊」。

「三哥，你怎麼知道我來鎮上？」喬春走進茶莊，看著面積翻了一倍的鋪面，嘴角不禁高高翹起。

如今「錦繡茶莊」已一改當年風貌。錢財將隔壁的布莊買了下來，將兩間店鋪打通，也針對商品種類進行分區。鋪面主要分為三大塊，一為茶葉專區，二為茶具專區，三為品茶專區。為了讓客人們能享受更好的服務，品茶區既能讓客人在品嚐茶湯時坐著，也可以提供客人一個稍作休息的地方。

錢財坐在品茶區裡，抬頭看著喬春笑道：「妳來時，我剛好要小廝回去拿東西。」他不用繼續說，喬春也知道一定是小廝拿東西回來後，對錢財說起自己在錢府的事情。

「你怕你娘親會為難我不成？」喬春坐了下來，看著他打趣道。

錢財替她倒了一杯茶，勾了勾唇角，瞥了她一眼，揶揄道：「我娘為難妳？我倒比較擔心我娘。我找妳是為了出租契約的事情。」

喬春輕笑著搖搖頭，她也懶得再與他爭執這事，反正自己知道他的用意就行了。

「三哥，你就對伯母跟我說了些什麼不感興趣？」喬春對他的話置之不理，眼睛一眨也不眨地盯著錢財問道。

錢財放下手裡的茶杯，拿起小鐵桿輕輕撥弄著木炭。

喬春也沒說話，只是靜靜看著他。這麼多年了，她知道每次錢財想事情或心煩的時候，總是喜歡一個人坐在這裡喝茶，拿著小鐵桿有一下沒一下地撥弄爐子裡的木炭。

「我猜得出來，只是四妹，妳別往心裡去。我娘沒有其他意思，只是關心我罷了。」過了好一會兒，錢財才停下手裡的動作，抬眸看著喬春。

喬春倒沒料到錢財居然什麼都知道。她瞇著眼打量著他，不解地說道：「三哥，你還是堅持自己的想法，絲毫不為夏兒的心意感動嗎？難道是我錯了，你對夏兒沒有心動過？還是你對自己的身體沒有信心？柳伯伯不是說過你的病……」

「四妹，別再說了，這事我有我的考量。」錢財打斷喬春的話，垂著頭，不讓喬春看到出賣他心事的眼眸。

喬春很是生氣，但也無可奈何。

「好，我不說，可是我得先提醒你。喬夏已經滿十七歲了，十七歲對一個姑娘來說代表什麼，你應該很清楚。我娘不會繼續放任她，已經找媒婆給她說婆家了。感情這東西，過了這村沒那個店，你可別後悔！」

喬春不想管太多，但這關係著喬夏和錢財兩個人的幸福，如果什麼都不做，任由他們錯失良緣，她過不了心裡那一關。

錢財垂放在雙膝上的手，不自覺地緊緊握住。十七歲對一個姑娘來說代表什麼，他很清楚。此刻他不得不承認，自己聽到雷氏已經開始幫喬夏找婆家時，他的一顆心有多痛。

他知道幸福從來都不會等人，但是他更怕承諾。他怕自己給不起，所以他寧願選擇放手。

「四妹，別說了。」錢財收起雜亂的思緒，輕聲說道。

「我再也不會管你了！我一定會幫我娘替夏兒找一個能讓她幸福的人。」喬春氣呼呼地瞪著錢財。

錢財不再接過她的話，而是默默坐著，重新拿起小鐵桿撥弄木炭。

喬春看到他這副模樣，可說是又氣又急又心疼。

過了好一會兒，喬春朝門外瞄了一下天色，又看向維持原來動作的錢財，嘆了一口氣，說道：「三哥，關於出租田地的契約，你有什麼不同的意見嗎？還有，你想跟我們一起經營花茶這個區塊嗎？分成要怎麼處理？」

錢財終於抬起頭，眸底一片平靜，看著喬春點了點頭，說道：「我當然要一同經營花茶事業，分成的話，就按當初茶園的協議吧。不過這些田得算是我租的，既然大哥已經提供花籽了，我總不能什麼也不幫吧？

「至於租田地的契約，我想讓妳寫明我會按季度給他們銀兩，另外，將來產出來的茶葉，也要依優劣分等級，我給的價錢也會照茶葉品等而有所不同。」

錢財從唐家回來以後，就一直在想這個問題。那些村民畢竟不是喬春，種茶跟製茶水準肯定參差不齊，總不能全部按一個價格收購。如果全按同一個價收購，市場就會失去平衡，也無法鞭策村民努力提高茶葉的品質。

秀眉輕蹙，美眸輕轉，喬春對錢財的話認真地思量了一下，很是贊同他的做法。

「這事就按三哥的意思來辦，我回去就會擬一份簽約書送來給三哥過目。如果可以的話，三哥就簽個名，再蓋一下公章。你現在是和平鎮鎮長，就用公章吧。」

錢財微笑著回道：「就按四妹說的辦。」

喬春點了點頭，不由自主地又朝外面瞄。

錢財見喬春一副歸家心切的樣子，便對自己的貼身小廝道：「你送唐夫人回山中村，路上小心一點。」

「是，少爺。」

「三哥，那我就先回去了，再見！」喬春對小廝點了點頭，兩人便一前一後走出門去。

錢財無精打采地坐了下來。這一次，他沒有目送喬春離開，也沒心思想其他事情，腦子裡亂哄哄的，不停跳出喬夏的影子。

他從沒細想過自己是從什麼時候開始喜歡她的。當年與喬春結為義兄妹，他就斷了對喬春的心思，現在自己喜歡長相酷似喬春的喬夏，會不會只是移情作用？這點他也不明白。

他只知道自己現在心情很糟。當他聽到喬夏很快就可以找到婆家時，一顆心全揪了起來，不由得回想起自己那次聽到喬夏的告白時，心跳得很厲害，還隱隱作痛。

放手，不放手？爭取，不爭取？

錢財就那樣靜靜坐著，一直坐到天黑茶莊打烊，忘了吃飯，甚至忘了換個姿勢。

第八十三章　皇上讓步

早朝過後，皇甫傑和董禮兩人一起走進議事大殿，行禮過後，便將奏摺呈了上去，簡單扼要地向皇甫俊陳述山中村的事情和晉國人的惡行。

「皇兄，請准許臣弟帶兵押送晉國殺手到邊境與晉國議談，臣弟一定會要晉國給大齊國一個交代。」

皇甫俊放下手中的奏摺，看著皇甫傑和董禮淡淡說道：「准奏。只不過你們的奏摺裡怎麼沒有提到如何懲治德馨公主？」

殿中兩個人飛快對視了一眼，對於皇上想治喬春的罪有些意外。

皇甫傑抬頭看著皇甫俊說道：「皇兄，這事皇妹也是受害者，怎麼能懲治她呢？如果不是她，也許那些晉國人已經得逞了。」

「皇上，逍遙王說得有理，公主殿下也是這件事的受害者之一。」董禮據實回答。

「哼！」皇甫俊重重拍了一下桌面，冷哼一聲。

「請皇上恕罪！」皇甫傑和董禮雙雙跪下，不明白皇甫俊的怒氣從何而來？

皇甫俊冷冷望著他們說道：「你們都起來吧。這事是因德馨而起，為何她不須受任何懲治？」

「皇上，這一切並非因皇妹而起，一切罪源都是因為晉國恆王的野心，他才是該負責的人。」皇甫傑雖不了解皇甫俊的想法，但此刻唯有保持冷靜，才能保住喬春。

「皇上，恆王想擄走公主，主要是他覺得公主的實力威脅晉國在茶葉上的壟斷。如果我朝懲治公主，不是中了他的計嗎？如此一來，我們大齊國的茶葉之路可就更不好走了。如今公主已想到一個擴種茶樹的好辦法，皇上何不聽聽逍遙王怎麼說？」董禮苦口婆心地勸道。

喬春的確是個奇女子，他很欽佩她。

皇甫俊沈默了一會兒，內心千迴百轉。董禮說的他都明白，只是他也有他的盤算。過了好半晌，他才看向皇甫傑，問道：「皇弟，你說說德馨想到了什麼好辦法？」

「啟稟皇兄，皇妹的辦法就是官、商、民三方合作，二二六分成，朝廷免除地稅兩年，商戶提供百姓兩年生活費和茶樹苗，農民則出租田地，負責種茶樹、製茶葉。如此三方合作，便能三方得利。」皇甫傑將喬春提出的概念大致說了一遍，靜靜等待皇甫俊的回應。

「朝廷的分成是不是太少了一些？還有，免兩年的地稅，時間會不會太長了？」皇甫俊皺著眉說道。

「皇兄，兩成已經不少了。如果舉國上下都種茶，我們朝廷每年淨得的分成將相當可觀。兩年後茶葉多了，商戶方面的稅收也不會少。至於免除地稅的時間，兩年並不會太長，因為茶樹從種下去到正式採摘，最快也得兩年。」皇甫傑解釋道。

皇帝微蹙著眉，淡淡擺了擺手。「此事朕得先想想，你們退下去吧。」

「是！微臣告退！」皇甫傑和董禮舉手作揖，心事重重地向後退出大殿。

一位清泉宮的太監守在離議事大殿不遠的地方，見董禮走了出來，趕緊迎了上去。

「王爺吉祥！」太監跪了下去。

「起吧。」皇甫傑不知他是哪個地方的太監，可他似乎早已候在這裡，專程等他們其中一人出來。

「謝王爺！」太監站了起來，目光看向董禮，恭敬地說道：「董大人，我家主子請您過去一敘。」

「好，下官這就隨你去見貴妃娘娘。」董禮看似隨口一應，實則間接向皇甫傑說明自己的去向，他轉過頭看著皇甫傑說道：「王爺，下官先行告退。」

皇甫傑朝他揮了揮手。「去吧，別讓貴妃娘娘久等了。」

兩個人就在議事大殿前分道而行，皇甫傑轉身走向御花園，前去靜寧宮向太后請安。

守在門外的太監見皇甫傑來了，連忙迎上前，正張嘴要行禮，卻被皇甫傑揮手制止了。太監彎腰點了點頭，重新退回宮殿門口站著，默默看著皇甫傑自己走了進去。

太后坐在大殿的主位上，手裡拿著書，一頁頁仔細讀著。李嬤嬤則站在她身後，輕柔地幫她按壓肩膀。

太后十分專注，連皇甫傑走進來都沒發現，李嬤嬤剛想出聲，就已被他打住。接著他揮手要侍女們退出去，這才抬腳走過去，站在太后面前。

李嬤嬤嘴角含笑地看著皇甫傑。皇甫傑是她看著長大的，他總愛做些孩子氣的事情，惹得太后娘娘開懷大笑，享受短暫的溫馨時光。在皇宮想見到平常百姓家的親情，只能說不容易。與其說皇家子弟薄情，不如說他們不被允許有情，這種培養方式自然對親情影響極大。

過了好一會兒，皇甫傑見太后還是沒有注意到他，乾脆伸手把她手裡的書給拿了下來，說道：「母后，別一直看書，該多出去走走。書看多了，對眼睛不好。」

太后這才看到眼前的皇甫傑，她愣了愣，笑道：「傑兒，你回來啦？春丫頭那邊情況怎樣？」

皇甫傑撇了撇嘴，說道：「母后，我怎麼覺得您現在整顆心都偏向皇妹，我這個兒子都不受寵了。」

「都這麼大了，還這般孩子氣，你這醋吃得可沒有道理。」太后輕笑了聲，慈祥地瞋了他一眼，續道：「你和你皇兄要是能早點讓我抱孫，我也就不會這般無聊了。」

春丫頭都有一雙兒女了，傑兒卻一直不肯娶妻，俊兒盼望已久的孩子也掉了，讓她無緣抱親孫。想起那個無緣的孫兒，她的心就痛。

皇甫傑見太后又老調重彈，連忙嬉笑著岔開話題。「母后，咱們今天不說這個，孩兒有事需要母后支援。」

「哦？什麼事情能難得住我的皇兒？快說說看。」太后很好奇這世上還有什麼事情能難倒她這出色的兒子。

皇甫傑將今天跟兄長談話的內容，還有兄長的意思跟她說了一遍。

太后聽著皇甫傑的話，眉頭時而舒開，時而緊鎖，最後臉色愈來愈凝重。

「皇帝他這是不思後果，春丫頭何罪之有？我還心疼春丫頭的境遇呢，他竟然想要懲治她？真是太糊塗了！你剛剛說的那個官、商、民合作，我覺得很新鮮，也很適合我們大齊國。這事你就放心吧，母后會讓你皇兄點頭的。你傳信給春丫頭和錢財，要他們放手去做，朝廷這邊一定盡力支持。」太后看著皇甫傑，伸手拉過他，輕輕拍了拍他的手背，滿意地點了點頭。

此刻，她很慶幸自己認了喬春這個義女。她是個奇女子，不僅有想法，還敢放手嘗試，做事也不浮不躁。如果當初真讓她去和親，就等於將一棵搖錢樹送給晉國。晉國老早就看到喬春的價值，她不明白皇帝怎麼會看不透？

「兒臣謝過母后。」皇甫傑微微頷首，放下心中大石。有母后支持，喬春的計劃就能實現了。

清泉宮

「臣參見貴妃娘娘。」見到眼前的人兒，董禮恭敬地依禮跪下。

「哥，這裡沒有外人，咱們兄妹無須多禮，快起來！今天找兄長過來，只是為了兄妹之間敘敘舊。父親大人和母親大人的身體可安好？」董貴妃淺笑吟吟地請董禮坐下，親切地問起家裡的情況。

她早已屏退侍女和太監，只留下她的奶娘覃嬤嬤在一旁伺候。

「謝貴妃娘娘關心，家父和家母一切安好。」董禮謹守君臣分際，一問一答。

董貴妃看著董禮如此生疏有禮，眼角不禁濕潤。她拿出手絹輕輕擦拭著淚水，說道：「見兄長如此，小妹心裡甚是難過。」

董禮的嘴角扯出一抹淺笑，看著董貴妃勸慰道：「妹妹得幸伴君，是我們董家的榮耀，如今這般相處，也只是謹守君臣分際，只要咱們心裡還念著兄妹之情就好。」

董貴妃聞言止住淚水，看著董禮微笑道：「有兄長此話，小妹就心安了。」

「不知娘娘今日找我過來，所為何事？」董禮是聰明人，如果沒什麼事情的話，小妹不會早早就讓太監在議事大殿門口等他。如今見她一直不進入正題，便率先提出來。

董貴妃臉色一凝，收起打著溫情牌的臉孔，對董禮問道：「這次兄長奉命與逍遙王一起去山中村探查喬春是人是妖的事情，不知結果如何？」

董禮微笑著回道：「這事當然是假，我們已經抓到幕後的黑手了，是晉國恆王的人在暗中作祟。」

對這件事，董禮點到為止。他知道後宮不能干涉政事，朝廷大臣也不能與後宮妃嬪走得太近。雖然他們是親兄妹，但現在兩個人的身分擺在那裡，不能多說的話，他一個字也不會透露。

「她不是妖？怎麼可能？那皇上有沒有說要怎麼懲治喬春？」董貴妃面露急色地問道。

董禮心中微微不悅，卻不動聲色地看著董貴妃。她這話怎麼好像恨不得喬春是妖，希望她受到嚴懲？小妹以前不是這樣的人，如今怎麼變得如此陌生？難道這就是後宮女人生存的必要改變？

「貴妃娘娘，她是大齊國的德馨公主，太后很喜歡她。」董禮提醒董貴妃，隔牆有耳。雖然她現在是皇上最寵愛的妃子，可是如果這些話傳到太后耳朵裡，肯定會使太后不悅。

董貴妃不由得一愣，連忙收斂臉上的表情，壓抑心裡的不悅。她眼眸中浮現濃濃的疑惑，看著董禮輕聲問道：「兄長，你對她也很有好感？」

她忍不下這口氣，也不管這話適不適合由她來問。

「德馨公主是個奇女子，只要是見過她的人，都會被她的為人處世和才華折服，我承認我很欽佩她。」董禮真摯地看著董貴妃，站起身來告辭。「娘娘，臣還有事要處理，就先退下了。願娘娘放寬心，好好養身體，將來一定能為皇上誕下龍子。」

董禮恭敬地行了禮，深深看了董貴妃一眼，轉身離開清泉宮。

「兄長，你……」董貴妃看著董禮的背影，不由得氣悶。她才是他的親妹妹，他怎麼能不幫她，反而處處替她的仇人說話呢？

隔天早朝過後，皇甫俊留下皇甫傑和董禮，單獨和他們談話。

「逍遙王、董尚書，朕昨夜重新看了兩位上呈的奏摺。仔細思量之下，覺得兩位所奏之事合情合理，也勢在必行。聽旨吧。」

「臣在。」皇甫傑和董禮雙雙跪下。

「逍遙王，朕命你近日內率三十萬大軍押送晉國殺手駐兵兩國邊境，按你的奏摺內容提出我國的要求，如果晉國不妥協，你可直接領兵直驅晉國，為我國枉死的子民報仇，揚我大齊之眉、吐我大齊之氣。

「另外，關於擴種茶樹之事，朕也准奏，此事就由兩位代表朝廷，與德馨公主一起為大齊未來的繁榮努力。由於德馨公主最近也受到驚嚇，朕會下旨派人慰問並給予賞賜。」皇甫俊一改先前的態度，不僅讚賞皇甫傑跟董禮的想法，甚至不打算將喬春問罪，反而給予獎勵。

皇甫傑和董禮飛快對視了一眼，看到了彼此眼中的笑意，齊聲應道：「皇上英明，臣等定不負皇上重望！」

「嗯，退下吧，好好準備一下出發的事情，定不能丟了我大齊國的顏面。」皇甫俊淡淡看著他們。

「是，臣等定不負使命，吾皇萬歲萬歲萬萬歲！」

相對於皇甫傑和董禮內心的喜悅，皇甫俊的心情卻很複雜。他看著皇甫傑領命離去的背影，平放在龍椅兩側的手緊握成拳，手背上青筋畢露。

想起母后昨晚對他的長篇勸解，他就生氣。為什麼母后會對皇弟言聽計從，而不能接受他的隻字片語？難道在母后眼裡，他還不如皇甫傑嗎？

第八十四章 喬夏的賭注

這天，喬春收到了皇甫傑的書信，也迎來了皇上和太后的慰問及賞賜。

而山中村村民也都聚集在唐家院子裡，準備簽田地出租的契約協議書。

唐子諾在大廳門口擺了一張桌子、三張椅子，喬春、錢財、鐵龍坐在桌前，桌上放著厚厚的契約協議書和筆墨。

鐵龍笑著朝人群望去，潤了潤喉嚨說道：「各位鄉親，請鎮長跟咱們說幾句話。」

「各位鄉親，山中村按照朝廷的意思，將成為大齊國第一個全面種植茶樹的地方。大家的田地由錢府租下，我們會一一教導大家如何種茶樹、製茶葉，也會按季、按田地畝數支付各戶生活所需銀兩，讓大家沒有後顧之憂，全心種植茶樹。我們的分成是官、商、民按二二六分，請願意出租田地的鄉親們排好隊，一個個上來簽出租契約。」錢財簡潔地解說協議內容。

人群中不知誰大聲地喊了一句：「我願意出租田地！」緊接著村民們便跟著一起喊：

「我也願意！」

喬春站了起來，看著眾人淺淺一笑，朝他們做了個暫停的手勢，笑道：「各位鄉親，我有幾點要先跟大家聲明。第一，契約的有效期限是二十年；第二，我們的分成是二二六分，鄉親們可以拿到六成。但是日後產出的茶葉，錢府會按茶葉等級來定價，因此大家日後得用心學習種植茶樹、炒製茶葉，因為只有好茶葉，才能賣出好價錢；第三，所有與唐家簽過長工協議，卻要出租田地的人，可取消契約，日後大家專心種自己家的茶樹，但是春兒希望在農忙的時候，大家能相互幫忙，同心協力。」

院子裡頓時響起熱烈的鼓掌聲，眾人紛紛大聲應道：「明白了，我們一定會相互幫忙的！」

鐵龍站了起來，欣慰地看著情緒高漲的村民，朗聲說道：「以下唸到名字的就上來簽契約協議書，領取年後第一季生活所需銀兩，不會寫字的就蓋手印。簽完以後大家就可以開始翻地，做好明年開春種茶樹的準備了。」

簽署出租田地協議的活動，持續了一個多時辰才結束。

喬春將整理好的協議書一疊遞給錢財，一疊則交給唐子諾。她站起來伸手捶了幾下後背，揚起笑臉看著錢財和鐵龍，說道：「鐵伯伯、三哥，你們辛苦了，待會兒就在我家吃晚飯吧，接下來的事情，我們還需要再商量一下。」

「好。」鐵龍和錢財對視了一眼，嘴角含笑並肩走進唐家大廳。

喬春進屋後，聽到果果和豆豆從房裡傳來的笑聲，想到自己好些天沒陪陪孩子了，便笑道：「我先去陪果果和豆豆，夏兒，妳幫鐵伯伯還有三哥泡壺茶吧。」喬春淺笑著對喬夏交代了一聲，喬春便跟唐子諾手牽著手離開大廳。

喬夏羨慕地看著那對恩愛的夫妻，美目輕轉，幽幽瞥了錢財一眼，眸底流露出淡淡的憂傷。

她這輩子跟他是不是毫無希望呢？他的心裡真的沒有她的位置嗎？喬夏在心裡默默嘆了口氣，硬生生扯出一抹淡淡的微笑，走到圓桌前，燒起了開水，接著便沈浸在自己的思緒裡。

不一會兒，銅壺的水就開了。聽到水開的聲音，喬夏猛然回過神來，手忙腳亂提過銅壺沖洗起茶杯。不知是壺嘴裡流出的水流太大，還是她心神不集中，茶杯突然一翻，往她腳邊掉下，瞬間摔成兩半，一部分開水就這樣濺到喬夏腳上。

「啊！」喬夏吃痛地尖叫一聲，銅壺也掉到地上。她反射性地伸手去摸自己的腳背，卻因此重心不穩，搖搖晃晃地就要跌倒。

坐在旁邊的錢財倏地站起來，上前伸手去拉喬夏，不料衣襟反而被喬夏扯住，整個人直直朝喬夏撲倒，兩個人的身體完美地疊合在一起，唇瓣相觸。

天旋地轉，時間定格。

兩個人睜大了眼睛，你看我，我看你。喬夏眨了眨眼，纖密鬈翹的睫毛撲閃著，刷在錢財眼皮上，令他感到一陣酥癢。

「你們沒事吧？」鐵龍從驚訝中回過神來，著急地問道。

錢財手忙腳亂地從喬夏身上爬了起來，可是已經來不及了，端著菜走出來的雷氏，剛好看到他們倆身體疊在一起，雙唇貼合的一幕。

「你們在幹什麼？」雷氏大聲吼了一句，氣呼呼地放下手裡的東西，扶起喬夏，雙眼瞪向錢財。

錢財雖沒做什麼虧心事，可被雷氏這麼一瞪，不由得一驚，白皙的臉瞬間火紅，他看著雷氏，低聲說道：「伯母，我們什麼也沒有。」

「什麼也沒有？那我怎麼看你壓在我閨女身上，嘴唇還貼著她的嘴唇？」雷氏誇張地大叫了，狠狠地瞪著想要開口說話的喬夏一眼。她接著看向錢財，語氣忽然一變，柔聲說道：「錢財啊，伯母知道你是個好孩子，也很有責任感，剛剛一定有什麼誤會，可是這事要是傳出去了，我家閨女還怎麼嫁人啊？」

在場的人都目瞪口呆地看著態度驟變的雷氏。

錢財愣愣地看著雷氏，輕聲問道：「那伯母的意思是……」

「我能有什麼意思？現在是看你的意思，希望伯母沒有看錯你。」雷氏輕鬆地將問題丟回給錢財。

「娘，您這是做什麼？剛剛三哥只是看我快跌倒了，才著急地拉了我一把，並不是您想的那樣，鐵伯伯也可以作證。」喬夏看到錢財一臉困窘的模樣，心中一緊，顧不得腳上的疼痛，連忙站到雷氏面前，焦急地向她解釋。

雷氏一聽，不贊同地說道：「夏兒，這哪是妳一個姑娘家該說的話？儘管你們不是有意的，但事實就是事實，你們已經吻在一起了。這事傳出去會不會影響妳的閨譽，妳鐵伯伯再清楚不過。」

雷氏說著，又調過頭對愣在一旁的鐵龍說道：「鐵大哥，你說這事是不是就像我說的那樣？」

「沒錯！」鐵龍輕輕點了點頭。事實就是事實，一個未出閣的姑娘家與男子嘴唇貼著嘴唇，就是有損閨譽。

「娘，出什麼事啦？」喬春和唐子諾聞聲，從房裡走了出來。

「妹子，發生什麼事啦？」正在廚房裡的林氏和廖氏也走了出來，一邊用圍裙擦著手，一邊著急地問道。

「二姊，妳被開水燙到了嗎？」喬秋瞄到地上破碎的茶杯，又看到喬夏濕掉的裙襬和繡花鞋，不禁有些擔心。

「夏姊姊，妳有沒有被燙到？沒事吧？」桃花也跑了過來，拉著喬夏關切地問道。

喬夏紅著臉，看著眾人關切的眼神，瞄了錢財一眼，羞澀地丟下一句：「我……我……我也不知道！」接著便轉身一拐一拐地往後院跑去。

喬春看到喬夏走路的樣子，連忙跑回房裡拿燙傷藥，準備去喬夏房裡幫她治療。除了她的美容美髮護方，唐子諾也製作了不少膏藥，以備不時之需。

「三弟，你說說看，你們到底是怎麼啦？」唐子諾看著丈母娘不太好看的臉色，還有錢財一副做錯事的模樣，輕蹙著眉頭問道。

「我……她……」錢財吞吞吐吐了半天，也說不出一句完整的話。

倒是一旁的雷氏被他磨光了耐心，看著眾人說道：「他壓在夏兒身上，他們還嘴貼著嘴。」

雷氏也不管在場還有未出閣的女子，狠狠瞪著錢財，氣急敗壞地將她看到的一切說了出來。

「哇……」桃花和喬秋不禁紅著臉叫了出來，轉身飛快跑進後院，準備好好拷問一下喬夏。

「呃……」唐子諾一聽，差點被自己的口水嗆到，眼光玩味地看向錢財。

他搖了搖頭，煞有介事地問道：「三弟，這事你打算怎麼辦？」

錢財六神無主地看著他，臉上浮現出複雜的神情，輕聲說道：「我也不知道。」

「什麼？你不知道？事到如今，難道你不該找人來提親嗎？我家閨女跟你都這樣了，她還能嫁給誰？又有誰會娶她？」雷氏見錢財沒給承諾，乾脆直接將話挑明了說。

說著說著，雷氏眼角流下兩行清淚，傷心地說：「我家閨女長得如花似玉，如果不是她一直不願意，我家的門檻早就被提親的人給踩平了。可是現在……嗚嗚……我可憐的女兒啊！」

唐子諾為難地看了看雷氏，又看了看錢財，一時之間也不知該怎麼辦。他嚅動了一下嘴唇，輕聲說道：「三弟，你要不就……」
「伯母，這事您容我再想想。二哥，我先走了。」錢財打斷唐子諾的話，不顧眾人愣然的神情，叫了小廝便搭上馬車揚塵而去。
錢財坐在馬車上，怔怔地伸手撫著自己的唇，用心回憶剛剛那種奇妙的感覺。
那種感覺太神奇了，喬夏的唇如此甜美，讓他不由自主地沈醉其中。如果當時不是鐵伯出聲打斷了他的遐想，或許他會用力吻下去，好好感受那種陌生又銷魂的感覺。
喬伯母的意思再明顯不過，她是要他對喬夏負責。但他不是不想負責，而是始終過不了自己這一關。他承認他在害怕，他害怕自己會突然死去，害怕不能陪喬夏到老，害怕自己會讓喬夏以後更傷心、更孤獨……這一切他賭不起，也沒有信心去賭。
喬春推開喬夏的房門，拿著燙傷藥走了進去。她牽起喬夏的手，關心地說道：「夏兒，快坐下來，讓大姊看看妳的腳。」
「大姊，我沒事。」喬夏無精打采地回道。
喬春不理會喬夏說的話，用力地按著她坐了下來，逕自蹲下身子，抬起她的腳，輕輕脫下她的鞋。
隨著喬春的動作，她的頭頂上傳來喬夏吃痛的吸氣聲。
喬春放輕了手勁，輕柔地脫下布襪，看著喬夏腳背上的大水泡，她秀眉緊擰，抬頭微微不悅地看著她說道：「都這個樣子了妳還說沒事?!」

喬夏神情不太自然地躲開喬春的眼神，撇了撇嘴，死鴨子嘴硬道：「真的沒事。」

「啊！」腳背上驟然傳來劇烈的疼痛，讓喬夏不禁大聲尖叫。

從門外走來的桃花和喬秋，聽到喬夏的尖叫聲，一臉緊張地跑進來，問道：「出什麼事啦？」

「……沒事！」喬夏緊皺著眉，沒好氣地瞋了喬春一眼。

喬春無視她的眼光，伸手將一些膏藥塗抹在她腳上，低頭笑道：「沒事，只是有人平時鴨子吃多了而已。」

「鴨子？我們家裡不是沒有養鴨子嗎？」喬秋皺著眉，不解地問道。

「呵呵。」喬春輕笑了起來，看著喬夏說道：「我是說她死鴨子嘴硬。」

腳盤上傳來清涼的感覺，方才那種火燒般的痛感稍微褪去，喬夏抬眸看著她們，笑道：「呵呵，我哪有？我真的沒事，大家別擔心。」

「二姊……妳真的沒事嗎？娘剛剛在大廳裡說妳和三哥嘴貼著嘴耶，這是真的嗎？」喬秋忍不住好奇地問道。

桃花也是緊緊盯著喬夏，等待她的回答。

就連喬春也是萬分期待，她一邊輕柔地替喬夏的腳搽上膏藥，一邊將耳朵豎直。

三哥和夏兒嘴貼著嘴，而且還被娘親撞見了……真是太有意思啦！對於自己不在事發現場，喬春不禁懊惱起來。

「我……我們……哪有？」喬夏結巴著，決定否認到底。

桃花和喬秋看她這個樣子，立刻明白雷氏說的都是事實，不過她們決定暫時放過她，因為喬夏的臉已經紅得像是著火了一樣。

「姑娘們，都出來吃飯吧。」門外傳來廖氏的聲音。

喬春站了起來，看著喬夏說道：「夏兒，妳先別穿鞋，就在房裡吃吧，我去幫妳把飯菜端過來。」

「大姊，妳去吃飯，我來端飯菜給二姊就可以了。」喬秋說著便率先走了出去。

晚飯過後，雷氏拉著喬春來到絲瓜藤下，商量喬夏和錢財的事情。

「春兒，這事妳看該怎麼辦？我本以為可以順水推舟，將他們兩個送作堆，沒想到錢財態度竟然如此，真是令我太失望了。」雷氏有些憤怒地道。

喬春牽過雷氏的手，笑道：「娘，您的想法我明白。可是事情不能只看表面，三哥並不是真的對夏兒沒感覺，他只是對自己沒信心。」

「對自己沒信心？什麼意思？」雷氏不解地問道。

勾了勾唇角，喬春緩緩將上次巧兒成婚時，在錢府發生的事情都告訴了雷氏。

雷氏愕然地看著喬春，不確定地說道：「妳的意思是，錢財其實也喜歡夏兒，只是他怕自己的病會連累夏兒？」

喬春點了點頭。

「那他……他的心疾真的不礙事了嗎？」雷氏不太放心地問道。

想到要把女兒的幸福交到一個可能沒有未來的人手上，雷氏有些猶豫了。

喬春不答反問：「娘，柳伯伯的話，您不相信嗎？」

「我信，可是……現在我們該怎麼幫助他們呢？」雷氏繼續問道。

「我再想想，等我想好了，再告訴娘，好嗎？」喬春安撫道。

「好，妳想好了就告訴我。如果他們真心相愛，我倒也是去了一件心事。」雷氏目光悠遠，不知道在看什麼，搖了搖頭，又點了點頭，道：「春兒，回屋休息去吧。」

喬春拍了拍雷氏的手背，笑道：「娘，您不用擔心，我和二哥會想個好辦法，您就靜候我們的消息吧。您也要好好照顧自己，爹的傷還需要您來照顧呢！」

「好，娘知道。妳去休息吧。」雷氏笑了笑，轉身就往房裡走去。

喬春則是站在絲瓜藤下，怔怔地看著雷氏的背影發呆。幾年的時間一晃而過，雷氏年紀大了，頭上也生出一些銀絲，現在心心念念的，就是閨女們的終身大事了。

唉，錢財到底在想什麼？

今天這事是有意也好、無意也罷，在這民風嚴謹的地方，既然他們在有外人的情況下發生那種事，不也就只能成親了嗎？

看來她還真得和唐子諾好好商量一下，想個好辦法才行。

喬春輕輕推門而入，看到唐子諾正坐在書桌前，整理下午簽好的協議書。他看到喬春走了進來，笑著說道：「四妹，岳母大人是找妳談三弟與大姨子的事嗎？」

燈光下，唐子諾嘴角那溫暖的笑容如同盛開的木蘭花，幽幽留香，令人不自覺地沈溺在他的柔情裡。

門外的微風吹來，輕輕的拂過喬春的頭髮，綠衣裙襬飄飄，乍看之下，喬春就像是個誤闖人間的仙子，讓人想緊緊抓住她不放。

兩人就這樣凝視了彼此一會兒，喬春甚至忘了唐子諾剛剛的問題，只是一味沈浸在濃情密意中。

「老公，咱們到屋頂上坐坐好嗎？」喬春輕聲要求道。

唐子諾彎起唇角，笑著點頭道：「好啊！花前月下，佳人相伴，這般美好的事情，為夫自是萬分樂意。」

他放下手裡的東西，站起身朝她走了過來，溫柔地牽起她的柔荑，親暱地並肩走出房間。唐子諾的手環在喬春腰上，用力摟緊，輕身向上一躍，便已帶著她上了屋頂。

兩個人依偎著坐了下來，任由自己沐浴在秋天微涼的夜風中。天邊懸掛著一彎月牙兒，夜空中繁星璀璨。

喬春輕輕閉上眼睛，感受夜風拂過臉頰的清爽。她深深吸了一口清甜的空氣，頓時覺得生活無限美好。頭靠在唐子諾健壯有力的肩膀上，喬春頓時覺得好滿足、好溫暖……

「老公，我唱首歌給你聽，好不好？」此刻她想透過歌聲讓他知道自己的心情和幸福的感覺。

「好！為夫洗耳恭聽。」唐子諾將頭輕輕抵在喬春頭上，彎著嘴角說道。

喬春潤了潤喉嚨，閉著眼睛靠在他肩上，投入感情地清唱〈平凡的幸福〉——

享受和你在一起的時光
想偷著笑，你就在身邊
簡單的家溫暖著我的心
不用豪宅和名貴首飾
戀上你的那天開始
我的心暖暖的
有你陪在我身邊
不需要熱鬧場景
平凡就是幸福
有你就擁有生命全部

我不貪心，愛著你就夠
一輩子好滿足
過程辛不辛苦，我不在乎
美麗的未來我們會相互照顧
朋友笑我們太像老夫老妻
少了激情，我們選擇安定
你的愛是那麼的明顯
我會放在我的心裡面
找到屬於我們的天堂
避開所有別人眼光，自由飛翔
我們最好能一起摟著，令愛不會消滅

喬春特殊的唱腔，獨特的旋律，一道道美麗動聽的音符，一句句動聽感人的歌詞，隨著微風傳進唐家每個人耳裡。每個人都被歌詞裡的意境所打動，腦子裡不由得浮現出一對相愛的戀人過著平凡的生活，臉上卻洋溢著幸福笑容的情景。

一曲落下，唐子諾閉上了眼睛，靜靜與她相依相偎，靜靜感受平凡的美好。

一曲落下，桃花已是熱淚盈眶，站在房間窗前眺望遠方，思念著隨皇甫傑出發到晉國邊境的鐵百川。

一曲落下，窩在被子裡的喬夏低聲哭泣，唉嘆那段無望的感情。

一曲落下，眾人思緒各異。

「老公，我們該想個什麼辦法來幫三哥和夏兒呢？」喬春柳眉輕蹙，閉著眼睛，突然冒出這麼一句話。

唐子諾坐直身子，睜開眼抬頭看著天上的星星，說道：「我沒什麼好辦法，感情的事情我們也插不上手。妳知道三弟的性子，雖然萬事精明，可說到感情，卻瞻前顧後。」

唐子諾說著，低下頭扳著喬春的雙肩，眸光不安地閃爍著，低聲問道：「老婆，妳說三弟會不會是對妳還沒有死心？」

「不可能，三哥是什麼樣的人，我很清楚。他在結為義兄妹前的確對我有些賞識，可是那不代表是愛，成為義兄妹之後，就更沒什麼了。他是有分寸的人，你不該這樣懷疑他。」喬春直勾勾地看著唐子諾，黑眸清亮，神情堅定。

她不是神經大條的人，初識不久，錢財對她的欣賞逐漸加深，她不是不明白。可大家結為義兄妹後，她就看出錢財已將那剛要萌芽的種子給掐碎。現在他們之間有的是兄妹之情，斷不可能有愛情。而且，錢財不可能做出對不起兄弟的事情，甚至連遐想都不會有。

就是因為錢財是這樣一個人，她當初才會與他結為義兄妹，兩個人相交、相知、相扶持。只為知己，無關風月——這就是她和錢財友情最佳的注解。

「老婆，對不起！我不該用這樣的想法侮辱自己的老婆和兄弟。」唐子諾聽喬春這麼一說，頓時感到羞愧無比。

喬春輕輕一笑，說道：「你哪裡是對不起我？是對不起三哥，好不好？」

兩個人相視一笑，很有默契地同時抬頭看向星空。

喬春扭著手指，突然心生一計，猛地轉頭看著唐子諾，說道：「老公，你明天就散布消息出去，我們要為夏兒公開招親。有誠意者，我們以花茶的配方作為嫁妝。」

唐子諾轉過頭，愕然地看著喬春，濃眉緊擰，不太確定地問道：「妳要公開為夏兒招親？妳有跟岳父和岳母商量過？夏兒同意嗎？」

這麼瘋狂的事情，唐子諾想都不敢想，更何況實行。一個姑娘家公開招親，這事一傳出去，必定造成轟動，更別提喬春的花茶配方有多誘人了！

「既然三哥不敢誠實面對自己的心，我就給他下一劑猛藥，逼他面對自己的心，承認自己的感情。」喬春的嘴角勾起一彎淺淺的弧度。她相信，人被逼著作抉擇的時候，一定會認清自己的心。

「如果三弟還是退卻呢？」唐子諾有些擔憂地問道。

喬春朝他瞥了一眼，淡淡說道：「夏兒的年紀不小了，如果三哥一再退卻，那我只會認為三哥不值得她癡心對待。我相信一定會有適合夏兒的人出現，打開夏兒的心扉，給她幸福。我從不認為必須是特定對象才能給誰幸福，幸福是自己給的。沒有那個人就活不下去，是高估那個人對自己的重要性。說到底，時間就是良藥，能讓人治好心中的傷。」

唐子諾怔怔地看著喬春，腦子裡重複著她剛剛說的話。他不禁猜測她以前是不是受了什麼嚴重的感情傷害。「老婆，妳以前是不是受過什麼……什麼……」

喬春轉過頭，眸底幽光流淌，看到唐子諾的疑惑跟關心，剎那間，內心充滿暖意，眼角微微濕潤。

她只告訴他自己是穿越時空而來的靈魂，卻沒有告訴他自己的經歷，而他也貼心地從來沒問過她任何問題，想必是她今夜的表現讓他有些擔憂吧。

「你想問我，以前是不是在感情上受過傷害？」喬春替唐子諾把問題說了出來，見他點頭如搗蒜，輕嘆了一口氣，坐直身子，回憶起那段致命的感情。

喬春的肩膀微微抖動，眼神渙散，目光沒有焦距地望著前方，緩緩說出傷心往事。

二十一世紀的她，沒真正享受過愛情就結婚了，婚後夫妻兩人與寡居的婆婆住在一起。雖然家境富裕，但丈夫跟她都各忙各的，平時也沒什麼交集，倒是她婆婆對她「很感興趣」，動不動就挑她的毛病，讓她煩不勝煩。

即使他們是因為對彼此的事業有幫助才結婚的，但她心裡依然住了個渴望愛情的小女人，總是暗自期盼丈夫對她是特別的。只不過這些期待一次次落空，她也一次次受傷。

直到她懷了身孕，覺得孩子對婚姻多少有點幫助時，卻發現丈夫外遇了，對象是他朝夕相處的女秘書。在那一刻，她才發現原來自己不如想像中堅強。她崩潰過也痛哭過，最後才下定決心往後要將重心放在孩子身上，不再奢望愛情。

然而，不知是不是丈夫外遇給她的打擊過大，孩子竟然胎死腹中，讓她失去唯一的寄託，只能悲傷絕望地躺上手術檯。之後她的靈魂就這樣穿越時空，附到大齊國的喬春身上。

「老婆，對不起，我不該讓妳回想以前的傷心事。那人是個渾蛋，放著明珠不要，偏要那魚目。」唐子諾疼惜地摟過她的肩膀，又道：「不過，我倒要感謝他。」

喬春不明所以地看著他，問道：「既然說他是個渾蛋，你還要感謝他？」

「是啊，如果不是他錯把魚目當明珠，我們又怎麼能像現在這樣幸福呢？」唐子諾溫柔地看著喬春。「老婆，我不知道該給妳什麼樣的承諾，但是我能保證只要我在的一天，就會愛妳、疼妳、陪伴妳。」

「嗯。」喬春感動地凝視著唐子諾好一會兒，才輕輕靠在他肩上。

「老公，你明天就把夏兒要招親的事公布出去，爹娘和夏兒那邊我會去跟他們說。明天我再去一趟錢府，有些事情得打鐵趁熱。」

說著，一陣風吹了過來，涼得讓喬春不由自主地抖了一下身子，伸手拉緊自己的衣服。

「老婆，上面風涼，咱們下去歇息吧。」唐子諾心疼地攏了攏喬春被吹亂的髮絲。

喬春微微頷首，唐子諾便一把抱起她跳到院子裡，甜蜜地走回房裡。

燈光下，喬春水眸蕩漾，眼睛一眨也不眨地看著唐子諾。兩個人的距離很近，近到彼此呼出來的氣能吹到對方臉上。

喬春的手緊緊圈著唐子諾的脖子，仰頭飛快地輕啄了一下他的唇，淡淡的男性氣息撲入鼻腔，頓時讓她有些意亂情迷。她的目光鎖定他的唇，趁他還望著她出神時，立刻咬住他的唇吸吮、品嚐。

唐子諾低吼了一聲，化被動為主動，瞬息之間便奪回了主權，動作熟稔地挑撥著她身上的敏感部位。

喬春用力推開他，紅著臉，氣喘吁吁地嬌嗔：「你是獵物，我是你的主人。今天我要讓小白兔化身為狼，偶爾奪回主權一次。」

說著，喬春靈巧地從他身下滑了出來，長腿一勾，跨坐在他身上。

「小子，你準備好了嗎？」喬春邪肆地笑了下，痞痞地向他挑了挑眉。

唐子諾看到喬春的表現，內心早已笑翻，臉上卻裝出一副害羞的模樣，伸手抵擋在自己胸前，怯怯地說道：「主人，請溫柔一點，人家會害羞的。」說著，還不忘向喬春拋了個媚眼。

喬春神色睥睨地看著他，伸手捏了捏他的臉，笑道：「主人一定會好好疼你的。」嘖嘖，想不到他領悟力這麼高，居然還能裝出這副模樣，看她今晚怎麼好好咬他一頓！

「熄燈。」喬春居高臨下地看著唐子諾，命令道。

「哦。」手指輕彈，咻的一聲，房間裡頓時一片漆黑。

「把衣服脫掉。」黑暗中，清脆的聲音再次響起。

「哦。」黑暗中，響起一陣衣物掉落聲。

「怎麼這麼快？我的不用你脫啦！喂……」她的聲音由驚訝演變成驚慌。

「喂……你犯規，你才是獵物，喂……你怎麼可以這樣？」

看來，喬春這隻小白兔終究沒能奪回主權，依舊被大野狼爽快吞下。

第二天，喬春暗地裡將計劃告訴雷氏，並獲得到她的支持後，先交代唐子諾記得散布消息，再來到喬夏的房裡，向她說明大家的決定。

喬夏聽完喬春的話以後，整個人愣在那裡，完全不能消化喬春話裡的意思。居然要替她公開招親？而她還是最後知道的那一個！

「大姊，妳為什麼要這樣做？」喬夏的臉色有些蒼白，想不透喬春的用意。

喬春輕輕笑了一下，拍了拍她的肩膀，說道：「我想用這個法子，逼三哥正視自己的心。夏兒，三哥他心裡有妳，他只是不敢面對而已。」

美眸圓瞪，喬夏一臉不敢置信地看著喬春，囁嚅道：「大姊，妳別開玩笑了。」

喬春看著她，認真地說道：「夏兒，大姊仔細考慮過，如果這麼做他都不正視自己的感情，那他就不值得妳對他好了。妳要相信大姊。待會兒我會去一趟錢府，我可不可以將妳為他縫製的那些衣服送去給他？」

「大姊，妳是怎麼知道的？」喬夏頓時滿臉羞紅。

「傻妹妹，妳以為妳瞞得過大姊？我把衣服送給他，說是妳做的，就不相信這麼一劑猛藥還不能讓他清醒！」

「真的可能嗎？」喬夏不確定地看著喬春。

喬春一臉肯定地點了點頭。

「東西在衣櫃裡，大姊，妳去拿吧。不管他接不接受我的感情，我都不後悔，至少我努力過。」喬夏像是想清楚了，伸手指向衣櫃。

喬春伸手拉開櫃門，頓時被衣櫃裡清一色的藏青色長袍給閃了下眼。她轉過頭看著喬夏，心疼地說：「夏兒……妳到底花了多少時間？」

喬夏強扯出一抹笑容。「大姊，幫我送去吧。如果他還是不肯面對，就只好麻煩大姊幫我覓一個好郎君了。」

看到喬夏笑比哭還難看，喬春的心裡很是難過，卻只能點頭應承。

帶著一大包新衣服，坐著馬車，喬春思緒飛騰地來到「錦繡茶莊」。她走進茶莊時，見小二在招呼客人，而錢財則是心事重重地坐在品茶區。

喬春朝他走過去，拍了拍他的肩膀，語氣不善地說道：「三哥，你進來一下。」

錢財微微一怔，抬頭看著喬春走向後院的背影，嘴角逸出一抹苦笑。她一定也知道他吻了喬夏的事了，她這是生他的氣嗎？氣他不肯對喬夏負責嗎？

喬春站在書房圓桌前，見錢財一臉憔悴地走進來，心頭的氣更是瀕臨爆發。喬春上前幾步，拉過錢財，火大地扯開包裹，指著一桌子藏青色長袍，大聲吼道：「三哥，你好好看看這些，這些都是夏兒偷偷替你縫製的衣服。難道這些還不能讓你感動嗎？你的心難道是鐵打的嗎？」

錢財驚訝地看著桌上的衣服，愣愣地站著，一句話也說不出來。

「你說話啊！為什麼不說話？就因為你那根本就沒什麼大事的心疾，讓你狠下心來拒夏兒於千里之外嗎？夏兒不小了，她已經十七歲了。我給你三天的時間，你好好想想。三天後，如果你還是繼續要當縮頭烏龜，我就正式為夏兒公開招親。反正我娘已經發話，消息也散布出去了。」

喬春看著錢財眼神呆滯，臉上沒有任何表情，不由得更生氣。她伸手一把推開他，一邊大步向外走，一邊大聲丟下了幾句話：「人生難得有情人，如果你真的一直這樣遲遲沒有行動，我想我會因此看不起你！」

喬春走了以後，錢財像是氣力放盡似地一屁股坐了下來，他伸手拿起桌上的藏青色長袍，細細端詳著，眼底水氣聚攏。

衣料上有的繡著栩栩如生的翠竹，有的繡著蒼松，有的繡著祥雲……每一針每一線都是那麼細緻，完全能看出執針人的用心和真摯的情感。

錢財拿著衣服的手微微顫抖著，目光迷離，眼前彷彿浮現喬夏在油燈下，一邊微笑，一邊縫製衣服的情景。
想著想著，心不由得一緊。錢財伸手撫摸著這顆開始抽痛的心，不去理會，任由它變得愈來愈痛。
四妹說，要為夏兒公開招親了；
四妹說，夏兒已經滿十七歲，不小了，到了成親的年齡了；
四妹說，如果他一直做縮頭烏龜，她會看不起他；
四妹說，人生難得有情人；
四妹說，給他三天的時間……
頭慢慢靠在衣堆上，錢財嘴角勾起了一抹微笑，慢慢合上了眼簾。
他想抓住幸福，他不想做縮頭烏龜……

第八十五章　互表心意

喬春剛回到家裡不久，錢財的小廝就火速趕來，一進門就帶著哭腔請柳如風去替他家少爺看診。

唐、喬兩家的人聽說錢財再次犯病，全都著急了起來。在房裡的喬夏聽到消息後，一顆心亂成一鍋粥，立刻一拐一拐走到大廳，看著唐子諾和柳如風，央求道：「柳伯伯，大姊夫，你們帶我一起去好嗎？」

「不行！別說妳腳上的燙傷還沒好，就是好了，妳一個未出閣的姑娘家怎麼可以冒失地去一個男子家裡呢？這事要是傳出去了，妳要怎麼辦？」雷氏走過來，拉著喬夏的手，厲聲反對。

錢財既然身子有問題，又不願面對自己的感情，那麼事情就到此為止吧。現在要把夏兒交給他，她反而不放心，畢竟在一個母親心裡，自家孩子永遠最重要，她可不敢輕意拿閨女的終身幸福開玩笑。

喬夏轉過頭，雙眸盛滿哀求地看向喬春，暗暗向她眨眼，要她幫忙一起求雷氏。

此時喬春心裡也是七上八下，她心裡明白，錢財這次犯病與自己那一番話是有密切關係。難道……自己下的藥太猛了?!

接過喬夏的暗示，喬春上前站在雷氏身旁，輕聲說道：「娘，要不就讓夏兒去看一下吧。您不讓她去，她放心不下。」

雷氏一聽，轉過頭板著臉看著喬春，說道：「春兒，夏兒糊塗，妳怎麼也跟著糊塗起來了？這事能隨她的意嗎？要是傳出去了，她還要不要嫁人？」

「那我就不嫁。」喬夏或許真的是急壞了，看雷氏無論如何都不同意，話沒經過大腦就脫口而出。

在場的人都怔住了。

錢財的小廝心急如焚地看著柳如風，說道：「柳神醫，請您快去看看我家少爺吧！」

柳如風點了點頭，隨即快步隨那小廝走向馬車。

「我也去。」喬夏抬步就往門外走。

雷氏紅著眼，看著頑固的喬夏，大聲喝道：「妳是存心要氣死我嗎？妳走了就別再回來，我丟不起這個人！」

喬夏只是略微停頓了一下，便抬腳繼續往馬車走去。

「娘，您說的這是什麼話？」喬春緊擰著柳眉看了雷氏一眼，轉身提起裙襬追向喬夏。

「夏兒，妳等等大姊，我也去看看！」

「岳母大人，有春兒陪著，相信別人不會亂說話。您就放心在家裡等消息吧，我和師父先去看看。」唐子諾神情複雜地看著雷氏，輕聲安撫她激動的情緒，又向喬秋使了個眼色，要她穩住雷氏，這才轉身往大門外走去。

馬車上，喬春看著心神不寧的喬夏，輕輕嘆了口氣，安慰道：「夏兒，三哥一定不會有事的。對不起！如果不是我這麼自以為是，也許他就不會犯病了。」

喬夏淚眼婆娑地抬起頭，吸了吸鼻子，說道：「大姊，這事不能怪妳，妳這麼做也是為了我。」

看到喬夏這個模樣，喬春心底的悔意更濃，如果時光可以倒流，她也許就不會這麼做了。只是，柳伯伯不是說三哥的心疾已經穩定了，為什麼他這麼容易又犯病了？

面帶疑惑地看向柳如風，喬春忍不住問道：「柳伯伯，您不是說三哥的心疾已經穩定下來了嗎？為何……」

「上次我診治的結果是這樣沒錯，也許他最近勞累過度，也可能是他沒按時服藥。待會兒我再詳細幫他診斷，你們別太擔心，他的病就算發作，也不會有生命危險。我剛剛已經問過小廝了，他說當時已經先替錢財餵過我煉的心丹了。」柳如風捋了捋鬍子，眸中閃過一絲不解。

唐子諾看著喬春兩姊妹臉上不自覺地流露出濃濃的擔憂，連忙安撫她們。「妳們都聽到師父的話了，別著急。待會兒就到了，讓師父替他診斷一下，就知道是怎麼一回事了。」

馬車行駛在山間小路上，半個時辰後，便已到了錢府大門前。小廝跳下馬車，領著他們著急地走向錢財的房間。

「各位請進，少爺就在房裡。」小廝趕緊請他們進房。

柳如風和唐子諾一起走進內間，喬春和喬夏則留在外間，靜等診治結果。

沒多久，錢夫人和錢老爺便從內間走了出來。錢夫人輕拭眼角的淚水，抬頭看著喬春，再度淚流滿面。她難過地走上前，拉著喬春的手，哽咽道：「春兒，妳來啦。妳三哥他……他……他到現在都還沒醒過來，妳說他會不會有事啊？」

錢夫人早已拋開對喬春身分的顧慮，現在她一心想的都是錢財的安危，一見到自家兒子疼愛的義妹，只想盡情宣洩情緒。

喬春連忙緊緊回握住錢夫人的手，一臉堅定地說道：「伯母，您放心。有柳伯伯在，三哥一定不會有事的。」

「嗯，希望菩薩保佑他，讓他快點好起來。他從小到大受過太多苦了，老天如果要懲罰，也該是罰我呀。」錢夫人說著，忍不住責備地看了錢老爺一眼，淚水止不住往下流。

錢老爺則是愧疚地低下頭，一句話也不敢說。儘管他對錢財極好，也很順這個兒子的意，但對妻兒的虧欠豈止是這樣就能彌補的？現在妻子肯不計前嫌回到錢府跟他住在一起，還對形同廢人的錢滿江關懷備至，他還能有什麼奢求？老天真的對他已經夠仁慈了。

喬春抽出手絹，溫柔地幫她擦拭淚水，看到站在一旁偷偷拭淚的喬夏，連忙拉過她，向錢夫人介紹道：「伯母，這位是我的二妹。夏兒，來見過伯母。」

「伯母，您好！」喬夏乖巧地向錢夫人行禮，抬起紅紅的眼睛看著她。

錢夫人看著酷似喬春的喬夏，不由得一怔，若有所思地看著她發紅的雙眼，瞬間似乎明白了些什麼。她微笑著牽過喬夏的手，讚道：「真是個可人兒。來，咱們到這邊坐下來，等柳大夫他們吧。」

喬夏點了點頭，看著一旁一直被忽視的錢萬兩，恭敬地向他行禮。「錢伯伯，您好！」

「好！好！好！坐下來等吧。」錢萬兩受寵若驚地咧著嘴，笑呵呵地看著知書達禮的喬夏。他轉過頭，朝候在房裡的丫鬟吩咐道：「妳們快上茶，再備點心來。」

他以為自己一定會被她們三個女人給晾在一邊，沒想到眼前這個姑娘會向自己行禮，讓他有臺階下，實在很貼心。

錢萬兩沒有忽略喬夏紅紅的眼眶，以及她剛才偷偷擦拭眼淚的動作，心裡已經明白她與錢財的關係不簡單。

唐家和喬家已今非昔比，不但財富驟增，喬春還是太后昭告天下的義女，堂堂大齊國的公主。她與錢財已經是義兄妹，如果兩家還能結成親家，對錢府的發展將相當有助益。

「喬姑娘，妳的腳？」錢萬兩忽然注意到喬夏左腳微跛，輕聲問道。

喬夏轉過身看著錢萬兩，應道：「都是我做事毛躁。之前沖泡茶湯時，被開水給燙了一下，已經上過藥了，不礙事的。」

錢萬兩懸著的心放了下來，滿意地打量著喬夏，連忙吩咐跟在他後面的貼身下人道：

「你去取家裡上好的燙傷藥過來，讓喬姑娘帶回家去搽。」

「是，老爺！」

「錢伯伯，這怎麼好意思呢？」喬夏推辭道。

「怎麼會不好意思？妳才是有心人，特地到家裡來看望小兒。」錢萬兩毫不避諱地表現出對喬夏的好感。

喬春聽著錢萬兩的話，心中不由暗道：好你個無良老狐狸，看似感謝的一句話，卻讓人輕易聽出了喬夏喜歡錢財的事。試問有哪個未出閣的姑娘會無緣無故跑去看望一個男子？不過，就他的態度看來，倒是對喬夏很滿意。

喬春一直不喜歡錢萬兩，甚至可以說是討厭，如今為了喬夏和錢財，她往後不能再隨心對他了。

雖然不能再整錢萬兩，讓喬春覺得有點可惜，但她不禁有點開心。現在她可以肯定，錢財和喬夏的事，錢氏夫婦一定不會袖手旁觀，也許喬夏今天來錢府是再正確不過的決定了。

「錢伯伯見笑了。因為，喬夏一個閨中密友明天就要成親了，我便讓她跟著一起過來，待會兒回家前會陪她去挑一件禮物。」喬春笑了一下，朝喬夏眨了眨眼，替她解圍。

她就是看不慣錢萬兩這副精明老狐狸的樣子，好像一切都逃不過他的眼睛似的。雖然她不會再惡整他，但她還是不想看到他過得太愜意。

「呵呵，喬姑娘真是個重情重義的女子，自己都受傷了，還想著親自為閨中密友挑禮物。不知喬姑娘貴庚？可有訂親？」錢萬兩乾笑兩聲，話鋒一轉，一臉笑意地問道。

「呃……」喬夏被他的毫不掩飾跟直接給問愣住了。

錢萬兩看到喬夏愣然的模樣，連聲道歉。「真是對不起，我真是個老糊塗，居然當著姑娘家的面問這樣的問題，請喬姑娘莫要見怪！」

這隻老狐狸一會兒不做表面功夫就會死啊?!喬春垂下頭，偷偷地賞了大白眼。她看了喬夏一眼，忍不住在心中吶喊：「夏兒，千萬別那麼老實！」

誰知喬夏臉色微紅，完全沒聽見喬春的心聲，抬頭看著錢萬兩，如實答道：「錢伯伯是長輩，問晚輩這事也只是出於關心。夏兒已滿十七，只不過各方面都不出色，哪有人看得上？」

喬春暗暗嘆了口氣，她就知道喬夏一定會中了老狐狸的套，將一切都供出來。不過這樣也好，讓他們知道喬夏的情況，對她和錢財的發展也有幫助。

「夏兒真愛說笑。依我看啊，將來能夠娶到夏兒的人，一定很有福氣！」錢夫人笑呵呵地接過喬夏的話。這個夏兒真不錯，不僅貌美有禮，還很謙虛。

「伯母，您過獎了。」喬夏一張臉蛋紅得像火燒似的。

看得錢萬兩和錢夫人笑得樂呵呵，對喬夏非常滿意。

「伯父、伯母，三弟已經醒了過來。」唐子諾從內間走了出來，神情輕鬆地看著眾人，目光停留在喜出望外的喬夏身上，又道：「大姨子，三哥請妳進去一下。」

在場所有人的目光整齊劃一地看向喬夏，她不好意思地垂著頭向錢氏夫婦微微欠身，轉身慢慢朝內間走去，一顆心不由得怦怦直跳，既期待又害怕。不知道錢財會跟她說什麼？

柳如風也從內間走了出來，看著錢老爺和錢夫人，道：「錢老爺，我們到外面去討論一下錢財的病情吧。」

「好。」錢萬兩應了聲，眼神不自覺地瞄了內間一眼，笑著對柳如風和唐子諾說道：「請！」

柳如風和唐子諾點了點頭，便隨錢萬兩朝外面走去。

「伯母，咱們一起出去聽聽柳伯伯怎麼說吧？」喬春牽過錢夫人的手，淺笑道。

錢夫人的目光從內間的方向收了回來，看到喬春的眼神，更加肯定錢財和喬夏的關係不尋常。她親暱地握緊喬春的手，轉身開心地往門外走去。

心中大石總算放了下來，如今看來，她可以開始操辦兒子的婚事了。

喬夏感覺自己的心臟快要跳出來了，她低著頭慢慢朝躺在床上的錢財走過去，站在床前，手指不安地扭動。

錢財定定看著一臉羞澀的喬夏，眸底不自覺散發出溫柔的光芒。

剛剛二哥說，喬夏一聽到他病了，就不顧自己腳上有傷，更不管雷氏阻攔，毅然決然跟著他們來到錢府。喬伯母還在她離開前撂下狠話，說要是她出去找他，就別回去了。

儘管如此，她還是來到錢府，只為能在第一時間知道他的病情。

如果說他沒被她感動，那是假的；如果說他沒愛上她，那是騙人的。

這一次犯病，他作了一個好長的夢，夢見喬夏嫁人了，而自己則是在後悔中一個人孤老，在無數個夜裡嘗盡無邊的寂寞和後悔。

夢中那趨近真實的心痛，讓他喘不過氣來，整顆心像是碎裂了一般。但是醒來以後，聽二哥說喬夏人正在錢府時，他的心突然變得很溫暖，盛載著滿滿的甜蜜和幸福。

在夢中他明白了失去的痛苦，這一次他決定不管未來會怎樣，一定要好好愛惜她，還有自己的身體。

終此一生，願得有情人。他會將幸福緊緊抓在手中，再也不會輕易放開。

「夏兒，妳過來坐下，我有話要說。」錢財臉色泛白，但精神很好。他抬起手輕輕拍了拍床沿，眼神一直緊盯著喬夏，無法移開。

喬夏向來開朗、熱情，但面對錢財突如其來的溫柔，一時之間又驚又喜，竟是反應不過來，臉色緋紅地站在原地，不知如何是好。

錢財見她一副小女人姿態，不由得彎起嘴角，輕笑著揶揄她道：「夏兒，妳是在怕我嗎？我這個樣子，難不成還能對妳怎樣？」

喬夏聽到錢財的揶揄，猛地抬起頭一臉驚訝地看著他。只見他臉色蒼白，嘴唇泛紫，整個人病懨懨地躺坐在床上，卻是滿臉笑意，目光溫柔地看著她。

她快步走過去，坐在床沿上，心痛地看著他，眼眶泛紅道：「三哥，你好些了沒？」

「沒事了，妳別擔心。」嘴角扯出一抹淺笑，錢財低下頭，眼睛不自覺地看向喬夏那疊放在雙膝上的手。內心掙扎一番過後，便慢慢將手伸過去，輕輕將她的柔荑包進自己手心裡。

喬夏的心跳頓時失速，她微微抬眸迅速地看了錢財一眼，又紅著臉飛快垂下頭。

喬夏心裡很是納悶，不知錢財為何態度驟變，他眼神裡的那股柔情濃烈得讓她飄飄然，像是在作夢。他……終於肯面對自己的心了嗎？

「夏兒。」錢財柔聲地叫著喬夏的閨名，而喬夏就像是被他溫柔的聲音給蠱惑了似的，慢慢抬起頭，眸光蕩漾地看著他。

「夏兒，對不起！」

喬夏聽到錢財這句「對不起」，心頭猛地一緊，以為他又要拒絕自己，剎那間眼眶泛紅，用力抽回自己的手。

錢財再次抓過她的手，緊緊握住，不讓她有機會再抽離。他深情款款地看著她，說道：「夏兒，妳別動，聽我說。我以前因為害怕自己的病會連累妳，所以才會一直違心地對妳的好視而不見。夏兒，請妳原諒我。我發誓，我如果再做任何傷害妳的事，我就……」

錢財的嘴忽然被喬夏的手捂住了，她臉上綻放著燦爛的笑容，水眸璀璨，輕輕對他搖了搖頭。「三哥，我相信你！」

兩個終於對彼此打開心扉的人，想說的話說也說不完，不知過了多久，喬夏便被唐子諾給叫了出去。唐子諾一再叮嚀錢財要靜養身體，等他早日上門向喬夏提親，他們就能親上加親，由義兄弟再變成連襟，說完後，唐子諾才笑嘻嘻地走出錢財的房門，準備返回山中村。

錢氏夫婦笑呵呵地送柳如風一行人出門，錢夫人更是一臉喜色地拉著喬夏的手，滿口稱讚，彷彿早已當她是媳婦，惹得喬夏滿臉嬌羞。

「嗯，夏兒真是個好姑娘，呵呵！」錢夫人對喬夏愈看愈滿意，頻頻點頭。

喬夏紅著臉，羞得連頭都抬不起來。

「錢老爺，錢財的病不礙事，只要多休息，按時服藥就行，我們先告辭了。」柳如風看著錢萬兩，拱手告辭。

錢萬兩笑呵呵地回禮：「柳神醫慢走。哪日得閒了，咱們兄弟得好好喝上一杯，敘敘舊。」

「行！也許過不了多久，就能喝到錢財的喜酒了。」柳如風捋著鬍子，看著滿臉緋紅的喬夏，哈哈大笑起來。

他是江湖兒女，向來不拘小節，如今看錢財已經打開心結，不禁笑逐顏開，十分期待這兩個年輕人的婚禮。

幾個人一一向錢氏夫婦道別後，就上了錢府的馬車。錢氏夫婦則目送馬車離開，久久都不願收回目光。

馬車慢慢行駛在山間小路上。

喬夏依坐在喬春身邊，低垂著的頭突然抬起，眸中閃爍急色，望向柳如風，輕聲問道：「柳伯伯，三哥他的身體情況如何？」

「只要平時注意休息，按時服藥，活到一百歲都不成問題。他今天犯病，只是因為心結解不開。如今心結打開了，他的身體只會更好，自然不會有什麼問題。」柳如風微笑地向喬夏保證。

喬春看喬夏一顆心全放在錢財身上，忍不住出聲揶揄她。「二哥，你說，爹娘看到夏兒這個樣子會不會傷心？」

傷心？為什麼要傷心？

唐子諾困惑地轉過頭，看到喬春眸底一閃而過的狡黠之光，瞬間明白了她的意思。他配合她，佯裝不解地問道：「岳父大人和岳母大人為什麼要傷心？」

「因為現在夏兒整顆心都放在三哥身上，我可真好奇，三哥和夏兒在房間裡都聊了些什麼？」喬春瞇著眼，深深打量起喬夏。

「原來是這個意思！依我看啊，八成會。」唐子諾瞥了已經被他們說得滿臉羞紅的喬夏一眼，點了點頭，附和著。

喬夏看著他們夫婦一唱一和地取笑她，臉蛋更紅了，她窘迫地抬頭看著他們，埋怨道：

「大姊夫、大姊，你們別這樣取笑人，我們哪有聊什麼？」說完，又紅著臉垂下頭。

「那夏兒的意思是要繼續公開招親的事嘍？」喬春打趣道。

「大姊，妳怎麼這樣？」喬夏抬起頭，微嗔地看著喬春。

喬春睜大了眼，不明所以地看著喬夏，道：「我怎麼啦？我只是關心自家妹妹的終身大事而已。既然三哥沒有給妳什麼承諾，我當然有義務儘快幫妳覓一門好親事。」

喬夏看著喬春那副理所當然的模樣，不由得感到著急，生怕她真的會再玩什麼公開招親的把戲，急忙擺手說道：「三哥說會儘快來咱們家提親。大姊，妳不就是想逼我把這些話說出來嗎？」

喬春看著喬夏焦急的模樣，不禁哈哈大笑起來。

柳如風和唐子諾也跟著大笑，為錢財和喬夏感到喜悅。

一行人開心地聊天說地，偶爾調侃一下喬夏，很快便回到山中村。

「到家了。夏兒，下車吧。」喬春跳下馬車，看著還坐在馬車裡文風不動的喬夏，忍不住出聲提醒。

喬夏擔憂地看著喬春，問道：「大姊，妳說娘會不會生我的氣？她是不是真的不要我回家了？要不，大姊先進屋去探探娘的情況，我待會兒再進去。」

喬春側目看著方才聽到馬蹄聲就慌慌張張跑出來的雷氏，有些好笑地說道：「夏兒，娘在等妳下來呢。我們的娘可不是那些思想陳舊的人，只要閨女幸福，她就心滿意足了。」

事。

雷氏就是因為太愛喬夏，才會說出那些話來，畢竟做娘的人都把兒女的幸福當成頭等大事。

馬車裡的喬夏微微愕然，她還未開口，馬車外便傳來雷氏的聲音。「夏丫頭，妳快點給我下來。怎麼我說一下妳，妳就跟我鬧脾氣了？還不想回家？」

「娘，我哪有？」喬夏從馬車裡鑽了出來，紅著眼睛看著雷氏，帶著哭腔說道：「我只是怕娘還在生氣，怕娘不肯原諒夏兒，擔心自己把娘給氣壞了。娘，我以後再也不敢了，我一定好好聽您的話！」

喬夏上前幾步，站到雷氏面前，哭著替雷氏擦眼淚。

「妳這個傻丫頭，娘怎麼會真的生妳的氣？」雷氏輕笑著摟過喬夏。

喬秋和桃花她們聽到馬蹄聲，也從屋裡跑了出來，看著已經和好如初，親暱地抱在一起的雷氏和喬夏，開心地笑了。

「二姊，妳回來啦！擔心死我了。」喬秋拍著胸口說道。

「夏姊姊，妳都不知道，妳離開後，喬伯母哭得可傷心了。」桃花淺笑看著喬夏。

「就是啊，夏丫頭，妳娘說那些話也是因為著急，妳別往心裡去。」林氏兩手分別牽著果果跟豆豆，從院子裡走了出來。

「我知道了，我以後再也不會惹娘生氣了。」喬夏點了點頭。

喬春看眾人神情感動，笑道：「難道你們不想聽聽夏兒有沒有什麼好消息？」

大夥兒聞言，整齊地將目光調到喬夏身上。他們真的很好奇喬夏和錢財的進展，聽喬春這麼一說，倒像有不錯的進展。

喬夏在大家的目光淫威下，吞吞吐吐地只說了句錢財會「擇日來提親」的話。

「哇，二姊，妳好勇敢哦！不過，三哥也沒讓咱們失望。」喬秋崇拜地看著喬夏，覺得她勇於為自己爭取，終於有了好結果，內心十分欽佩。

桃花掩著嘴輕笑了起來，也很為喬夏高興。「大嫂說得沒有錯，幸福得靠自己爭取。如今看三哥和夏姊姊有這麼好的結果，我真的為你們感到高興。接下來，我們大家就等著喝喜酒了！」

喬夏聽了，忍不住低垂著頭，逃命似地拐著腳跑回房間，惹得眾人開懷大笑，久久無法停歇。

第八十六章　開義診

「老婆，妳來看看大哥的飛鴿傳書。」唐子諾急匆匆走進房裡，從袖子裡掏出一張紙條。

喬春放下手裡的筆，接過紙條，兩個人湊在一起，專注地閱讀紙條裡的內容。

皇甫傑在紙條裡說，他們已經在兩國邊境紮營，並已派出使者前往晉國京城。晉皇對恆王此番破壞兩國友好關係的行為，當場大發雷霆，已派人到邊界去迎接大哥，直言希望一切以和平為優先，請皇甫傑進宮和談。

「真是太好了。」喬春鬆了口氣。

她本來還擔心事情不會進行得太順利，因為恆王的人馬一定會設法阻止，沒想到晉皇對恆王的所作所為如此深惡痛絕，看來他們兄弟真的不和。

只怕恆王不會讓大哥順利見到晉皇，而且極有可能暗殺那幾個證人，來個死無對證，任憑這些事件全都屬實，晉國也能來個死不認帳。

喬春拿出一張宣紙，提筆寫信提醒皇甫傑一些細節，並叮嚀他一定要小心行事，注意安全。

飛鴿傳書送出去以後，喬春和唐子諾開始一來一往與皇甫傑通信，及時了解他們在晉國的情形。

農閒時期，村裡家家戶戶都開始著手翻地，準備來年開春種茶樹。

喬春要各戶人家選出一個代表，分批帶到自家地裡，實際操作並講解種植茶樹的各項要點。

即使是親授手藝，還得看個人的領悟力。好在種茶樹並不是件難以理解的事，而且大夥兒都是莊稼人，做起來也駕輕就熟。只不過喬春凡事親力親為，幾日下來已見疲態。

這天喬春也是滿臉倦容走進大廳裡，提起茶壺替自己倒了杯茶，接著一屁股坐在椅子上，雙眼無神地喝起茶。

「累壞了吧？」唐子諾放下手裡的草藥，笑著走到喬春背後，伸手開始幫她按摩。這幾天她一直不斷向村民示範、講解，全身都很痠痛。每天晚上唐子諾都會細心地幫喬春搽些藥酒，再輔以按摩，替她緩解疲勞。

另外，唐子諾已將柳如風的獨門心法全部授與她，現在每天晚上睡前和清晨喬春都會練習心法，唐子諾則站在一旁教她如何運用她的太極拳進行攻守。喬春的肌肉痠痛，多少也有一部分源自此。

喬春閉著眼睛舒服地享受唐子諾的服務，臉上慢慢浮現出一抹慵懶和滿足。過了好一會兒，她紅唇微啟道：「二哥，你和柳伯伯開義診的事情準備得怎麼樣了？需要我幫忙嗎？」

經唐子諾的診治，虎妞奶奶的病已經康復，經過她宣傳，村裡的人要是頭痛發燒、感冒咳嗽，都會來找唐子諾診治。看到這個情形，喬春便在上一批茶葉採摘完後，讓他們師徒開始準備義診的事情。

村子裡有不少老人，身體上大都有點問題，因為經濟情況不佳，多半拚命忍耐，最後忍到黃土下去了。

家裡有兩名大夫，若不為鄉親們服務，實在浪費。此外，喬春心裡也很清楚，種茶不是唐子諾的最愛，不如放手讓他做自己想做的事，茶園有她就行了。

「義診的事妳不用操心，我和師父來忙就行了，妳現在每天都教鄉親們種茶已經很辛苦了，我實在感到愧疚，沒能替妳分擔一些。」唐子諾的手指緩快有序，力道輕重合宜，漸漸讓喬春有了睡意。

她神志有些模糊地說道：「我不辛苦，反正有你幫我按摩。只要大家都能學會怎麼種茶樹，我再辛苦都值得。」

唐子諾細心地發現喬春的頭像是小雞啄米般點著，眸底逸出滿滿的心疼，放下手走到她面前，彎腰抱起她，大步朝後院的房裡走去。

喬春只是嚶嚀了一聲，頭往他的胸前蹭了蹭，便沈沈睡著了。

第八十七章 略施小計

「娘，您有到鎮上去買上好的大紅綢緞回來嗎？」喬春放下碗筷看著雷氏問道。

雷氏聽到喬春的話，不由得一怔，不明所以地看著她，反問：「買紅綢緞幹麼？」

「娘，您難道不該開始幫夏兒繡嫁衣嗎？」喬春抿著嘴，瞥了臉紅的喬夏一眼。平時見她開朗大方，現在不過是說到嫁衣，她就羞成這副模樣，愛情果然能改變一個人。

「大姊，妳在胡說些什麼？人家都還沒提親，妳這樣，人家要是知道了，還以為我有多迫不及待呢？」喬夏說完便迅速低下頭，臉都快埋到碗裡去了。

「呵呵！」喬春輕笑了幾聲，紅唇微啟。「三哥說的話向來算數，夏兒，妳不是在埋怨他這麼多天了都沒有來提親吧？」

喬夏仍舊低著頭，只是輕輕地搖了一搖。

「大姊說得沒錯。二姊，妳就快些準備嫁衣吧，到時別忙不過來。」喬秋接過話，輕笑著揶揄她。

「就是啊，也許咱們這些姊妹還可以幫忙給些意見呢！」桃花表達了自己幫忙的意願。

「我們也可以幫忙準備布置一下家裡啊！當初巧兒姊姊成親時，錢府可真漂亮。」喬冬向來愛玩，人家在說嫁衣，她腦子裡想的卻是布置房子。

豆豆一聽喬冬的話，更是來了勁，連忙拍著手，雀躍道：「我也要幫忙。」說著掉頭看著喬夏，一本正經地說道：「大阿姨，妳如果不生一個弟弟或妹妹給我的話，我就不答應妳和三舅舅成親。」

眾人的下巴被豆豆的童言稚語給震得都快掉了，大夥兒一臉詫異地看著她。

其實當豆豆一知道喬夏要和錢財成親之後，哭鬧了好一陣子，甚至說討厭喬夏這個大阿姨。誰教她從很久以前就喜歡三舅舅，還說長大要嫁給他呢？之後喬春花了很長一段時間跟她溝通，她才恢復平靜。

大家都以為豆豆已不再介意，卻沒料到她的退出還附帶了條件。不過，這個條件真有意思呢！

「咳咳……」唐子諾輕咳了幾聲，看著一臉認真的豆豆，勸道：「豆豆，這是大人的事，妳可別生什麼亂子。」

豆豆不滿地噘著嘴，委屈道：「我哪有？就是要大阿姨生寶寶而已啊，難道成親後，他們不生寶寶嗎？那豆豆到底要什麼時候才可以當姊姊？」

豆豆略顯失望地說著，接著歪著腦袋苦惱地看向雷氏。「姥姥，豆豆也想有個人做我的小尾巴。」

餐桌上的人都被她的模樣惹得開懷大笑，就連暗衛也不時傳來悶笑聲。

喬夏抬起紅雲朵朵的臉，瞋了豆豆一眼，看著喬春說道：「豆豆想要弟弟或妹妹，那是一件再容易不過的事情了。」

「真的嗎？」豆豆滿臉驚喜地看著喬夏，追問道：「大阿姨答應豆豆了嗎？」

喬夏淡淡一笑，伸手指著喬春說：「妳要妳娘再生不就好了嗎？」

豆豆開心地看著喬春，笑道：「親親，大阿姨說的是真的嗎？」

喬春臉上布滿黑線，無視眾人打趣的目光，輕輕鬆鬆岔開話題。「快點吃飯。豆豆不是要做個懸壺濟世的女大夫嗎？明天就開始讓柳爺爺教妳認草藥好不好？」

「好！」豆豆輕快地應了下來，端起碗大口吃飯，已經忘了剛剛的話題。

林氏悄悄瞥了喬春一眼，又看了看唐子諾，對喬夏的話很是心動。現在果果和豆豆都已經快滿三歲了，唐家代代單傳，她實在很希望喬春可以為唐家生下更多子嗣。

唐子諾接過林氏暗示的目光，只好無奈地點了點頭。

其實他現在還不想生孩子，他還想多享受一下兩個人的甜蜜生活。更何況，他知道喬春生果果和豆豆時傷了子床，身子也有些貧血，他可不願讓喬春這個時候再受孕。

想著，唐子諾心裡卻不由得一驚。他們同房好幾個月了，好像只見她來過一次月事……手一抖，筷子瞬間落地，唐子諾既驚慌又驚喜地看著喬春。

「子諾，你怎麼啦？」林氏微蹙著眉，輕聲問道。

唐子諾彎腰拾起筷子，同時隱下內心的驚訝，再抬頭時，臉上和眸底已是一片平靜。他看著對面的林氏，淺笑著說道：「沒事，只是一時沒拿穩筷子。」

「子諾，你明天去一趟鎮上，悄悄問一下錢財什麼時候來提親好嗎？」雷氏看著唐子諾，將憋在心裡好幾天的話說了出來。

那天喬夏說「錢財會儘快來提親」，可眼下都過了十天、八天了，他那邊卻連一點動靜都沒有。

「娘，您要大姊夫去問這件事，多難為情啊？」喬夏不是十分樂意。她可不想讓錢財誤以為她多麼迫不及待要嫁給他。

雷氏不以為然地說道：「他們都是男人，又是義兄弟，有什麼不好開口的？我這不都是因為心急嗎？」

喬春看著雷氏那副「女兒不急，急死娘親」的模樣，不由得笑了。此時她腦門突然一亮，驟生一個小計謀，保證能讓錢財十萬火急前來提親，又能讓喬夏夠面子。

「娘說得沒錯，這事就這麼定了。明天我親自和二哥去一趟錢府，順便讓二哥複診一下三哥的身體。」喬春附和雷氏的話，不容否定地看著喬夏。

喬父放下碗筷，一一掃過眾人的臉，最後將目光定在喬夏身上，若有所思的沈默了一會兒，才道：「這件事就按妳娘的意思辦。」

天下做父母的人對自己的孩子都存有私心，他也不例外。如今春兒已經苦盡甘來，有了屬於她自己的幸福，他當然希望二閨女也可以儘早嫁個有情人。錢財是個好孩子，把夏兒交給他，他很放心。

眼見爹爹開口，喬夏也不好再反對，只能默默點了點頭，接受眾人的好意。

晚飯過後，喬春坐在書桌前，熟稔地畫起新的草圖。最近她畫的茶具新圖不多，卻心血來潮，想燒製一些裝飾品。在詢問過錢財能不能燒製後，她開始構思一些饒富趣味的茶具擺件。

畫好了一張草圖，喬春抬眸看著燈光下正聚精會神翻看著醫書的唐子諾，心裡漫開滿滿暖意。當她的目光瞄到油燈時，腦子裡閃過富設計感的婚慶檯燈。

也許她能畫個燈具草圖，偷偷差人做好，待喬夏成親時，當成禮物送給他們。

心念一定，喬春便提起筆，勾勒起油燈的底座。她畫了一對大齊國的新郎和新娘，兩個人深情地依偎在一起。他們身後是一棵同心樹，樹枝上掛滿了紅心，而盛油的地方就設在樹頂上。

噘著嘴輕輕吹乾宣紙上的墨汁，喬春瞇著眼仔細端詳，總覺得好像少了點什麼，卻又說不出來。

「老公，你幫我看看這草圖畫得怎麼樣？」喬春將檯燈草圖遞到唐子諾面前。

唐子諾接過草圖，看著宣紙上維妙維肖的一對新人，還有那應景的同心樹。唐子諾的臉上露出讚許的笑容，伸手將喬春摟入懷裡，下巴抵在她肩上，說道：「我老婆果然心靈手巧，這麼喜慶又應景的東西，當然很棒。」

「呵呵，你愈來愈會哄人了。」喬春瞋了他一眼，看著草圖問道：「我總覺得少了點什麼，你再看看。」

唐子諾再次認真地檢視起草圖，緩緩說道：「這棵樹上結滿同心果，寓意永結同心，也有開枝散葉的意思，我覺得很好。」說著他將眼光移到那對新人站著的檯座上。「這個地方是不是太單調了一點？」

喬春隨著他手指的地方一看，隨即笑了起來。「對，就是這裡，這個地方我再寫上幾個字……就寫白頭到老，你看行嗎？」

「行！」

喬春高興地在唐子諾臉上親了一口，眉飛色舞道：「還是你細心，明天我就拿到鎮上去請人燒製。」

說到要去鎮上，喬春立刻想起自己的小計謀，連忙俯在唐子諾耳邊喃喃細語起來。

唐子諾愈聽愈驚訝，心裡不禁替錢財感到抱歉，本想再勸勸喬春，可抬起頭看到她洋洋得意的模樣，他又打消了念頭，不願消了她的興致。

他喜歡看到這樣的喬春，神情輕鬆，眉宇間散發著俏皮，整個人沈浸在快樂、滿足中。

「老婆，妳真的要這樣做嗎？」基於兄弟情誼，唐子諾還是意思意思地問了一句。

「當然，你明天可要配合好哦。先送我去錢府，你再去茶莊找三哥。」嘴角噙著笑，喬春安排起明天的行程。

「好，全聽妳的。」唐子諾說著，往喬春胸前蹭了蹭。

喬春不由得一怔。這個人在幹麼？

「你做什麼？」他這樣子就像個討糖吃的小孩。

唐子諾沒有回答，而是做起唇齒運動，忙得不可開交。

「你……」喬春的身子不禁酥麻起來，熱氣快速湧上臉，明眸迅速染上絲絲氤氳。

喬春只覺胸前一片清涼，這才發現唐子諾已經用嘴咬開她的衣扣，環在她腰上的手緊了緊。看著他霧色濃濃的黑眸，喬春當然明白唐子諾此刻在想什麼。

「你……你要……」喬春微微拉開他，嬌喘吁吁，不能自已。

唐子諾並沒回答喬春，而是輕輕勾唇一笑。此刻他的笑容像極了月光下盛開的罌粟花，讓人愈看愈上癮，無法自拔。

妖孽啊！她知道他長得好看，卻從沒細心打量，這個時候的他，看來就像一隻專門迷惑她的妖孽。

喬春不禁暗笑起自己的後知後覺。自己的丈夫是這樣一個美男子，她該偷笑，還是應該小心翼翼地守著？看來，她還是先烙下自己的專屬記號比較保險。

「老婆，妳幹麼？」唐子諾吸了口氣，眉頭輕輕皺了一下，有些不明所以地看著自己手臂上清晰的牙齒印。

「留下我的記號啊，這樣你以後就是我的了。」喬春揚起下巴，一副驕傲又神氣的模樣。

唐子諾眼底的笑意愈來愈濃，最後終於忍不住哈哈大笑起來。他輕鬆地將她轉了個身，讓她面對面跨坐在自己腿上。

唐子諾的眼神火熱，看著喬春，喃喃道：「老婆，妳不用做記號，我也是妳的。」說著，再也不願浪費良辰美景，俯首吻了下去。

不需要華麗的語言，僅憑唐子諾那堅定的目光，喬春便明白他的心、他的承諾。內心漾開了滿滿的幸福，喬春的手插進唐子諾的墨髮裡，忘情與他相吻，衣物也隨著兩人的動作逐漸落地。

激情過後，唐子諾將累癱了的喬春抱到床上，上床躺在她身邊，拉起薄被蓋住兩個人的身子。接著摟過她，讓她的頭枕在自己手臂上。

「老婆，妳的那個好像大了一點。」唐子諾像是在回味什麼似地說道。

喬春沒好氣地白了他一眼。「沒事怎麼可能會變大？」

「是真的。」唐子諾肯定地說道。他只要用手一握，便能感覺出來。

喬春不管唐子諾想說什麼，總之她累了，要休息。她往他懷裡蹭了一下，既舒服又滿意地閉上眼睛，沒過一會兒便睡著了。

「不是啊？真的是大了，嗯，一定是大了。」唐子諾一個人睜著眼自言自語。突然想到剛剛晚飯時自己猜想的事，連忙動手搖起喬春。

「老婆，妳先醒醒，我有事要問妳。」唐子諾的語氣很是焦急。

「嗯……別吵，人家要睡覺。」喬春緊皺著眉頭，一隻手伸出被子揮了揮，眼皮卻是動也不動。這些天她早就累到不行了，這下睡得正舒服，哪是他能隨便搖醒的？

唐子諾猛地接住喬春伸出來的手，輕輕平放在被子上，細心替她把脈，反反覆覆確認後，才一臉困惑地將她的手放回被子裡。

既然她不是懷有身孕，那她的月事怎麼幾個月都沒有來？看來這次真的得堅持下去，幫她好好調理才行。上次喝了幾天的藥，她就耍脾氣不喝了，這次無論如何都不能半途而廢。

唐子諾說不出內心的感覺是鬆了口氣還是失望，但有一點能夠肯定，在喬春身體還沒調理好之前，還是得小心，不能讓她懷上孩子才行。

喬春才剛走出錢府大門口，遠遠地就看到唐子諾駕著馬車過來了。

唐子諾在喬春面前停下馬車，看著她臉上的笑容，便明白她已完成錢夫人那邊的工作，現在他們該回家等那氣急敗壞的錢財來提親了。

只要一想到錢財發現自己上當的樣子，他就覺得又可憐又好笑。不過能早日抱得美人歸，相信他非但不會生氣，反而會感謝他們。

「上來吧！」唐子諾伸手將喬春拉上了馬車。

「二哥，我的圖紙給交到作坊去了嗎？」喬春進了馬車以後，突然想到這件事，趕緊向唐子諾確認。

唐子諾駕著馬車，轉過頭看了她一眼，笑道：「我沒那麼老，這點記性還是有的。更何況這是老婆大人交代的事情，我哪有那個膽敢忘記？東西已經交給張老伯了，他答應會儘快燒製出來。」

喬春鬆了一口氣，她還擔心張老伯燒製不出來呢！「能燒出來就好。」

唐子諾駕著馬車，目光盯著前方，有些不明白地問道：「老婆，妳能畫這麼多有趣的東西出來，就沒想過開一個專賣工藝品的店鋪嗎？」

喬春忍不住掩嘴輕笑。「偶爾畫來玩玩就好，現在那些茶葉就已經夠我忙的了。我也沒想過要多富有，只要一家人平平淡淡過日子就行了。如果可以，我倒情願用那時間去雲遊四海。說實話，到這裡幾年了，我去過的地方還真少。」

唐子諾聽著她的話，心裡又是感動，又是愧疚。

老實說，他也不是那種喜功好富的人，說他胸無大志也好，說他甘於平庸也罷，剛剛喬春說的那種生活，也正是他所嚮往的。

他最喜歡喬春的一點就是，她明明有機會得到更多，卻只想要平靜的生活，這樣的豁達情懷可不是每個人都擁有的。

「以後我們就駕著馬車帶孩子們一起雲遊四海。」唐子諾對喬春許下承諾。

「好！不過，還要再過幾年，等我把太后交代的事情辦好，那時我們一家人就去雲遊四海。」喬春看著路邊飛逝而過的景色，規劃起時程。

「一切都聽妳的，妳要我往東去，我絕不往西走。」唐子諾保證道。

「噗！你這嘴真是愈來愈貧了。」喬春輕笑了起來，晶眸璀璨地笑道：「不過，我喜歡聽。」

「哈哈……」唐子諾開懷地大笑起來。

山間迴盪著他們歡快的笑聲，路邊的鳥兒們嘰嘰喳喳地歡唱著，像是在應和他們的笑聲，分享他們的幸福。

喬春推開喬夏的房門，便看著桃花她們幾個圍坐在喬夏身邊，興奮地向她彙報剛剛從唐子諾嘴裡知道的訊息。

「大姊，妳快跟二姊說說，我們說三哥馬上就會來提親，二姊還不相信呢！」喬秋走過來拉著喬春，要她幫忙背書。

「他是馬上就會過來沒錯。」喬春淺笑著點了點頭。有她跟唐子諾出馬，還怕錢財不趕快過來提親嗎？

「大姊，妳怎麼也跟著她們一起鬧？」喬夏羞紅著臉，瞋了眾女一眼，又飛快地垂下頭。

「我說的是實話，可沒有跟她們一起鬧。」喬春想到等一下錢財極有可能立刻趕到，連忙看著桃花說道：「桃花，妳幫夏兒梳一個好看的髮型，我和秋兒幫她挑一件好看的衣服。」

「為什麼要幫我梳頭，還要挑衣服？」喬夏困惑地看著喬春。

「我想看看夏兒精心打扮一下會是什麼樣子。」喬春輕笑著應道。轉過頭看著還在發愣的桃花和秋兒，催促道：「妳們兩個還不動手？」

「哦！」桃花和秋兒看著喬春一本正經的模樣，終於回過神來，趕緊開始忙活。

不知道為什麼，她們總覺得喬春不會無緣無故做這些事，不過，聽她的安排準沒錯，或許待會兒會有什麼好玩的事也說不一定。

喬夏扭著身子，看著拉她走向梳妝檯的桃花，說道：「桃花，我頭髮又沒有亂，有必要重新梳嗎？」

桃花用力將還在遲疑的喬夏壓坐在凳子上，輕笑著道：「夏姊姊是不相信我的手藝，還是不想滿足我們的好奇心？以後妳就是想讓我幫妳梳頭髮，估計也沒什麼機會了。妳就安心坐下，讓桃花好好為妳梳一次頭，行不行？」

「好吧。」喬夏終於還是拗不過她，端坐在梳妝檯前，任由桃花在她頭上作文章。

不一會兒，一個全新的喬夏出爐了。

只見她身穿粉色緞衣，裙襬上繡著幾朵蘭花，煞是好看。頭髮盤至頭頂，插了一支玉釵作為點綴，頰邊留下兩縷髮絲，映襯著上了胭紅的臉頰，整個人顯得柔媚無比。

「哇，好美！」桃花和喬秋兩人情不自禁地微張著嘴讚嘆。

幾個女人正在房間裡圍著喬夏讚美，屋外卻突然響起嗩吶的聲音。桃花等幾個姊妹面面相覷，豎起耳朵一聽，確定是在自家門口沒錯，連忙打開房門往外跑去。

喬春雖然心知肚明，但也緊隨在她們幾個身後——她可不願錯過錢財愣然的模樣。

走進大廳，只見錢財穿著那件繡著翠竹的藏青色長袍，焦急地望向連著飯廳的拱門。當他見到精心打扮後的喬夏時，眼睛一亮，兩個人就那樣旁若無人地眼神交會。

喬夏一顆心不受控制地亂跳，看到他身上穿著自己親手縫製的長袍，內心充滿了暖意。這袍子穿在他身上真的很合適，完整襯托出他溫潤優雅的氣質。

錢財收回目光，突然雙膝著地，跪在喬父面前，恭敬地向他磕了三個響頭，抬起頭真摯地說道：「喬伯父，請您把喬夏許配給我，我以後一定會好好待她，給她幸福。那個……公開招親的事情，可不可以停下來？」

其實他不是故意拖延，而是想給喬夏最好的禮物，因此花費很多時間挑選跟準備。沒想到二哥卻特地來告訴他，因為他一直沒來提親，所以喬伯母不是很開心，認為他沒誠意，想要繼續公開招親的事。

他急了，趕緊回到錢府向父母稟報，沒想到娘親像是早有準備，將他們要給喬夏的禮物擺在大廳，讓他不用等就能讓小廝搬上馬車。接著他便一路馬不停蹄帶著滿車聘禮和嗩吶隊趕到山中村，生怕遲了就讓喬夏被人搶走。

「錢財，你先起來，伯父答應你就是了。只是，我們沒有要公開招親啊？」喬父因為傷口還沒痊癒，不能用太大的力氣，便向唐子諾使了個眼色，要他去把錢財給扶起來。

「沒有？可是二哥說……」錢財滿臉詫異地看著喬父。

喬夏今天打扮得這麼漂亮，如果不是要公開招親，又是為了什麼？一定是喬伯母瞞著喬伯父，所以他才不知道。

「三哥，你來啦！」喬春迎了上去，看著擺放在大廳裡，一箱箱用紅布蓋著的東西，抬眸看著他，笑道：「三哥，你這是來提親的嗎？有嗩吶隊、有聘禮，怎麼沒看到媒婆呢？」

喬春其實並不是真的在意這些，只不過是想看一看錢財著急的反應罷了。

「媒婆？我來的時候太急了，沒想到這一點。」錢財頓時有些不好意思，他看向喬父，微微著急道：「喬伯父，真是不好意思，我太急了，請原諒我不知禮數。」

喬夏看著錢財這般低聲下氣，很是感動，不禁想替他說說好話。只不過她腳剛抬起，手臂就被桃花和喬秋一人一邊給拽住了。喬夏回首困惑地看著她們，見她們衝著她眨了眨眼，又含笑地向她搖了搖頭，便壓下心裡的著急，停在原地不動。

算了，就順她們的意，看看錢財今天的表現吧。其實她也很想知道錢財對自己到底有多用心？

喬父看著錢財，笑道：「這些年，你是怎麼樣的人，我們心裡有數。其實我們也沒那麼講究，只要你們真心相愛，你能帶給我閨女幸福就好。你的要求我應下了，回去請你父母選個好日子，再通知我們吧。」

說完，他轉過頭看著喬春和唐子諾道：「子諾，你是個讀書人，就麻煩你替我寫一份訂親文書，與錢財的文書交換吧。」

「是的，岳父大人。」唐子諾笑著應了下來，接著偏過頭看向喬春，朝她眨了眨眼，彷彿在說：妳現在滿意了吧？

喬春自然明白他的意思，她撇了撇嘴，眼神還是透露出些許不滿意：不滿意，都沒看到三哥有多著急。

「伯父，那個……公開招親的事？」錢財一改以往的果斷，神情猶疑地看著喬父，話也說得吞吞吐吐。

「哈哈……」喬父仰頭開心地大笑。錢財這麼著急，看來他對夏兒也是真情實意。他收起了笑，看著錢財說道：「你放心，這事我們家不會再提。我都已經答應你的求親，自然不會再有什麼公開招親的事情。」

喬父也是個明白人，喬春去了一趟鎮上，回來沒多久錢財就火燒屁股地趕來提親，看來那公開招親的事情，只怕是她搞出來的，他自然不會傻到拆穿她的「陰謀」。

呵呵！看來他得悄悄表揚一下春兒，如果不是她，只怕大家也沒辦法親眼看到錢財對夏兒的心思。

「錢財，坐下來，喝口茶吧。」雷氏笑呵呵地招呼著錢財，轉過頭對喬春和唐子諾說道：「春兒，你們先去寫文書。」

喬春看著雷氏那心急的模樣，不由得彎起了唇角。唉，她娘就是性子急，搞得好像自己的閨女嫁不出去一樣。

喬父和錢財彼此交換過文書，這門親事就算訂下來了，只要再挑個日子成親就行。看到喬夏的願望成真，喬春不禁偷偷佩服起自己，看來她的作媒功力還不錯呢！

第八十八章 伏擊

山中村的田地都翻了，村民們都摩拳擦掌準備來年開春種茶樹。

唐家的義診所也已正式成立，遠近的村民都慕柳神醫的名而來，就連鎮上、省城一些大戶人家，也不惜路途遙遠，跑到山中村來求醫。

針對這種狀況，經過商量，喬春和唐子諾、柳如風決定，貧苦的百姓不收費用，但大戶人家則要收取診金。這麼做是為了有更多經費來支撐義診，讓義診走得更遠。

看似平靜的生活裡，卻有一件事情讓他們憂心不已，那就是皇甫傑已經有好幾天沒有飛鴿傳書回來了。喬春跟唐子諾心裡不禁有了一種不好的預感。

晉國京城郊外

官道兩旁的樹林裡傳來鳥兒歡快的叫聲，皇甫傑坐在他的愛騎上，後面跟著幾十個暗衛，一邊向京城而去，一邊沿路欣賞晉國的風景。

這幾天他忙著準備進宮跟晉皇和談，因此暫時沒有飛鴿傳書給喬春他們，反正目前看來一切都好，不如等待和談有了結果，再通知他們。

馬隊愈往前走，路兩邊就愈是寂靜，連鳥蟲的鳴叫聲都消失了。皇甫傑微蹙著眉看著前面那兩山交纏，中間只留一條窄道的地方，偏過頭對一旁的卓越叮嚀道：「卓越，通知大家打起十二分的精神來。前面那樣險峻的地形……」

皇甫傑的話還沒說完，陪著他一起長大的卓越很快就明白他的意思。他勒住了馬，回首對訓練有素的暗衛們做了個手勢，接著轉身一臉嚴肅跟在皇甫傑身邊，慢慢朝那個險要的地方前進。

暗衛們裝作若無其事地前進，可愈是靠近，空氣中那股不尋常的氣氛就愈是濃厚。

暗衛們臨近那地點時，突然用力往馬屁股上一抽，馬兒們紛紛昂首長嘶，拔腿狂奔，想要趁敵人還未反應過來就衝過去。可是這群敵人並不好惹，轉瞬之間便已將山谷前後堵住，將皇甫傑一行人全都困在路中間。

「主子，看來他們早已計劃好了，現在怎麼辦？」卓越駕著馬來到皇甫傑身邊，神情嚴肅地請示。

皇甫傑掃了前後夾攻的黑衣人一眼，黑眸中迸射出一道冷冽的光，大聲喝道：「兄弟們，怕嗎？」

「不怕！」暗衛們整齊有力地應道。這道聲音穿過山谷，再從遠處反彈回來，氣勢顯得更加磅礴。

黑衣人不由得怔了怔，看著他們的眼神也浮現絲絲怯意。這就是傳說中的暗衛，大齊皇室儲存在江湖中的力量。聽說他們全是一些江湖高手，是逍遙王手下一支強兵，今日一看果然不同凡響，僅僅是氣勢，就高人一等。

「把他們殺個片甲不留，挫挫大齊暗衛的威風！」黑衣人的首領顯然已經察覺到自己人已經在心理上輸了，他不願就此處在下風，便大聲下令，要屬下上前與暗衛們廝殺。

「殺！」

「殺……」

一有人動手，兩方人馬立刻廝殺成一片，空氣中迅速充滿了血腥味。

那些黑衣人似乎一個個都是無心的冷血殺手，就連領著皇甫傑進京的晉國大臣也被殺得一個不留。

雙方搏鬥了一會兒之後，雖然倒在地上的大部分都是敵方的人，但是暗衛這邊也沒有撈到什麼好處。在敵眾我寡的情況下，他們大部分都已負傷。

「放箭。」黑衣人首領一聲令下，剛剛還在與暗衛搏殺的黑衣人，全都退了下去，將皇甫傑他們團團圍住。後面一排的黑衣人則從背後拿出弓箭，對著中央的皇甫傑等人射出箭雨。

「全力撕出一個口子，衝出去！」皇甫傑一邊奮力揮劍將箭打飛，一邊衝著周圍的暗衛們喝道。

卓越一直與皇甫傑背對著背，與敵人對峙。此時卓越身旁一個暗衛忽然倒了下去。慌亂之間，卓越朝暗衛身上瞥了一眼，頓時憤怒地吼道：「兄弟們，小心一點！他們的箭上有毒！」

話落，卓越擔憂地對背後的皇甫傑說道：「主子，情況對我們很不妙，這樣僵持下去，恐怕我們的傷亡會更大。」

「大家集中在一起，殺出去，往邊境方向撤。」一陣混亂中，皇甫傑向背後的卓越傳達自己的意思。只見卓越吹了聲口哨，做了個手勢，暗衛們便朝他們來時的方向衝了過去。

在暗衛撤退的過程中，敵方又衝上前阻擋，山谷裡頓時響起金屬相撞的聲音，兩方人馬再次相互廝殺。

「主子，您先撤，我帶兄弟們斷後。」卓越眸光冰冷地怒視著那群黑衣人，微微有些緊張地偏過頭對身旁的皇甫傑說道。

情況對他們這邊愈來愈不利，晉國殺手一波接著一波湧上來，暗衛們傷亡慘重，只剩下幾個人還在奮力抵抗，而且他們幾個也受了不同程度的傷。

「不行！我不能撇下你們。」皇甫傑立刻拒絕，怒目圓瞪。

此時，耳邊傳來一陣幽幽的笛聲，皇甫傑立刻警覺起來，搜尋聲音的來源，不經意地掃了地上一眼，這才發現有一部分黑衣人像是殺不死，倒下去沒多久又站了起來。仔細一看，他們的眼睛平靜如水，沒有一絲波瀾，彷彿是一具具沒有思想的木偶人。

皇甫傑心中不由得一驚，他微微轉過頭，對一旁的卓越說道：「卓越，你有沒有發現，有一些被我們殺掉的黑衣人，沒多久又自己站了起來，但他們的眼神很死，像是沒有生命。

還有，山上有人在吹笛，那笛聲一定有問題。」

卓越這才留意到笛聲，他聽了一下笛聲的方向，道：「主子，那些人極有可能就是江湖上傳說的不死士兵，聽說是有人在他們身上下了蠱。」

卓越知道事情已經超出他們的控制範圍了，如果皇甫傑再不走，估計等一下想走也沒有機會了。心念一定，卓越便吹了聲口哨，皇甫傑的愛騎——閃電就從後面跑了過來。這匹馬是他馴服後送給皇甫傑的，因此同時聽命於他們兩個人。

卓越絕望地看了皇甫傑一眼，伸手用力將他推向馬上。閃電也極有靈性，馱著皇甫傑不顧一切地向前奔馳而去，不辱自個兒的名號。

「卓越……」山谷裡傳來了皇甫傑的吼叫聲。

「別了，主子，您要保重！」卓越依依不捨地看著皇甫傑的背影。「主子，如果還有來生，卓越還願跟著主子，一輩子伺候您！」

說罷，卓越轉過身繼續奮力拖住想要追上去的黑衣人。

這些在下面拚命廝殺的人，沒有注意到山上的笛聲已經悄然消失。剩下的暗衛們再也無法支撐，一個個倒了下去，而那些被暗衛砍殺的黑衣人，也沒再起來過。

山谷間，閃電載著皇甫傑一路狂奔。

皇甫傑想要勒住閃電回去找卓越，可閃電就像知道後面有危險一樣，根本不聽他的命令，不顧一切向前衝。

耳邊的風呼嘯而過，風中似乎還能聽到卓越在說：「別了，主子，您要保重！」

淚水潸然而下，滴落到下巴，隨風吹走。

不是男兒有淚不輕彈，只是未到傷心處。眼睜睜看著與自己同生共死的兄弟為了自己捨去性命，皇甫傑哪能忍得住？為了不枉費兄弟捨命相救，他知道自己一定要活下去，才能為他們報仇。

「駕！」皇甫傑俯首在閃電耳邊大聲嘶喊，閃電更是拚盡全力往前跑。

突然前方路上有個藍袍人從天而降，擋在路中間。他隨手一揮，幾個不知名的暗器朝閃電飛了過來。閃電的前腳被擊中，倒在地上，但牠卻拚命讓身子停止向前滑，不讓皇甫傑從牠身上飛出去。

閃電滑過的路面上留下一道長長的血痕，皇甫傑死死抱住閃電的脖子，心疼地看著牠痛苦不堪的模樣，看著牠為了自己而捨去可以日行千里的腿……

閃電終於在離藍袍人不遠的地方停了下來，皇甫傑還未來得及檢查閃電的傷，藍袍人就已經抽出劍向他刺了過來。皇甫傑連忙騰空躍起，抽出腰間的軟劍擋住藍袍人的攻擊。

雙劍對擊，擊出一聲巨響，冒出絲絲火花。

兩個人皆被對方的劍氣給震到幾丈之外，皇甫傑握著劍的手微微發麻，胸口發悶。他瞇著眼冷冷打量著眼前的敵人，卻認不出他是何方高手。

好強的內力，好凌厲的劍鋒。這個人到底是誰？他頭上戴著一頂氈帽，帽緣擋住了一部分眼睛，但皇甫傑還是覺得他身上有股似曾相識的氣息。

「你是誰？」

「你不需要知道，只需要記住我是送你上路的人就可以了。」藍袍人輕輕彎起薄唇，一股陰冷的氣息自他身上散發出來。

話落，劍鋒旋轉，藍袍人再次飛身刺向皇甫傑，而皇甫傑也是俐落地一個翻身，提起劍反擊。兩個人都是使盡全力揮舞手裡的劍，在空中進行飛快的攻、守，只見兩人的周圍閃著一道道凌亂的銀光，劍斷斷續續地發出嗡鳴聲，振動人的心弦。

兩個人不知纏打了多久，先前已經拚戰了很久的皇甫傑體力漸漸不支，連連退了幾步，藍袍人卻是愈戰愈勇，在皇甫傑還未站定時又一次快、狠、準地揮劍刺了過來。

眼看皇甫傑就要被刺中，腳受傷的閃電卻硬是衝了過來，替他擋下一劍。

「閃電——」皇甫傑看著為自己擋下一劍，連哼都沒哼一聲就倒在地上不動的閃電，雙眼頓時轉為猩紅，他緊握著劍，拚命向藍袍人揮了過去。

空氣中再度響起震耳的金屬碰撞聲，兩人從這個山頭打到那個山頭，不知疲憊地纏打。耳邊的風聲似乎更大了，絲絲墨髮從兩人頭上散落了下來，他們各自站在大石頭上持劍對峙，旁邊是一個深不見底的懸崖。

「已經打了這麼久了，我看這裡應該就是你的終點了，你還是乖乖受死吧。要是我心情好，說不定還會留你一個全屍，否則的話……哈哈哈！」藍袍人帽緣下的那雙眼睛迸射出陰毒的青光，他薄唇微啟，一句句狂妄的話隨風傳來。

「那得看你有沒有這個本事。如果你乖乖喊我一聲爺爺，或許我會考慮放過你。」皇甫傑清冷的話語如風送浮冰，寒徹入骨。真是笑話，他皇甫傑只有奮戰到底，沒有乖乖受死的道理！想要他的命不是不行，得看他手裡的劍同不同意！

皇甫傑的話徹底激怒了藍袍人，他咬牙切齒，輕身一縱，舉劍朝皇甫傑揮了過去，他寬大的袖子裡咻地一聲閃過一道金光，那金光如鬼魅般迅速飛向皇甫傑的胸口。

應接不暇的皇甫傑眼角餘光瞄到這束金光時，已經來不及了。

「啊……」皇甫傑胸口上驟然一痛，從空中掉了下來，朝萬丈懸崖墜去。

藍袍人站在懸崖邊，看著皇甫傑的影子愈來愈小，直到變成一個小黑點不見後，終於仰頭哈哈大笑。之後他轉身輕巧一縱，消失在山林間。

第八十九章 尋幫手

「爹爹，您看看這隻鴿子！」果果手裡抱著一隻沒見過的鴿子，急匆匆地往院子裡的木屋跑去，圓嘟嘟的豆豆提著裙襬氣喘吁吁地緊跟在他後面。

果果知道爹爹最近一直在留意家裡有沒有鴿子飛來，所以他就在爹爹忙碌的時候幫忙在院子裡看看。只不過，這隻鴿子跟之前在家裡出現過的長得不一樣，好像不是大舅舅給的那些鴿子。

正在替村民看診的唐子諾看到這隻沒見過的鴿子時，心中不由得大驚，連忙上前伸手接過果果手裡的鴿子，從牠腳上的竹筒裡取出一個圈得緊緊的紙條。

還來不及細看紙條內容，唐子諾便轉身對候診的村民抱歉地說道：「各位，請稍等，我出去一下。」

話落，他又對一旁的柳如風說道：「師父，我先去找一下四妹，這裡有勞您了。」

「你去吧，這裡有我就可以了。」柳如風看到唐子諾神情慌張，向他點了點頭，內心不禁對皇甫傑的處境感到擔憂。平常皇甫傑都用信鴿跟唐子諾聯繫，這次他已經好幾天沒有消息，又出現沒見過的鴿子帶來信件，實在讓人不安。

唐子諾手裡緊緊抓著紙條，快步走向後院，推開房門，見喬春不在裡面，又走到喬夏的房裡去喚喬春。

「四妹，妳出來一下。」唐子諾站在喬夏房門口，聲音低沈。

「好。」喬春坐在圓桌前，從聲音聽出唐子諾不太對勁，心裡不禁打了個突。她站起來低頭對圍坐在一起的喬夏、喬秋、桃花等人說道：「妳們幾個先聊著，我出去一下。」

「好。」

「去吧！大嫂。」

「我看大姊夫真的有急事，快點出去吧。」

「好，妳們先幫夏兒挑挑花樣，回頭告訴我一聲就可以了。」說完喬春就朝門邊走去，才剛出房門，還沒來得及問唐子諾出了什麼事情，就被他拉著，跟著他沈重的步伐往親子房走去。

到了親子房，唐子諾輕輕一扯，喬春就被他從背後緊緊擁住了。他環在腰上的力道很大，勒得喬春有些生痛，但她卻沒有出聲制止他。

喬春現在急於知道的是究竟出了什麼事，不過她此刻卻不能問，只能等唐子諾的情緒穩定下來，因為她可以感覺到他的身子在顫抖。

一滴滴滾燙的淚珠順著喬春的脖子流到她的胸口，灼痛了她的心。雖然還不知道到底怎麼了，但喬春感受到唐子諾的痛，眼眶跟著迅速發酸，淚水如斷線珍珠般掉下來，一滴滴落在唐子諾手背上。

唐子諾強忍的痛，在此刻找到了一個缺口，七尺鐵打般的男子漢，再也忍不住，嚶嚶哭了起來。

「嗚嗚……老婆，我剛剛收到飛鴿傳書了。信裡說大哥……大哥他墜崖了！嗚嗚……」唐子諾哽咽著，斷斷續續地將飛鴿傳書的內容告訴喬春。

他和皇甫傑雖然不是親兄弟，可是，他們因為性格合拍，並多次生死與共，因此才短短幾年，他們之間的感情比親兄弟還要深厚。

沒收到飛鴿傳信的這些日子，他本來就十分憂心皇甫傑的安危，現在收到這樣的噩耗，教他如何能不流下傷心的眼淚？

「嗚嗚……」喬春聽到他的話後，也忍不住轉身抱緊他，嚶嚶哭了起來。

兩個人像小孩似地哭著，為了怕家人聽到跟著傷心，他們都不敢哭得太大聲，只能抱緊彼此，緊抿著嘴哭。

也不知哭了多久，唐子諾才慢慢平靜下來，他輕輕推開喬春，定定地看著她，說道：「老婆，我不相信大哥就像信中所說的那樣。我相信大哥吉人自有天相，他一定可以逢凶化吉的，我要去找他！」

「嗯，我也相信大哥沒事，他一定還活著！這樣吧，我陪你一起去，明早咱們就出發，先派人通知一下三哥，再找柳伯伯，我們幾個人商量一下，順便安排一下家裡的事情。現在還不要告訴家裡的人，我怕他們知道了會傷心……也不知道太后他們收到消息沒有？」喬春握緊唐子諾的手，彷彿只有如此才能給自己足夠的力量面對這一切。

喬春不相信皇甫傑會這樣離開。他不是普通人，他是永勝王，他不可能以這樣的方式離開。她堅信他還活著，她要一起去找他，她要找恆王把一筆筆帳都給算清楚！

唐子諾反握住她的手，堅定地點了點頭，說道：「好，我現在就找人去通知三弟來一趟，待會兒我們先安排一下家裡的事情。」

腳剛走了幾步，唐子諾驟然停了下來，轉過身看著喬春，問道：「需要找鐵伯伯和鐵叔嗎？」

家裡正在計劃種花的事情，這方面還有很多地方要麻煩他們。

「嗯，你順便去上圍下找一下鐵伯伯和鐵叔，別說咱們要去晉國。這次大哥把百川也帶去了，如果讓鐵伯伯知道，多少也會擔心。要不這樣，就說是太后有請，要我們去京城一趟。你看這樣行嗎？」喬春蹙了蹙眉頭，向唐子諾道出自己的想法。

不管怎樣，這件事都不能對外透露。且不說家人會擔心，如果讓大齊人民知道永勝王在晉國墜入懸崖，那也是擾亂民心的事情。

「好，就按妳說的辦，我先去找人。」唐子諾說完，便大步離開了房間。

喬春也沒有停下來，當下就將家人集合在一起，大家都圍坐在大廳的圓桌旁，滿臉困惑地看著她，不明白她想要說什麼。當他們看到從大門外走進來的鐵龍和鐵成剛時，心裡更是詫異。

「鐵伯伯、鐵叔，你們來啦！快坐。」喬春請他們坐下，又趕緊替他們各倒了一杯茶。

喬春跟著坐了下來，眼神一一掃過眾人，強扯出一抹淡笑說道：「我有一件事要通知大家。我剛剛收到太后的懿旨，她老人家要我和二哥還有柳伯伯明日啟程去一趟京城，說要詳談關於擴種茶樹的事。」

眾人聽到他們又要上京城，都輕蹙著眉梢，你看我，我看你。最後，喬父忍不住帶著擔憂的目光看向自家閨女，問道：「春兒，這件事情不是已經談過了嗎，怎麼還要你們親自去一趟？不會有什麼變故吧？」

喬春朝他淺笑了下，安撫道：「爹，沒什麼事情，太后她老人家只是想我，順便想了解一下擴種茶樹的事情，您就放一百二十個心吧。」

此去晉國不知是凶是吉，但無論晉國是狼穴還是虎穴，她都得親自去一趟。

「岳父大人，您放心，真的沒什麼事情，而且這次太后要我和師父都一起去，您就放心吧！」唐子諾見喬父擔憂的樣子，連忙順著喬春的話安撫他。

喬父看了看唐子諾，又看了看喬春，還是不太放心地問道：「真的是這樣？」

喬梁也不知怎麼解釋，反正他心裡亂得很，就像有小蟲子在裡面爬上爬下一樣。他覺得他們這一次去京城的目的並不像他們說的那樣，而且閨女似乎有事瞞著自己。

「爹，我真的沒有騙您，事情真的就是這樣，不信的話，您問問柳伯伯。」喬春見喬父還是不相信，便抬出了柳如風。

柳如風自然明白她的意思，便微笑著說道：「喬兒，你實在多慮了。春兒現在可是太后公告天下的義女，是大齊國的公主，太后召見她也是件很平常的事情，你不用擔心。再說，太后是我的師妹，她是怎樣的人，我再清楚不過了。難道你不相信我嗎？」

柳如風雖然幫著唐子諾他們安撫喬梁，但是他還不知道飛鴿傳書的內容。如今見喬春和唐子諾這麼急著要出家門，他的心也是七上八下，迫切地想知道皇甫傑的狀況。

「既然連柳兄都說沒事，那我就放心了。他們還年輕，很多事情處理起來還不夠穩重，你在一旁可要多提醒他們一點。」喬父緊擰著的眉頭終於舒了開來，衝著柳如風點了點頭，淺淺一笑。

唐子諾、喬春見喬父不再追問，終於鬆了一口氣，很有默契地對視一眼，彼此心領神會。

「爹，我們出門這段時間，家裡的事情就勞您多操心了。我畫了一張大棚的草圖，待會兒我就拿給您。」喬春說著，轉過頭看著鐵成剛，說道：「鐵叔叔，按說我不該再拿家裡的事情來麻煩您，不過，這事還得請您幫忙才行。」

「春兒，妳千萬別這麼說，有什麼事情就說一聲，大叔幫得上忙的就一定幫。」鐵成剛連忙擺了擺手，笑看著她又道：「如今村裡大夥兒都領了一個季度的生活費用，也盼望跟你們家過上好日子。這事可全是妳的功勞，如果不是妳的大方跟不求回報，哪會有今天這樣的局面？所以妳千萬別客氣，有事就說一聲，我相信全村的人都會義無反顧地幫忙。」

「呵呵，鐵叔，您過獎了。」喬春輕輕笑了，她站起來替鐵成剛和鐵龍等人續了一杯茶，又道：「我想請鐵叔幫我找些師傅來建大棚，再找人幫忙把大棚裡的田翻好，具體的細節我會交代我爹，到時還請您多幫忙。」

「沒問題。」鐵成剛爽快地應了下來。

喬春轉過頭，將視線停在鐵龍身上，說道：「鐵伯伯，我家的事，也得麻煩您多協助一下我爹。另外，我們外出的這段時間，義診會停止，這點也麻煩鐵伯伯跟大夥兒說聲抱歉。」

「沒問題，你們就放心吧。」鐵龍點了點頭。

等到錢財風塵僕僕地趕過來以後，幾個人便進了柳如風的房間，密談了兩個時辰。

第二天天剛亮，唐子諾便帶了四個暗衛隨身，駕著馬車，一行人直奔晉國邊境。

「師父，我們等一下就要到達京城了。我想先在京城住一晚，有些事情我想替大哥處理一下。」

靠近京城時，唐子諾突然想起「悅來客棧」的媚娘，雖然他不知他們是什麼組織、什麼名派，但他知道大哥是他們的首領。他們勢力龐大，消息也很靈通，大哥這件事或許可以找他們幫忙。多一分力量，就多一分希望。

「好。」柳如風輕點了下頭。

唐子諾拉開馬車門，對負責駕車的王林說道：「進了京城城門後，直接去『悅來客棧』，咱們今晚在那裡休息，明早再出發。」

「是！」

王林駕著馬車順利進了城門，來到「悅來客棧」大門前。

一行人下了馬車，還未進客棧大門，店小二已經笑容滿面地迎了過來，畢恭畢敬地彎腰行禮，笑道：「各位客官，裡面請！」

大夥兒隨他來到一樓靠窗那桌坐了下來，暗衛們則恭敬地站在喬春等人身後。小二熟練地替他們倒了一杯水，笑著問道：「客官，請問是要用餐？還是住宿？」

「都要，給我們來四間房，再上一些拿手菜，然後燙一壺上好的女兒紅過來。」唐子諾朗聲吩咐了下去，目光則不著痕跡地朝櫃檯那邊飛快瞥了一眼。此時媚娘正站在櫃檯前，靈活地撥動著算盤。

小二開心地大聲喊道：「各位客官請稍候，小的馬上就去安排。」

喬春看著店小二離去，若有所思地朝唐子諾瞅了一眼。他向來不是輕佻的人，方才卻悄悄打量起櫃檯邊的嫵媚女子，讓她覺得很是奇怪。現在唯一的可能，就是他認識這個嫵媚的女子，或者其中有她不知道的事情。

「你們也坐下吧，一群人站在我背後，我哪還能吃得下飯？一路上趕路，你們也辛苦了，好好休息一下吧，明早咱們再出發。」喬春看到暗衛們筆直站在自己身後，目光掃視著各桌的客人，彷彿他們的肉眼都能透視似的，直接就想探出這裡面有沒有細作。

「是！夫人。」王林等四人依言圍坐了下來，但目光依舊不時向四周掃視，生怕這裡面有任何一個危險分子存在。

媚娘靜靜看著帳本，十指飛速撥著算珠，心裡卻不禁猜測起喬春等人的身分。以她的經驗來看，喬春的身分並不簡單，她身後的四個冷面男子武功也不錯，坐在她身旁的一老一壯更不是凡夫俗子。只是不知為何那個銀衣男子的背影竟是有些眼熟，而剛剛他朝自己瞥來的那一眼，絕非無意的。

他們到底是誰？為什麼要選在這裡住宿？

看著小二開始替他們上菜，媚娘停下手中的活兒，從櫃子上拿了罈上好的女兒紅和一個酒壺，淺笑吟吟地朝他們走了過去。

「客官，來，請用酒！」媚娘熟稔地替他們倒酒，飛快瞄了唐子諾左手背上的傷疤一眼。

「掌櫃的不用客氣，放著，我們自己來就好。」柳如風嗅了嗅空氣中濃烈的酒香，肚子裡的酒蟲瞬間被勾了出來。他笑呵呵地端起酒杯，衝著媚娘笑道。

「嗯，好酒！」端起酒杯，豪爽地一口乾掉，柳如風笑著放下酒杯，對著媚娘讚道。

媚娘抿嘴一笑，重新替他斟滿一杯，說道：「前輩很懂酒，這罈酒是我們店裡的珍藏品，只送不賣。」

「哦？只送不賣，那怎麼好意思？」柳如風捋了捋鬍子，對媚娘的話很感興趣。打開店門做生意，怎麼會輕易拿出珍藏品來贈人呢？這事他還真是有點搞不懂。

媚娘見大夥兒都朝她看了過來，臉上依舊掛著淺笑，替自己倒了一杯酒，放下手裡的酒壺，舉起酒杯對喬春笑道：「小女子媚娘，斗膽敬公主一杯，希望公主賞臉。」

她剛剛看到喬春袖口上的茶花和那一身綠裙，尤其是醒目的桃心劉海，便已認出她就是大齊國太后的義女——喬春。

她敬佩喬春，並不因為她是公主，而是真心欽佩她的所作所為。她敬佩的人不多，除了她的主子，只有大齊國的逍遙王，還有眼前的喬春。

「應該是我謝謝媚娘的割愛贈酒才是，來，乾了。」喬春落落大方地站起來，對她認出自己一點也不以為意，淺淺一笑舉起酒杯，一口乾掉杯中的酒，反手倒扣酒杯向她示意了一下。

「乾。」媚娘回以一笑，仰頭一口喝下杯中的酒。

唐子諾微微愣了一下，看她們兩個女子一來一回地豪氣對飲。她們一個淡雅，一個豔麗，喬春就像一朵清新的茶花，媚娘則像一朵火紅的玫瑰。

酒才喝下肚沒多久，還沒來得及多說幾句話，其他桌就有幾名男子一言不合打了起來，媚娘見狀，便對喬春等人微微頷首，淺淺一笑。「媚娘還有事要忙，就不打擾各位用飯了。如果有什麼需要，儘管吩咐，絕不怠慢。」

說完，媚娘蓮步輕移，直直朝客人鬧事的地方而去。

喬春不禁盯著那桌人看，暗自為媚娘擔心。

「四妹，吃菜。」唐子諾挾了塊雞肉放進喬春碗裡，出聲將她黏在別人身上的眼光成功拉了回來。

喬春轉過頭，看著他微微有些吃味的樣子，忍不住低下頭輕聲笑了起來。他也太小氣了吧，不過就是多看了別人一眼，又沒其他意思。

唐子諾瞥了喬春微微顫抖的雙肩一眼，又幫她挾了一堆青菜，說道：「媚娘不是普通人，不用妳擔心。」

喬春聞言猛地抬起頭，眼睛一眨也不眨地看著他，滿臉疑惑。他怎麼會知道媚娘不是個普通人？他們到底是什麼關係？

京城這麼多間客棧，他偏偏指名要來這一家，而且他一進門剛坐下就偷偷打量起人家。要說他們之前不認識，她還真不相信。

「事情不是妳想的那樣，待會兒到房裡我再跟妳說。快點吃飯吧，今晚好好休息一下。接下來我們不會在中途停下來，也不知妳吃不吃得消？」唐子諾自然明白喬春眼中的疑惑代表什麼，便微微探過頭，在她耳邊輕聲解釋了一番。他知道媚娘的武功不淺，說大聲了怕她會聽到，心裡會生疑。

喬春見他眼底一片清澈，說話如此小心翼翼，憑兩人之間的默契，立刻明白了這裡並不是討論這件事的好地方。客棧裡不僅人多嘴雜，也不曉得哪個角落隱藏著高手，更不知裡面是否隱藏著危險。所以喬春立刻停下這個話題，不再向唐子諾提出自己的疑問，而是埋頭吃飯。

他說的也不是沒有道理，他們此行是去尋皇甫傑，還要替皇甫傑完成那些還沒完成的事。也就是說，他們沒有一丁點多餘的時間能耽擱，只能拚盡全力趕路，用最短的時間趕到晉國邊境。

「客官，請進。您看看這間房還滿意嗎？有需要更換嗎？」店小二伸手推開門，微微彎腰，恭敬地看著唐子諾問道。掌櫃的剛剛要他好生伺候這幫貴客，他自然不敢有任何怠慢。

「小二哥，你幫我打些熱水送上來好嗎？我夫人要沐浴。」唐子諾掃了房裡的擺設一眼，滿意地點了點頭，微笑著對身旁的店小二提出自己的需求。

店小二見他說話如此客氣，立刻堆滿笑容應道：「好的，客官請稍等，我馬上就去辦。」說完便轉身退了出去。

「老婆，妳先休息一下。」唐子諾牽著喬春走到桌邊坐了下來。

喬春抬眸看著他，眼裡的意思再清楚不過。

唐子諾好笑地看著她，彎唇淺笑，搖了搖頭，將嘴巴湊到她耳邊，輕聲說道：「關於媚娘，我今天是第二次見到她，上一次是跟大哥來幫卓越拿解藥的時候。我也是在那時才發現大哥是她的主子，也知道她的武功不在我之下。

「只是，大哥見她時是戴著面具，還服了變聲丸，但我並沒有過問大哥這些事情。今天來這裡，主要是想請她幫忙尋找大哥的下落。雖然我不知道他們是什麼組織，但是我知道他們這個組織很強，消息來源相當準確，分布也很廣。」

喬春驚訝地看著唐子諾，有些不明白他說的事情。大哥明明在江湖上已經有一支暗衛了，怎麼還會有其他勢力呢？而且還不讓自己人知道他的真面目？

不過，像「悅來客棧」這個在大齊國首屈一指，而且在周圍各國都有分店的客棧，如果沒有強大後盾，實在說不過去。原來大哥就是幕後當家，怪不得外界根本不知道這客棧真正的老闆是誰。

「我知道了。」喬春點了點頭。說完，她便站起來抬步走到床前，脫掉鞋子盤腿坐在床上，閉目練習心法。現在他們面臨大敵，她必須能夠自衛，不然會變成唐子諾的累贅。

唐子諾見她如此，便不再出聲打擾她，而是靜靜坐著凝視她，耳朵則豎直細聽外面的聲響，生怕有不速之客前來打擾。

此番前去一定會面臨各式陣仗，如果春兒能保護自己，再好不過。思及此，唐子諾突然想到一件事，他得去跟店小二說一聲，要他晚半個時辰再送水上來。

唐子諾輕輕拉開房門，到王林房裡要他注意一下這邊的情況，便朝一樓走去。

「客官，您還有什麼事要吩咐嗎？」剛走到樓下，唐子諾便在樓梯口遇到剛剛那個店小二。

「剛好，我是想請你晚半個時辰再送水上去。」唐子諾微笑著應道。眼光不自覺遠遠瞄了還站在櫃檯邊上的媚娘一眼。

「好的。客官如果沒有別的吩咐，那我就先去忙了。」店小二彎著腰說道。

「嗯，麻煩你了。」唐子諾點了點頭。

「這是我應該做的。」店小二繼續往後院走去，留下唐子諾一人停在樓梯口。

就在這個時候，剛剛還在滴滴答答撥著算盤的媚娘，突然停了下來，抬眸輕看了他一眼，微微點點頭，隨即又低下頭，繼續忙她的事。

唐子諾怔了一下，隨即轉身往樓上走去。不知為何，他覺得媚娘看他的眼神有些奇怪，可又說不上到底是哪裡不對。

回到房裡，唐子諾守著喬春練習完心法，一起泡了個舒服的澡，摟著喬春小睡了一下，直到午夜才換上黑色勁衣，拉開窗門輕身一縱躍上屋頂，朝皇甫傑之前帶他去過的地方前進。

唐子諾換上皇甫傑上次穿過的衣服，戴上面具，服下變聲丸，重新回到「悅來客棧」。

唐子諾憑著記憶走到媚娘房門口，伸手輕輕敲門。

媚娘拉開房門，看到門口站著的人時，眼裡閃過一抹柔光，溫順地低下頭，側開身子恭迎他進房。「主子，請進！」

唐子諾學著皇甫傑走路的樣子，大步踏進房裡，走到桌前輕輕一撩袍角，霸氣十足地坐了下來，說道：「媚娘，妳以最快的速度派人去晉國邊境尋找逍遙王的下落，前幾天我收到消息，他被晉國的恆王設計，墜下了懸崖。我希望妳派人全力尋找，生要見人，死要見屍。如果有消息，要他們暗中將訊息傳給守在邊境的大齊兵營。」

媚娘的身子輕顫了一下，雙目圓瞪，看著唐子諾問道：「逍遙王墜崖了？」

逍遙王在她的眼裡可是天神般的人物，雖然不能與她的主子相比，卻是她欽佩的人。如今乍聽他的不幸，她的心驟然一緊，有種悶悶痛痛、快要窒息的感覺。

「嗯。這事萬萬不能對外洩漏，吩咐下面的人，如果讓我知道有誰將消息洩漏出去，定不輕饒。明白嗎？」唐子諾儘量將語氣變得冷冽一些，生怕露出馬腳。

媚娘挺直了身子，清脆地應聲：「是！屬下一定會吩咐下去，請主子放心。」

「嗯，我還有事，先走了。」唐子諾點了點頭，站起來，抬步就往房外走去。

「恭送主子。」媚娘低頭恭敬地送唐子諾出門，眼光朝他手背上瞄了一眼，如水般的眸子，瞬間閃過一道璀璨的光芒。

唐子諾朝原路返回小院，換掉身上的行頭，在院子裡小坐了一會兒，回想當初和皇甫傑一起到過這裡的回憶，之後才起身離開。

第二天，唐子諾一行人，駕著馬車直奔晉國邊境而去。

「你通知下去，派人去晉國尋找逍遙王的下落，不准對外洩漏一個字，違者死。」媚娘目送唐子諾離開後，轉身對店小二暗使了個眼色，要他跟著來到她房裡，將昨夜主子吩咐的事情安排了下去。

「是！」

「另外，派人沿途全力保護喬春等人，不要問為什麼。還有，讓在晉國的夥伴暗中幫助他們，聯合搜出恆王想要叛變的證據。有任何消息和證據就直接交給喬春或唐子諾，明白了嗎？」媚娘神情嚴肅地看著店小二，緩緩向他分派任務。

「明白了，堂主。」店小二態度恭謹，眼神堅定地應著。

「去忙吧。」

「是！」

第九十章　晉國探訪

唐子諾等人一路上馬不停蹄，日夜兼程，終於在七天後趕到邊境的大齊軍營。

「公主，請！」李然早已在軍營大門口等待他們到來。在皇甫傑帶兵前往大齊國與晉國邊境時，便將原本在唐家的李然也帶上，言明在他不在時，就由李然與幾位將軍共同掌管軍紀。

由於這裡是軍營，大部分人都不認識喬春他們，但是大家都對傳說中的德馨公主充滿欽佩之情。李然在這個時候改口叫她公主，其實也是一種鼓舞人心的做法。

果然，守在軍營大門口的那些士兵，聽到李然鏗鏘有力的一聲「公主」後，立刻就挺直身子，目光如炬地注視著前方。傳說德馨公主能文能武，胸懷計謀，這次她來到這裡，一定能好好為大齊國爭一爭面子。

現在除了喬春他們和李然還有幾個大將軍以外，整個軍營的人都不知道皇甫傑墜崖的事情，就連皇上和太后都不知情。

先不論皇甫傑是生是死，如果讓人知道了，那麼這次與晉國談判的事情將面臨失敗，而其他國家也會乘大齊國兵力大量駐紮在此，且逍遙王不在的時機，伺機而動，甚至帶兵攻打。因此他們誰也不敢對外洩漏半個字，就怕發生這樣的事情。

「李大哥，請！」喬春落落大方地點了點頭。

喬春等人隨李然來到主營帳前，早有幾個將軍候在那裡，他們都是由皇甫傑一手帶出來的作戰高手。大家相互介紹了一下，彼此寒暄了一番，便進了主營。

「公主，請上座。」一個年過半百，膚色黝黑，雙眼炯炯有神的將軍說道。

喬春向他點了點頭，輕聲道：「陳將軍不用如此多禮，大家都坐下來吧。我們一起來分析一下目前的狀況，商議該怎麼尋找逍遙王。還有，我們得去與晉國皇帝會合，恆王這邊，也得派人蒐集他企圖謀反的證據才行。」

「是，公主。」幾位將軍異口同聲地應道，恭敬地行禮。

「好了，大家都別再行禮。有誰能告訴我，逍遙王墜崖的地方是什麼地形？派人去找的情況如何？晉國皇帝那邊知道這件事嗎？恆王那邊有沒有什麼動靜？」喬春對他們動不動就行禮表示無奈，一口氣問了好些個她最想知道的問題。

「那個地方四面環山，就像是個天然的深井，完全找不到入口，我們的人根本到不了崖底。據探子回報，晉國皇帝那邊還在等王爺，似乎並不知道發生了這一變故，而恆王那邊則是很平靜，像是什麼也沒發生一樣。」陳將軍語氣夾帶著沈痛與無奈，有些絕望地說道。

王爺雖然武功高強，但墜入那深不見底又找不到入口的懸崖，只怕凶多吉少。只要一想到從此大齊國少了個永勝王，他就心痛得快要窒息。

唐子諾和柳如風端坐在椅子上，認真地聽陳將軍敘述，不禁擰緊了眉頭。

「找不到人就代表還有希望，我始終相信大哥吉人自有天相。明天我們就喬裝偷偷進入晉國京城，想辦法見到晉國皇帝。還有，派去尋找恆王叛變證據的人，也要他們加快速度，若實在不行，咱們給偽造一些致命的證據。既然晉國皇帝對他早已心生不滿，欲除之而後快，那麼相信他不會追查那些證據的真偽。」喬春抬眸一一掃過下位者的臉，向他們道出了自己的想法。

這種事情她在電視劇上不知看了多少回，既然抓不到對方的狐狸尾巴，就弄些假證據。反正只要你能讓對方覺得他是狐狸，那目的就算達成。

天家無情，歷朝歷代爭奪帝位，不管是兄弟還是父子，都沒有所謂的親情可言，他們眼裡只有至高無上的龍椅。

「公主這計甚妙，只是，明天公主是要親自去晉國京城嗎？如果被對方發現了怎麼辦？還望公主三思。」陳將軍雖然對喬春偽造證據這一計很是贊同，但是讓她進入晉國京城，他卻心存疑慮。

連戰無不勝的逍遙王都著了敵人的道，如今下落不明，他實在不敢再讓喬春去冒這個險。

「陳將軍，不用擔心。我們會在天未亮之前就喬裝進城，不會讓敵人發現的。再說，他們現在已經知道逍遙王墜崖，各方面的防守一定會鬆懈下來。我們在這個時候潛入晉國京城，不會有任何危險。」喬春稍微分析了敵方的心理。在這個時候，恆王那邊一定是高興得論功行賞，喝酒吃肉，哪會在意幾個尋常百姓去了哪裡？

「可是……」陳將軍還想說些什麼。

「不用再可是了，這事就這麼定了。」喬春朝陳將軍擺了擺手，截斷了他接下來的話。說著，她轉過頭看著柳如風，認真地問道：「柳伯伯，您可會易容術？」

「會。」柳如風含笑朝她點了點頭，已經明白了喬春的用意。

「好。那我們幾個人明天就易容之後再進城，李大哥，你留在軍營，如果有人傳來消息，一定要設法通知我們。」喬春扭過頭看著李然，輕聲叮嚀。

她已經了解了唐子諾交代媚娘的事，他們的人如果有了消息，就會設法讓自己知道。為了確保自己能及時知道訊息，她特地對李然交代了一聲，以免自己錯過了，不能及時依勢行事。

「我知道了。」李然點了點頭。

喬春朝大夥兒微微一笑，說道：「陳將軍，崖底還是得派人繼續搜尋，一定會有入口的，好好檢查一下，看看有沒有一些山洞或水道之類可供人進出的點。」

陳將軍點了點頭，朗聲應道：「是！屬下會派人再去尋找。」

此時，突然有個黑影從帳後竄了進來，直接撲向喬春。

「啊！」

「等一下！」喬春先是尖叫了一聲，待她定神一看後，立刻制止唐子諾準備向那黑影揮來的一掌。那個又黑又重的傢伙壓在她身上，溫濕的舌頭在她臉上舔了舔。

「將軍饒命，黑武子見主帳裡有人影，就衝了進來。」兩個小兵滿臉惶恐地走了進來，低著頭向陳將軍求饒。

這隻黑獒是皇甫傑的寵物，無論他到哪裡行軍打仗，都會帶上牠。只是這幾天他不在軍營裡，牠的情緒因而很不穩定，異常暴躁。他們剛剛只是帶黑武子出來方便一下，哪知道牠一見主帳裡有人影就一頭衝了進來，他們攔都攔不住。

「你們好大的膽子，要是傷了公主，可不是你們能擔當得起的！」陳將軍怒目圓瞪，嚴厲地斥責著那兩個粗心的小兵。

「呵呵……好癢！黑武子，你先起來，你把我壓痛了。」喬春伸手輕柔地撫摸這隻黑獒的頭，輕喚了一聲剛剛從小兵那裡聽來的名字，語氣中沒有半點不悅，反而有種嬌嗔的感覺。

令大夥兒詫異的一幕發生了，那一向只聽皇甫傑的話的黑武子，竟然溫順地站了起來，搖著尾巴，討好似地在喬春腿上磨蹭著。

「真是乖寶寶。」喬春在唐子諾攙扶下，重新坐了起來。她伸手揉了揉黑武子的頭，笑得滿臉璀璨。而黑武子則乖巧地坐在她的椅子旁，無視他人，圓圓的眼睛一眨也不眨地看著喬春。

「你們先出去吧，沒事了。」喬春有些好笑地看了黑武子一眼，抬頭對那兩個恐慌的小兵說道。

陳將軍從黑武子巨大轉變的詫異中回過神來，他板著臉對還愣在一旁的小兵大聲喝道：「你們還不謝過公主？」

「謝公主不怪罪之恩，屬下告退。」兩名小兵依言恭敬地向喬春道謝，轉身離開主帳。

待兩個小兵出去之後，喬春等人再次針對接下來的行程安排進行確認，不甘被喬春冷落的黑武子時不時在喬春腿邊磨蹭，提醒她自己的存在。

「李大哥，黑武子是……」喬春伸手摸了摸黑武子的頭，安撫牠的情緒。

李然低頭看著黑武子，輕蹙著眉說道：「牠是王爺的寵物，平時只允許王爺一個人碰。這些天王爺不在軍營，牠的情緒變得很不穩定，好些天沒有吃喝了。真沒想到，牠對公主倒是一見如故。」

獒犬是非常忠心的狗，一般只會認一個主子，因此牠對喬春這麼熱情，是非常罕見的事。

喬春低下頭，若有所思地看著黑武子，突然間腦門一亮，頓時心生一計。她眨了下眼，笑著問道：「營中可還有王爺穿過的衣服？」

「應該有。」李然有些不明所以地看著喬春。

「明天你取大哥穿過的衣服讓黑武子聞一下，然後再牽著黑武子一起去懸崖底。」喬春說道。

獒犬不只是最忠心的狗，鼻子還很靈敏，如果讓牠聞到大哥身上的味道，再讓牠幫忙尋找大哥，一定能事半功倍。

「公主的意思是讓牠幫忙找王爺？」李然不禁激動起來，眼底浮現喜色。

他怎麼會沒想到這個好主意呢？讓黑武子出馬，找到山谷入口的機率，可比他們一群人胡亂摸索，要高出很多倍。

「沒錯。」喬春肯定地點了點頭。

大夥兒聽了喬春的話，相互對視了一眼，眼底不禁燃起一簇希望之光。

草草吃過晚飯後，大家便各自休息去了。李然臨走時，喬春要他將鐵百川找來，告訴他一些家裡的情況，順便了解他在軍營的狀況。最後喬春要他寫一封家書，她回去之前會來找他要。

一個晚上最吃味的人莫過於唐子諾，他怎麼也沒想到那黑武子竟然一直霸占住喬春身邊的位置，趕都趕不走。最後，一人一狗居然吹鬍子瞪眼睛，彼此看不順眼。

黑武子看到唐子諾向喬春走來時，還會齜牙咧嘴低聲怒吼，隨時準備向他宣示主權。倒是喬春被逗得樂不思蜀，好不開懷。

翌日天未亮，喬春一行人經柳如風易容後，便低調朝晉國京城而去，準備讓恆王防不勝防，殺他個措手不及。

第九十一章　易容見晉皇

龍牙山

耳邊傳來流水聲和鳥兒清脆的歌唱聲，竹床上的皇甫傑悠悠醒來，全身骨頭像是散了似的，動彈不得。他瞇著眼看著眼前陌生的地方，不禁一怔。

這是在哪裡？

他記得自己被藍袍人給打下懸崖，那個藍袍人最後從袖中射出來的金光，是一條金蛇。如果他沒有猜錯，那個藍袍人就是半邊頭。想不到他上次僥倖逃脫後，居然委身在恆王手下，該說他們很有緣嗎？

皇甫傑想著，眼光朝竹屋裡打量起來。

這間竹屋很是雅致，房子本身是竹製的，而房間所有的一切，包括床、桌子、凳子也都是竹製品，就連竹桌上的茶杯和茶壺也是。特別的是，竹牆上掛著一幅栩栩如生的美女圖。

那美人穿著一件簡單的素白色夾襖，用綠色的絲線在衣料上繡出湘妃竹，衣袖上則用桃紅色的絲線繡出一朵朵怒放的梅花。百褶裙與衣袖同系，一條紫色的寬腰帶勒緊細腰，顯出窈窕的身段，給人一種清雅而不失華貴的感覺。

美人手上戴著一個乳白色的玉鐲子，一頭烏黑亮澤的頭髮用紫色和白色相間的絲帶綰出了一個簡單的髮式，髮上插著一根翡翠製成的玉簪子，別出心裁地做成帶葉青竹的模樣，讓人以為她真戴了枝青竹在頭上，額前薄而長的劉海則顯得整齊嚴謹。用炭黑色描上柳葉眉，一雙嫵媚而迷人的丹鳳眼在眼波流轉間風華盡顯，粉色的胭脂讓皮膚顯得白裡透紅，唇上單單抹上淺紅色的唇紅，整張臉顯得特別出俗、漂亮。

「真美，如湘妃竹般清新，卻又如梅花般傲然。氣質、容顏皆不比天仙遜色分毫。」皇甫傑看著那幅美女圖，不禁低聲稱讚。他生平第一次覺得詞窮，面對這美人的外貌和氣質，他實在想不出更貼切的形容詞。

「你醒啦？」皇甫傑正感到沈醉，耳邊忽然傳來一道如黃鶯出谷般的聲音。

皇甫傑心中不由得一震，看向那背著陽光而來的少女，心弦一顫，一股異樣的感覺頓時衝入心扉。他忘記收回目光，就那樣一眨也不眨地看著她，忘記要問她這裡是什麼地方，也忘卻了渾身的疼痛。

好美！牆上那幅畫已經美得讓人移不開眼了，想不到真人比畫像更出色幾分，她身上那脫塵、飄逸、清純的感覺是那幅畫無法充分表達出來的。他見過的美人何其多，但像她這樣純得像張白紙的，卻是第一次遇到。

「你要喝水嗎？」那女子被皇甫傑瞧得滿臉緋紅，嬌羞地看著他，柔聲問道。

她這是第一次看到娘親口中的「男子」，從她有記憶以來，她就和娘親住在這裡，從未踏出梅林谷一次。雖然她知道出路，卻從沒有想過要出去看外面的世界。

娘親說，男子皆薄情，只在乎女人的容貌，根本就沒有真心。娘親還說，男子皆濫情，美人愈多愈好，眼光根本不會只專注在一個女人身上。

可是不知道為什麼，打從她在水潭裡見到這個男人那一刻起，她的心跳就會不自覺地加速，突然覺得外面的男人並沒有娘親說的那麼可怕。

「好，謝謝妳！」皇甫傑回過神來，神色有些窘迫地說道。

一連喝了好幾杯水，他才停了下來，深邃的黑眸定定地看著她，輕聲問道：「是妳救了我嗎？這裡是哪裡？姑娘可否告訴我妳的名字？」

「你從懸崖上面掉了下來，剛好掉到水潭裡，我剛好路過，就把你帶了回來。這裡是梅林谷，我叫杜湘茹。」杜湘茹從小就與世隔絕地與她娘住在山谷裡，當然也就沒有什麼不該告訴陌生男子自己的名字之類的觀念。

不過她沒告訴他，他掉下來的時候，她正在水潭裡洗澡。

「我叫皇甫傑，謝過姑娘的救命之恩！」皇甫傑目光膠著地停留在杜湘茹身上，覺得自己正陷入某種漩渦當中。

此後一段日子，皇甫傑就在梅林谷中養傷，並與杜湘茹朝夕相處，成為「好朋友」。

喬春與唐子諾等人經過易容喬裝後，順利來到了晉國的京城。

「二哥，我們的行蹤好像一直在別人掌控之中，我們才剛剛進京城，『悅來客棧』的小二就已經在城門下等我們了。你說，這些是不是媚娘暗中安排的？」喬春低聲問道。

店小二把他們帶進客棧的天字一號房，便退了出去。滿腹疑惑的三個人坐在房裡，一起商議接下來的計劃。

「嗯，有這個可能，只是……媚娘她怎麼知道我們要來這裡呢？而且，我們都易了容，根本沒道理啊。」唐子諾雖然覺得有這個可能，但是仔細一想，卻覺得這種可能性也不大，除非……

唐子諾不由得睜大眼睛看向喬春和柳如風，警惕地朝門窗各處掃了一眼，無聲地用唇語說道：「難道媚娘派人一直跟蹤我們？」

想到這個可能性，唐子諾的後背不禁有些涼颼颼的。他們這些人之中除了喬春的武功不高之外，大夥兒可都算得上是江湖上的高手，這麼一路被人從大齊國京城跟蹤到這裡，他們卻完全沒察覺到，不得不說對方的實力真的很可怕！

大哥手下果然無一庸人，暗衛如此，媚娘那邊更是……

喬春和柳如風雙雙蹙眉，看懂了唐子諾的唇語，可內心也同時翻起了驚濤駭浪。

一陣風吹來，幾支飛鏢瞬間飛進房裡，插在屏風上。房裡三個人面面相覷，迅速對視了一眼。唐子諾緊皺著眉頭，站起來走到屏風處，取下了飛鏢上的字條。

到底是誰？他們人才剛坐下來，飛鏢也跟著來了？

唐子諾從飛鏢上取下紙條，打開以後細細閱讀起來。紙條上只簡短地寫了幾句話，但話中的分量卻足以讓他懸著的心放了下來。

「明早易容成逍遙王，進宮。引開恆王，吾等蒐證。客棧安全，勿憂。」唐子諾緊緊皺著的眉頭舒了開來，他將手裡的紙條遞到柳如風面前，輕聲說道：「師父，看來確實是媚娘的人在暗中跟著我們，不過現在看來他們不是跟蹤，而是暗中保護。」

既然證實跟蹤者是媚娘的人，也證明他們來到這裡是媚娘的意思，那他們也就不用再繃緊神經，可以好好休息一晚，明天進宮去見晉皇。

柳如風將紙條放在桌上，轉過頭若有所思地打量了唐子諾一下，伸手捋了捋鬍子，點了點頭，說道：「子諾，我看你和阿傑體型差不多，明天就由你來假扮阿傑吧，春兒就偽裝成阿傑身邊的小廝。皇宮內可不比在外面，明天大家的言行都要小心謹慎才是。」

「好，聽柳伯伯的。」喬春淺淺一笑。

「好，全聽師父的。」唐子諾點了點頭。

「我們從邊境到這裡也已經兩天了，不知李然他們有沒有找到阿傑？」柳如風眸中浮現絲絲擔憂。真希望黑武子可以派上用場，早日尋到阿傑，不然他真的擔心蘭心會受不了這個打擊。

阿傑是他看著長大的，現在出了這樣的事情，教他如何能安心？

喬春低嘆了口氣，看著柳如風的側臉，輕聲說道：「柳伯伯放心，黑武子一定可以找到大哥的。我始終相信大哥沒事。」

「四妹說得沒錯，師父，您就放心吧！我大哥一定不會有事的。」唐子諾接下喬春的話，看著面帶憂色的柳如風，輕聲安撫。

他們誰都知道柳如風和皇甫傑之間的感情很深厚，簡直可以用情同父子來形容，如今大哥生不見人，死不見屍，他哪有不憂心的道理？

「別淨是安慰我，你們也該放心，我們都要對阿傑有信心。現在還是把握時間，商討一下明天見晉皇的事吧。」柳如風微微笑了一下，岔開了這個話題。

他們就只會說他愛擔心，他們不也一樣？打從聽到這消息後，他們的眉頭就沒舒開過，他又怎麼會不明白呢？

三個人在房裡預設很多明天也許會遇到的事情。若是上次皇甫傑順利進入晉國京城的話，早就該到了。如今姍姍來遲，說不定晉皇多少會感到不悅，但也有可能他早已知曉事情的真相，只是以靜制動，觀察大齊國會如何應變而已。

第二天一大早，由唐子諾易容的皇甫傑帶著柳如風、喬春和幾個暗衛，神色自若地來到晉國皇宮。

「晉皇萬福。」唐子諾——現在暫時得叫他「皇甫傑」了，大方又不失恭敬地向晉皇行了個禮。

「晉皇萬歲萬歲萬萬歲！」喬春等人恭敬地跪著行禮。他們只是隨從，該行的禮還是不能免。
晉皇深邃的黑眸裡閃爍著精光，似是無意又似是探究地一一從他們身上掃過。他眼中的精光雖是一閃而過，但還是被在暗中打量他的喬春給捕捉到了。
喬春不禁有些緊張起來，垂落在身側的雙手緊握成拳，掌心中沁出些許細汗。她的第六感明確地告訴她，這個男人一定不比恆王差，不管是眼光、心思還是手段，與這樣的男人合作真的是件理智的事情嗎？
「哈哈……逍遙王不必多禮，來人啊，賜座。」晉皇迅速收回疑惑的眼神，定定看著「皇甫傑」，命人搬座椅。
他當然懷疑眼前的逍遙王是假的，但是他也沒有證據證明。不管真的逍遙王是不是已經遭遇了不測，憑大齊國的兵力，不是他們晉國可以撼動的。
他現在唯一能做的，就是靜觀其變，他要借大齊的手瓦解四弟恆王的勢力。儘管他恨不得立刻將四弟變成一個廢人，不會再危及他的地位，但他還是想留給世人明君的形象。
喬春筆直地站在唐子諾身後，用眼角餘光偷偷打量那個正在哈哈大笑的晉皇。剛剛她把焦點放在他的眼睛上，現在看清他整張臉孔，卻讓她的內心震撼無比，心中寒意驟攏。
這也太邪門了吧?!
這張臉分明就是「那個人」的臉啊！難道他也穿越了？怪不得自己上次見到恆王時覺得有點熟悉，現在終於明白了，他們兄弟的眼睛和鼻子長得很像，而眼前的晉皇，卻跟「那個人」像是同一個模子刻出來的。

想到這裡，喬春垂在兩側的手再次緊握成拳，緊咬著的牙齒不由自主地抖動著，發出細微的咯咯聲。

晉皇的眼光朝喬春看了過來，眸中沒有一絲波瀾，很快就從她身上掠了過去。他露出一口皓齒，笑道：「王爺可真是日理萬機啊。」

「晉皇說笑了，再忙也不如您忙啊！一路下來，舉目所見都是晉國子民安居樂業的情景，這就能看出晉皇的英明和治理有方。」唐子諾淡淡笑了一下，緩緩道出沿途看到的情境，也不著痕跡地替晉皇戴了頂高帽子。

高帽子豈會有人不愛戴？尤其是喜功的君主聽到有人稱讚自己英明、治理有方，豈有不喜之理？

「哈哈！逍遙王謬讚了，大齊國才是真正的強國啊。」晉皇開心地大笑，謙虛地回應時，還不忘回戴了大齊國一頂帽子。

喬春經過剛剛晉皇那波瀾不驚的一瞥，已經明白眼前的晉皇只是與那人長得相像，並不像自己這樣穿越時空而來，心中大石隨之放下。她聽到他開懷的笑聲和虛偽的稱讚，不禁嗤之以鼻，內心冷笑不已。

「王爺，不知那些派去迎接的大臣們可有怠慢之處？竟讓王爺行了這麼多天的路程！」晉皇嘴角含笑，神情關切地問道。

該來的還是來了。喬春不禁打起精神，等待晉皇接下來的舉動。他這分明是明知故問，她敢打賭，晉皇早已知道了一切，只是以靜制動而已，如今他倒沈不住氣了。

「晉皇這話說得讓皇甫傑不好意思啊！那日您的使者前來迎接，適逢軍中有急事要處理，所以便讓他們先回來了，就怕會讓您苦苦等待。怎麼，他們沒有回稟嗎？」唐子諾輕蹙著眉，睜圓了眼睛看著晉皇，一副困惑的模樣。

「哈哈哈……瞧朕這記性，前些天他們明明就已稟報了。唉，最近事務太忙了，忘了這件事，還請王爺見諒。」晉皇仰頭大笑了幾聲，掩飾自己的困窘，語氣中還夾帶了些許歉意。

「晉皇言重了。」唐子諾彎起了嘴角，輕輕向晉皇拱手，略略點了點頭。優雅的舉止間沒有絲毫卑微，全身上下散發出一種高貴優雅的氣質。

晉皇微微蹙著眉，內心裡不禁感到詫異。擁有這般氣質，若說他不是逍遙王，還真說不過去。上次見面和這次見面，其外貌、氣質、言行舉止都很吻合。

難道自己的消息來源有錯，事實就像他說的那樣，他要他的人先回皇宮，而自己那些人卻被四弟的人給滅了？可惡，居然敢對他的大臣痛下殺手，四弟還有什麼不敢做的？只怕自己現在坐著的位置，他也已經迫不及待想要奪過去了。

四弟啊，日後你可別怪為兄不念手足之情，要怪就怪你自己不尊兄長，目無君主，膽大妄為。

皇。

「啟稟皇上，恆王爺在外候宣。」一個中年太監快速地走到大殿中間，恭敬地請示晉皇。

晉皇微怔了一下，隨即笑了，大聲說道：「宣他進來。」

四弟這麼快就收到消息了，看來他比自己還心急，畢竟皇甫傑還活著，還進宮來見他，估計再也沒有人比他著急了。

只是這消息這麼快就傳到四弟耳朵裡，讓晉皇很是憂心。這不外乎說明了一個問題，就是——他身邊有恆王安插的眼線。

這可是犯了他的大忌啊！四弟啊四弟，你就這麼迫不及待嗎？

此時，殿門口傳來了恆王渾厚的笑聲：「哈哈，皇甫兄，好久不見啊！」

喬春將頭垂得更低，挺直著腰站在唐子諾的身後，心中不禁暗道：真是夠狂、夠妄。進了大殿門，不見他先對晉皇行禮，反而大笑著進殿，逕自對其他國家的王爺打招呼。

前前後後無視晉皇，只能說明一個問題，要嘛就是恆王根本不把晉皇放在眼裡，要嘛就是晉皇對他格外加恩，可以見駕不行禮。

喬春偷偷看著晉皇眼中一閃而過的隱忍和陰狠，肯定自己第一個看法。不是晉皇對恆王格外加恩，而是恆王壓根兒就沒把晉皇放在眼裡。一個皇帝就算再無能，也不可能容忍這樣一個人物存在，他們兄弟之間未來必定會有一場戰爭。

現在喬春可以肯定，如果他們能幫忙晉皇收服恆王，他根本不會在意在場這個逍遙王是否真的是皇甫傑，也不會在意那些致命的證據是真是假。他裡子和面子都要，既可以借他人之手收服恆王，又可以留下明君的形象，豈不完美？

「皇兄，今晚我們是不是要替皇甫兄設宴接風洗塵？我府上剛招來了一個舞藝了得的舞姬，今晚我讓她好好為我朝的貴客舞一曲，如何？」恆王朝晉皇笑了笑，提議道。

晉皇收在袖裡的雙手用力抓著，尖長的指甲掐進掌心的肉裡。儘管他異常憤怒，眼裡卻不見恨意，臉上還揚著淡淡的笑容，說道：「好，今晚的洗塵宴就交給四弟安排了。」說著，晉皇轉過頭，對一旁站著的太監道：「海公公，你先帶貴客下去休息。」

「遵旨。」海公公領旨，笑容滿面地走到「皇甫傑」面前，恭敬地說道：「王爺，請隨老奴來。」

「謝晉皇的美意，那我們就先告退了。」「皇甫傑」優雅地站起身來，拱手向坐在主位上的晉皇行了個禮，轉過頭對恆王微微點了點頭，便轉身領著喬春他們隨海公公而去。

當他們經過恆王身邊時，一股淡雅的清香撲入恆王鼻間，他眼神犀利地盯著「皇甫傑」身後那個身材矮小、頭一直低著的隨從，沈思了一會兒，雙眼驟然發亮，嘴角勾起一抹邪魅的笑。

皇甫傑明明早已墜崖而亡，因此今早一聽到皇甫傑進宮之事，他便著急地趕來確認事情的真偽。如今一看，便已明白這是怎麼一回事，只是他沒想到，他日思夜想的美人竟然自己送上門來了。

「哈哈……」恆王忍不住大笑起來。

「皇兄，我先下去準備了。哈哈……」恆王狂妄地轉身，仰頭大笑著離開了大殿。

他真是太開心了，他絕對不會再讓魚兒從網中溜走。新仇舊恨、寶座美人，今晚都要有個了結。現在他已經確認皇甫傑不在世上了，他也沒有理由再顧忌了。

恆王狂妄的笑聲持續著，直到他愈走愈遠，聲音才逐漸淡去。

當那笑聲完全消失以後，大殿裡才傳出一陣陣乒乒乓乓的瓷器摔碎聲。

隨著海公公走向偏殿的喬春，身子沒由來地打了個冷顫，內心突然生出一股很強烈的不安。

她剛剛走出大殿時，覺得身後好像一直有一雙陰冷的眼睛在打量著自己，想到那狂妄的恆王，喬春突然睜大了眼睛，腦子裡浮現出一個猜測。

難道他發現了自己的身分？不行，她待會兒一定得告訴柳伯伯這個可能性，如果被他看穿了，那今晚的洗塵宴恐怕就凶多吉少了。

喬春現在連想都不敢想了。怎麼辦？冒充使者可不是件好玩的事，雖然晉皇不會太在意，但現在看來晉皇根本就不能與恆王相抗衡，否則恆王也不敢在他面前如此狂妄了。

「王爺，請在此稍作休息，奴才馬上派人過來服侍。奴才告退。」海公公將他們帶到一個離大殿不遠的宮殿裡，裡頭的擺設很雅致，環境也很清靜。

唐子諾點了點頭，轉過頭對身後的喬春暗使了個眼色。

喬春立刻領會他的意思，連忙走到海公公面前，伸手從袖子裡拿出一錠金條，遞到海公公手裡，微笑道：「辛苦海公公了，這裡很清靜，我們主子很喜歡。我們主子平時喜愛清靜，所以這裡有我們伺候著就行，公公就不用再另外派人來了。」

海公公先是愣了一下，隨即看了看手裡沈甸甸的金條，眼睛立刻笑瞇成了一條縫，說道：「謝王爺打賞，既然如此，老奴就不打擾王爺休息了。」

「嗯，下去吧！」唐子諾朝宮殿裡環顧了一圈，輕輕一撩袍角，優雅地坐了下來，淡淡說道。

喬春送走了海公公，有些著急地小跑進來，要暗衛在殿門口守著，他們三個人則在裡面開起會議。

「二哥，那個恆王好像已經識出了我的身分，怎麼辦？」喬春坐了下來，微微蹙著眉，憂心地看著唐子諾。

「被他看穿了？這可是件棘手的事。」唐子諾也不禁有些著急。

外使進入晉國皇宮，規定不能帶太多隨從，所以他們現在連同外面的暗衛，一共只有五個人。如果在宮裡發生了什麼變動，他們根本沒有辦法脫身。

「只怕今晚的洗塵宴就是恆王擺的鴻門宴。阿傑是被他的人打下懸崖的，他剛剛進宮就是為了證實我們的真實身分。」柳如風客觀地分析著，也不禁擔心起今晚的洗塵宴。

三個人相互對視了一眼，各自低下頭沈思。

過了好半晌，喬春才開口：「也不知媚娘那邊的情況如何？如果他們今晚能成功在恆王府放置證據，我們又能引晉皇的人去恆王府，這樣才能安全脫身。」

雖然目前看來晉國之中恆王最強勢，連晉皇他都不放在眼裡，可是晉皇給她的感覺也不簡單。她相信那個晉皇不是個省油的燈，搞不好他的軟弱是偽裝出來的。

夜幕漸漸降臨，晉國皇宮裡的氣氛也愈來愈沈重。暴風雨前的寧靜籠罩每個角落，壓得喬春等人喘不過氣，只能靜待洗塵宴到來。

——未完，待續，請看文創風119《旺家俏娘子》4

吉時良緣 百里堂 著 全套二冊

老天爺給了她這個大好機會！
看她怎麼收拾惡姊姊、壞小三，
然後甩掉爛男人，
讓自己活得精彩痛快——

文創風 100 上

說什麼名門閨秀生來好命的，其實都是假象！
她沈梨若沒爹疼、沒娘愛，處處吞忍才能在沈家大院艱難求生，
本以為嫁了風度翩翩的良人，就能從此擺脫悲慘人生，
哪知道手帕交和夫婿偷來暗去，還勾結她的貼身婢女陷害她——
她含恨嚥下毒酒，一縷芳魂飄啊飄～～
再睜開眼看見的卻不是奈何橋，而是五年前還未出閣時的光景！
天可憐見，讓她的人生可以重來一回，
前世欺她、侮她、輕慢她的人，這一世她都不會再忍讓，
這一次她要拋棄那些溫順軟弱，勇敢追求嚮往的自由！
為了離家出走大計，她偷偷攢錢打算開鋪子營生，
卻三番兩次遇到這奇怪的大鬍子男插手管閒事，
加上一大堆亂七八糟的陰謀算計，搞得她頭都昏了。
唉，這一世的日子，好像也沒有那麼平順好過……

文創風 101 下

上天可真是和沈梨若開了個大玩笑！
一心想挑個普通平凡的良人度過一生，這挑是挑好了，
結果樣貌普通的夫君新婚之夜才知是個傾城的絕色美男 ?!
而且原以為出身小戶人家竟成了高門大戶，讓她心情跌到谷底。
實在不是她愛拿喬或不知足，
她真的怕了那些花癡怨女又來和她搶條件優秀的夫君啊！
而且她明明選擇了和前世相反的道路，身分、際遇都大不同了，
命運卻還是讓她和前世仇人兜在一起，麻煩接二連三找上門。
瞧他們神仙眷侶的生活不順眼，真要跟她鬥是嗎？
要知道她可不是當初那個任人擺佈的軟柿子了！
況且如今的她不必單打獨鬥，
和他相攜手，她有信心面對即將襲來的狂風暴雨——

風 文創
118

旺家俏娘子 3

國家圖書館出版品預行編目資料

旺家俏娘子 / 農家妞妞著. --
初版. -- 臺北市 : 狗屋, 民102.09
冊 ; 公分. --（文創風）
ISBN 978-986-328-138-2（第3冊 : 平裝）. --

857.7　　102016272

著作者　農家妞妞
編輯　連宓均
校對　黃薇霓　林若馨
發行所　狗屋出版社有限公司
地址　台北市104中山區龍江路71巷15號1樓
電話　02-2776-5889～0
發行字號　局版台業字845號
法律顧問　蕭雄淋律師
總經銷　知遠文化事業有限公司
電話　02-2664-8800
初版　102年9月
國際書碼　ISBN-13　978-986-328-138-2
原著書名　**《农家俏茶妇》**，由瀟湘書院（www.xxsy.net）授權出版

定價240元
狗屋劃撥帳號：19001626
網址：love.doghouse.com.tw　E-mail：love@doghouse.com.tw